S.

Née en 1971, Sandrine Destombes a toujours vécu à Paris. Après avoir suivi des études à l'École supérieure de réalisation audiovisuelle, elle travaille dans la production d'événements et profite de son temps libre pour écrire des polars, son domaine de prédilection : *La Faiseuse d'anges* (Nouvelles Plumes, 2015), *L'Arlequin* (Nouvelles Plumes, 2016), *Ainsi sera-t-il* (Nouvelles Plumes, 2017), *Les Jumeaux de Piolenc* (Hugo & Cie, 2018), *Ils étaient cinq* (Nouvelles Plumes, 2018), *Le Prieuré de Crest* (Hugo & Cie, 2019), *Madame B* (Hugo & Cie, 2020) et *Le Dernier Procès de Victor Melki* (Hugo & Cie, 2021).

LE DERNIER PROCÈS
DE VICTOR MELKI

SANDRINE DESTOMBES

LE DERNIER PROCÈS DE VICTOR MELKI

Hugo ✦ Thriller

www.lisez.com

© Hugo Thriller, 2021, département de Hugo Publishing
ISBN : 978-2-266-33052-7
Dépôt légal : février 2023

À mon mari...
Je sais, je me répète, mais il ne s'en lasse pas !

1

Trois ans plus tôt…

Trente-deux degrés un 27 avril. Ce n'était pas une première pour ce village du sud de la France mais c'était tout de même assez exceptionnel pour relancer le débat du réchauffement climatique à chaque terrasse de café. Il avait fallu moins d'une semaine de températures élevées pour influer sur le rythme des Aptésiens. Plutôt que de lutter en vain contre une chaleur étouffante, les réflexes méridionaux s'étaient mis en place. Toutes les persiennes de la commune se fermaient dès neuf heures du matin pour ne se rouvrir qu'en fin de journée. Ici, personne ne flânait au soleil, on laissait cette coutume insensée aux gens du Nord.

Sans traîner des pieds, chacun ralentissait le pas, s'évitant une suée inconfortable, aussi personne ne prêta attention à cette femme au dos voûté qui peinait à grimper les escaliers de la mairie d'Apt.

S'accrochant au garde-corps comme si sa vie en dépendait, Lorette Angeli n'avait d'autre choix que de s'arrêter à chaque marche pour reprendre son souffle.

Arrivée à la fin de son ascension, c'est avec tout son corps qu'elle tenta de pousser l'une des portes de l'hôtel de ville. À bout de forces, cette femme frêle, qui n'avait pourtant qu'une cinquantaine d'années, n'était plus en mesure de comprendre que les battants s'ouvraient vers l'extérieur et qu'elle devait les tirer si elle voulait avoir une chance d'entrer dans le bâtiment. Ses muscles étaient tétanisés. À cet instant précis, elle n'avait qu'une envie : s'allonger et dormir.

Au bord de l'évanouissement, elle se sentit saisie sous les aisselles. L'instant d'après, elle était assise sur une banquette en velours sans avoir conscience qu'elle devait ce miracle à l'intervention d'un homme qui l'avait portée à bout de bras.

Une jeune fonctionnaire préposée à l'accueil se précipita pour lui apporter un verre d'eau tandis que le visiteur salvateur s'éclipsait sans chercher à être remercié.

L'air climatisé apporta à Lorette Angeli l'oxygène qui lui manquait. Elle avala goulûment une gorgée tout en scrutant son environnement.

— Je cherche la police ! dit-elle une fois désaltérée.

La fonctionnaire pinça les lèvres avant de lui expliquer que la police municipale siégeait à une centaine de mètres de là.

— Je peux les appeler, si vous le voulez !

Mais Lorette Angeli n'était déjà plus en mesure d'entendre ce que cette jeune femme lui disait. La tête lui tournait, son champ de vision se rétrécissait. Du bout des lèvres, elle trouva assez de force pour répéter sa requête avant d'ajouter :

— Dites-leur que j'ai réussi ! J'ai passé le test et j'ai réussi !

Soulagée d'avoir pu délivrer son message, Lorette Angeli cessa de lutter et mourut, son verre d'eau à la main.

Cela faisait maintenant quatre mois que Maxime Tellier s'était mise en disponibilité et elle n'avait toujours aucune idée de ce qu'elle allait pouvoir faire de cette opportunité. L'argent n'était pas un souci en soi. Sa tante, qui l'avait élevée à la mort de sa mère, lui avait laissé un héritage suffisant pour subvenir à ses besoins pour les deux ou trois années à venir. Et quand Max évoquait ce fait, elle oubliait sciemment de dire que ce pécule avait avant tout été constitué par son oncle. Max n'était pas encore prête à attribuer à cet homme un quelconque mérite. Encore moins celui de l'avoir mise à l'abri.

Sa décision de quitter la Brigade criminelle ne résultait pas d'un coup de tête. Max avait su reconnaître les prémices d'un burn-out. Ce n'était pas son premier mais elle avait su d'instinct qu'une pause de quinze jours ne suffirait pas à lui faire reprendre pied. Elle était fatiguée. Fatiguée de ce métier qui ne lui offrait qu'une vision anthracite de la société. Fatiguée de se sentir responsable de ses équipiers.

Sa dernière enquête n'avait pourtant pas été la plus ardue de sa carrière. Un règlement de comptes entre deux bandes rivales qui avait laissé un gamin de dix-sept ans sur le carreau. Mort de six coups de couteau. Les responsables avaient été appréhendés moins de quarante-huit heures après les faits. Son supérieur, le commissaire divisionnaire Favre, l'avait félicitée, mais Max avait senti que ce drame ordinaire allait être celui de trop.

Enzo, son ami et mentor, avait tenté de l'en dissuader, mais il était loin désormais et sa parole avait moins d'effet. Gilbert Causse, le chef de service de l'IML[1], lui avait conseillé de reporter sa décision, mais le légiste était proche de la retraite. Sa notion du temps était pour le moins biaisée. Restaient les membres de son équipe. Si Max avait dû changer d'avis, elle l'aurait fait pour eux, indubitablement, mais ils n'avaient pas su trouver les mots pour la garder. Peut-être avaient-ils compris eux aussi que cette interruption était nécessaire, même s'ils espéraient qu'elle n'allait être que temporaire. Pour s'en assurer, ils prenaient soin de se rappeler régulièrement au bon souvenir de leur supérieure, ne la laissant jamais plus d'une semaine sans nouvelles.

Ce soir, c'était Jeanne qui assurait le tour de garde. Elle avait réussi l'exploit de sortir Max de son appartement. L'été n'était plus très loin et l'effervescence des terrasses parisiennes en témoignait.

Jeanne Andrieux, salopette orange et nattes assorties, avait traîné Max jusqu'à L'Abandon, le bar clandestin dans lequel elles avaient maintenant leurs habitudes. Le mot de passe exigé à l'entrée du porche serait pour toute la semaine « abdication ». Fidèle à

_____

1. Institut médico-légal.

13

lui-même, Dédé, le patron, avait choisi un mot en lien avec son enseigne. Max ne savait toujours pas pourquoi ce grand gaillard de soixante ans était à ce point obsédé par cette idée. Elle ne désespérait pas qu'il le lui confie un jour. Pour sa part, elle ne lui poserait jamais la question.

— « Abdication », s'amusa Jeanne. Plutôt à propos, tu ne trouves pas ?

— Jeanne, tu ne vas pas me faire le coup à chaque fois ? Quelle que soit la semaine, le mot de passe s'accordera toujours avec ma décision. Tu le sais. Je le sais. On pourrait peut-être passer à autre chose, tu ne crois pas ?

— Ah, je vois qu'on est d'humeur tatillonne, aujourd'hui !

— Pas du tout ! Simplement, j'aimerais bien pour une fois qu'on parle d'autre chose que de ma mise en dispo.

— Comme tu voudras. De toute façon, tu seras bientôt de retour à la brigade !

Max leva la main à l'attention de Dédé sans se donner la peine de répondre. Cette entrée en matière était devenue une sorte de rituel, un passage obligé. Le patron de L'Abandon s'épargna quant à lui de venir prendre la commande. Il préféra s'approcher, le plateau déjà chargé.

— Un pastis pour la Pucelle et un verre de chardonnay pour la Menace.

Jeanne et Max avaient depuis longtemps abandonné tout espoir d'empêcher le tenancier de les affubler respectivement de ces surnoms. Se rebeller n'aurait eu aucun effet si ce n'est celui de se faire virer. Dédé était le maître des lieux même s'il l'était en toute illégalité.

14

— Alors Max, dit-il en s'asseyant à leur table, tu veux toujours pas bosser pour moi ?

— Tu te fatiguerais vite, Dédé ! Maladroite comme je suis, tu serais bon pour renouveler ton stock de verres tous les 10 du mois.

— Va bien falloir que tu gagnes ta vie, la môme.

— Il a pas tort, intervint Jeanne. Si tu veux profiter de ta dispo, va falloir que tu te trouves un boulot.

— Et c'est Dédé qui va me faire des fiches de paie ?! Vous êtes bons, tous les deux ! Vous inquiétez pas pour moi, je gère.

Dédé renifla bruyamment et remit son torchon sur l'épaule avant de papillonner vers les tables d'à côté.

— Sérieusement, patronne, tu comptes tout de même pas rester chez toi à lire des bouquins toute ta vie ?

— Et pourquoi pas ? Depuis le temps que j'en rêvais. Et puis arrête de m'appeler patronne. Je ne suis plus ta cheffe !

Jeanne fit une moue s'apparentant tout autant au doute qu'à la contrariété. Max l'ignora et leva son verre pour trinquer. Jeanne avait raison, elle le savait. Cela faisait d'ailleurs déjà une semaine qu'elle n'avait pas réussi à lire une ligne. Elle allait devoir se trouver une occupation un peu plus prenante que de vivre des aventures rocambolesques par procuration.

Il était un peu plus de deux heures du matin quand Max regagna son immeuble. Son esprit était embrumé mais son choix était fait. L'inactivité ne lui serait jamais bénéfique. Dès le lendemain, elle s'attellerait à trouver un boulot.

Fière d'avoir pu monter ses trois étages à pied plus ou moins dignement, elle dut néanmoins mettre un genou à terre pour faire entrer sa clé dans la serrure. *Mouais, pas sûre que tu sois en état de quoi que ce soit demain...* se dit-elle en pouffant. Elle poussa la porte d'une main tout en se relevant de l'autre avant de distinguer une enveloppe sur le parquet. La lettre avait forcément été glissée après son départ. Jamais elle n'aurait pu passer le seuil de son appartement sans l'apercevoir. Elle se baissa pour la ramasser et fut obligée de se retenir au chambranle de la porte pour ne pas tomber. Ce n'est qu'après avoir allumé une des lampes du salon qu'elle vit la croix qui ornait l'enveloppe.

Max ouvrit le faire-part de décès d'une main fébrile et pesta de devoir laisser le temps à ses yeux de faire le point. L'alcool n'était pas le seul responsable. La presbytie qu'elle tentait d'ignorer savait se rappeler à elle dans les moments importants. Le bristol à bout de bras, elle finit par déchiffrer les lettres d'imprimerie. Une messe serait célébrée dans trois jours en l'hommage de Christian Mallard à l'église Saint-Louis de Grenoble.

Max se dirigea vers le salon, l'esprit accaparé. Elle était certainement trop saoule ou trop fatiguée, mais elle n'avait aucune idée de qui pouvait bien être ce Christian Mallard.

3

La matinée était déjà bien entamée quand Max souffla sur son premier café. La tête dans un étau, elle cherchait à faire resurgir les images qui avaient agité sa nuit. Enzo s'était invité dans ses rêves mais il n'était pas le seul. Max s'était vue debout face à une table derrière laquelle étaient assis les capitaines de gendarmerie Vincent Gouvier et Antoine Brémont. Le premier était devenu un ami, tandis que l'autre… Max peinait à qualifier leur relation. Ils n'étaient pas amis, non, mais un lien les unissait, assurément. Une certaine noirceur que Brémont avait adoptée et même cultivée pour en faire son métier, alors que Max tentait de s'en détacher. Cela n'expliquait pas pour autant son rêve. Que faisait-elle dans cette salle aseptisée, au garde-à-vous devant ces deux hommes qui n'étaient pas de son corps de métier ? Et puis Fabio était arrivé… Cela faisait longtemps qu'il n'était pas venu hanter ses nuits. Les mois passant, son visage se faisait de moins en moins net, mais son aura était toujours aussi puissante. Max s'était réveillée les yeux humides et s'en voulait de cette sensiblerie qu'elle estimait malhonnête. Fabio n'était plus qu'un doux souvenir, rien de plus. Il ne lui manquait pas. C'était l'idée de cette douceur qui lui manquait. Une sensation qu'elle craignait de ne plus jamais connaître.

Mais que tu me fatigues à te regarder le nombril ! se maudit-elle en se traînant jusqu'à la salle de bains. *Trouve-toi plutôt un truc à faire.*

Vingt minutes plus tard, Max revenait dans son salon, l'esprit plus vif, mais toujours aussi désœuvrée. En jeans et T-shirt, les pieds nus sur le cuir élimé de l'accoudoir de son fauteuil club, elle s'obligea à réfléchir à son avenir.

Trouver une activité, qu'elle soit rémunérée ou non, ne serait pas si facile. Elle devait avant tout répondre à deux questions : de quoi avait-elle envie et surtout de quoi était-elle capable ? Max avait été flic toute sa vie. Elle l'était bien avant d'intégrer l'école de police. Était-elle encore en âge d'apprendre un nouveau métier ? Et puis quel métier ? Fleuriste ? Elle détestait se lever à l'aube et n'aimait même pas les fleurs ! Vendeuse ? Max se connaissait suffisamment pour savoir que son affabilité s'envolerait à la première cliente sourcilleuse. Elle repensa alors à une proposition qui lui avait été faite au cours d'une soirée organisée par son plus jeune lieutenant, Thomas Chauvin. Son collègue avait tenté maladroitement de jouer les entremetteurs. Il lui avait présenté un producteur de cinéma, célibataire et vaniteux à souhait. Max avait très vite écarté l'opportunité personnelle pour axer la discussion sur un plan professionnel. Il s'était avéré que l'homme était en recherche constante d'experts en tous genres. Il s'entourait de consultants extérieurs pour peaufiner les scénarios qu'il retenait et qu'il aimait qualifier de réalistes. Quand

Max lui avait expliqué sa situation, il avait cherché à l'appâter. «Combien de fois je lève les yeux au ciel quand je vois à quel point nos procédures sont malmenées à l'écran ! » avait-il dit, grandiloquent, comme s'il postulait au ministère de l'Intérieur. L'homme avait continué à se pavaner sans noter que Max ne l'écoutait plus que d'une oreille distraite. Elle avait fini par interrompre son monologue en prétextant une histoire de nounou à libérer pour s'éclipser de la soirée. Un mensonge éhonté dont elle avait souvent usé pour se sortir de ce genre de situation et qui fonctionnait à tous les coups. Le séducteur, tout comme le potentiel employeur, s'était détourné d'elle en moins d'une seconde. Max savait que sa carte de visite traînait dans un des nombreux vide-poches qui décoraient son appartement. Elle n'avait plus qu'à mettre la main dessus et à ravaler son orgueil.

Dans sa recherche peu enthousiaste, elle vit le faire-part de décès posé sur la console de l'entrée. Elle s'étonna de ne pas s'y être intéressée plus tôt. En d'autres temps, Max aurait décortiqué cette annonce avant même d'avoir fait couler son café.

Même à jeun, le nom de Christian Mallard ne lui disait rien. Elle repartit chercher l'enveloppe déjà jetée dans la poubelle pour vérifier que ce courrier lui était bien adressé : «Commissaire Maxime Tellier ». Cette simple indication mit tous ses sens en éveil. Jamais elle ne recevait de courrier à domicile avec son titre officiel. Elle avait généralement le droit à un « Mademoiselle », quand ce n'était pas un « Monsieur » du fait de son prénom épicène, mais jamais sa qualité de commissaire n'était précisée. Autre point notable, l'expéditeur n'avait pas pris la peine d'écrire son adresse. Il était venu glisser cette enveloppe sous sa porte après dix-neuf heures, heure à laquelle elle était sortie retrouver Jeanne.

Max ferma les yeux et tenta de revivre les quelques minutes qui s'étaient écoulées entre le moment où elle avait fermé son appartement à clé et celui où elle était montée dans sa vieille Austin Mini. Elle ne se souvenait pas d'avoir croisé qui que ce soit sur le palier, ni même dans les escaliers. La rue était assez animée mais aucune silhouette n'avait attiré son attention. Soit l'individu s'était tapi sous un porche, attendant patiemment qu'elle quitte son domicile, soit il était passé plus tard dans la soirée, espérant au contraire la trouver. Que cette personne ait pu passer le barrage du code de l'immeuble n'était pas un exploit en soi. Il suffisait de patienter cinq minutes pour qu'une bonne âme vous tienne la porte.

Max alluma son ordinateur et entama une recherche sur ce Christian Mallard. Les Pages blanches en comptaient plusieurs mais aucun n'était domicilié dans la région de Grenoble, là où la messe serait célébrée. Deux profils avaient été créés sur Facebook avec cette orthographe mais Max refusait toujours de s'y inscrire. Elle avait déjà eu assez de mal à faire retirer le faux profil créé sous son nom. Elle continua à faire défiler les résultats de sa recherche avant d'entériner ce qu'elle savait déjà : elle ne connaissait pas de Christian Mallard.

En dehors du lieu et de la date de la cérémonie, le faire-part ne donnait aucune information. Exit l'arbre généalogique en trois lignes permettant de savoir à qui présenter ses condoléances. Les ascendants et les descendants étaient les grands absents de ce bristol. Max tourna plusieurs fois le carton dans sa main avant de faire les cent pas dans son appartement. Elle pestait intérieurement. Non pas à cause de cet enterrement qui ne pouvait la peiner, mais parce que cette histoire l'intriguait. Cela faisait des semaines qu'elle n'avait pas ressenti ce petit picotement à la base de la nuque et, bien malgré elle, cette sensation lui plaisait.

Max devait jeter ce faire-part et se concentrer sur ce qu'elle s'était décidée à faire quelques minutes plus tôt. Il en allait de son bien-être. Elle le savait, tous ses sens le lui criaient. Cette dopamine était son chant des sirènes et elle devait lui résister.

Un coup de fil ! Tu passes un coup de fil et c'est tout !

Max n'avait pas achevé sa pensée qu'elle composait le numéro de l'église Saint-Louis de Grenoble. Elle dut s'adresser à plusieurs interlocuteurs avant d'être redirigée vers le secrétariat de la paroisse. Là, une femme à la voix douce mais chevrotante s'était excusée à plusieurs reprises de ne pouvoir la renseigner. Oui, une cérémonie serait bien célébrée dans deux jours en l'hommage de Christian Mallard, mais non, elle ne savait pas qui avait fait cette demande. Une enveloppe avait été déposée à la permanence avec toutes les instructions, incluant un don substantiel pour les bonnes œuvres de l'Église. Oui, cette démarche était peu conventionnelle mais pas pour autant exceptionnelle. Il n'était pas rare que les dernières volontés soient exprimées par voie testamentaire et que les exécuteurs décident de garder l'anonymat. Non, elle n'avait aucun moyen de savoir qui serait présent ce jour-là en dehors des fidèles de la paroisse. Et non, aucune couronne n'avait été livrée mais il était encore tôt pour le faire.

Max avait raccroché plus sèchement qu'elle ne l'avait souhaité. Ses muscles s'étaient tendus au cours de la conversation et ses neurones activés. Un sentiment d'urgence s'était imposé, un sentiment disproportionné qui n'était justifié que par son incompréhension de la situation. Max en avait pleinement conscience mais sa décision était prise.

4

Max savait pertinemment qu'elle n'avait aucune raison valable de se rendre à Grenoble, encore moins d'assister à une messe célébrée en hommage à un homme qu'elle ne connaissait pas. Mais la raison n'avait rien à voir avec cette décision. Elle avait eu quarante-huit heures pour revenir dessus, elle n'en avait rien fait. L'inactivité intellectuelle dont elle avait fait preuve ces dernières semaines l'avait éprouvée, bien plus qu'elle ne l'aurait imaginé. Max se sentait vide. Inutile. Elle n'avait ni mari ni enfant. Ces choix étaient les siens et elle les avait toujours assumés. Jusqu'à aujourd'hui. Maintenant qu'elle se retrouvait sans métier, sans personne à protéger, cette vacuité l'angoissait. Elle voyait dans ce faire-part de décès une diversion macabre mais salutaire.

Afin d'éviter tout sermon de la part de son entourage, elle était tout d'abord restée vague sur son escapade en Isère, ce qui n'avait eu pour résultat que de décupler les suspicions. Enzo l'avait appelée deux fois par jour pour s'assurer que tout allait bien, tandis que José et Jeanne s'étaient relayés pour poser leurs questions. José Moreno, son second à la brigade, avait avancé l'hypothèse d'un amant rencontré sur Internet alors que Jeanne penchait pour un trekking en solitaire. « Le genre de truc qu'on fait quand on veut faire le point, quoi ! » avait-elle prêché avec assurance pour obtenir la vérité. Max avait fini par lui donner raison et s'était retrouvée coincée à devoir mentir à tout le monde. Elle l'avait si mal vécu que, le deuxième jour, elle payait à la caisse d'un Decathlon une paire de chaussures de randonnée et reportait son retour au lendemain. *Tu vas marcher deux heures, tu prends trois photos, et l'affaire est réglée !* Mais Max avait encore assez de jugeote pour comprendre que ce stratagème en disait long sur l'irrationalité de ce voyage.

Seule dans un carré familial du TGV, Max lisait sur son téléphone les titres de l'édition grenobloise du *Dauphiné*, au gré du réseau. Une messe serait célébrée en l'hommage de Christian Mallard d'ici à quelques heures et si Max n'avait rien trouvé le concernant, c'était sans doute parce qu'elle ne savait pas quoi chercher. Elle ne connaissait ni son âge ni sa profession. Elle ne connaissait pas non plus les circonstances de sa mort. Pour un journaliste de la région, la vie ou la mort de Christian Mallard méritait peut-être un entrefilet. Chaque article étant payant, Max se concentrait sur les photos et leurs accroches. Elle abandonna tout espoir au bout d'une demi-heure. Nulle part il n'était question d'un homme à qui la ville faisait ses derniers adieux ni d'une nécrologie un peu fouillée. Christian Mallard n'était manifestement pas assez connu pour que son nom soit immortalisé.

Max pénétra dans l'église Saint-Louis de Grenoble quinze minutes avant le début de la cérémonie. Au cours de ses diverses recherches, elle avait pu lire que l'édifice du XVIIᵉ siècle possédait des vitraux remarquables. Elle se dévissa la tête pour les admirer, mais l'œil-de-bœuf en façade était à moitié caché par l'orgue et la luminosité de ce début du mois de juin atténuait les contrastes des autres compositions au point qu'on ne distinguait plus leurs motifs. Max préféra s'attarder sur l'assistance. Elle dénombra une douzaine de personnes réparties sur plusieurs rangées. Elle les observa discrètement mais, de là où elle se trouvait, elle ne pouvait voir que des nuques et des épaules voûtées. Elle se dirigea vers l'autel en empruntant l'allée nord et s'arrêta au quatrième rang. Elle s'assit et attendit plusieurs secondes avant d'embrasser la nef centrale du regard. Dix femmes agenouillées sur un prie-Dieu, deux hommes debout la tête baissée. Max était prête à parier qu'aucun d'entre eux ne priait pour le salut de Christian Mallard.

Elle sursauta quand les premières notes d'un *Ave Maria* se répercutèrent sur les murs de l'église. Le prêtre fit son apparition à la fin de la première mesure et prépara son office dans le recueillement. Il recouvrit le calice de ses linges liturgiques avant de récupérer le ciboire dans le tabernacle. Max suivait chacun de ses mouvements et se demandait à quoi il pouvait bien penser alors que ses mains exécutaient ces gestes mille fois répétés. Il ne restait plus que cinq minutes avant le début de la cérémonie. Les premiers rangs étaient toujours vides et Max pressentait qu'ils le resteraient jusqu'à la bénédiction. La laïque qu'elle était croisa les doigts pour que les rites ne s'éternisent pas.

Le cercueil, porté par quatre hommes aux costumes identiques, traversa la nef dans l'indifférence totale. Aucun paroissien ne daigna relever la tête et suspendre sa prière. Max était finalement la seule de l'assemblée à se sentir concernée. Elle n'en fut que plus désolée. Qu'avait donc fait cet homme pour quitter ce monde sans une âme pour le pleurer ? Un des employés des pompes funèbres déposa une couronne sur les marches de l'autel avant d'adresser un signe discret à l'homme d'Église. Tout était en place, la cérémonie pouvait commencer.

Max avait espéré en apprendre plus sur le défunt au cours de l'éloge. Il n'en fut rien. Il était évident que le prêtre ne connaissait pas plus qu'elle Christian Mallard. Ses mots auraient très bien pu s'adresser au premier quidam rencontré dans la rue. Christian Mallard était un homme et à ce titre il avait commis des péchés, mais Dieu, dans sa grande miséricorde, lui avait déjà pardonné et l'attendait à ses côtés. S'en était suivi un sermon moralisateur dont Max se serait bien passé.

Quand le prêtre invita l'assemblée éparse à procéder à l'aspersion du cercueil, elle n'eut pas le cran de décliner. Ce passage obligé lui permit de lire la plaque en laiton vissée sur le couvercle du cercueil. Christian Mallard était mort à l'âge de soixante et un ans. Elle tendit le goupillon à sa voisine, une jeune femme d'une trentaine d'années, dont les yeux rougis trahissaient une récente émotion. Max ne l'avait pas encore remarquée et se félicita d'entrevoir enfin une piste. Elle retourna à sa place et attendit plus nerveusement la fin de la cérémonie.

Une fois l'*ite missa est*[1] déclamé, Max se tenait prête à remonter l'allée en vitesse pour ne pas perdre de vue la jeune femme. Elle n'eut cependant pas à le faire. L'inconnue s'était dirigée vers l'autel pour s'entretenir avec le prêtre. Max s'approcha elle aussi et fit mine d'attendre son tour deux mètres en arrière. Elle tendit l'oreille mais les deux protagonistes chuchotaient. Quand le prêtre posa une main sur l'épaule de la jeune femme, celle-ci fondit en larmes avant de partir en courant. Max, prise de court et coincée entre deux paroissiens, la vit sortir de l'église sans pouvoir réagir. Trente secondes plus tard, il était déjà trop tard. Max atteignait à peine le parvis que son inconnue était à bord d'une voiture qui démarrait à vive allure. Elle n'eut pas le temps de relever l'immatriculation. Furieuse et dépitée, elle retourna dans la nef et se rabattit sur le prêtre.

Max se présenta comme une parente éloignée du défunt et accentua son mensonge en félicitant l'homme d'Église pour les mots qu'il avait su trouver.

— C'est donc vous qui avez laissé les instructions à la permanence de la paroisse ! s'enquit-il, affable.

— Des instructions ? fit-elle semblant de s'étonner.

— Pour la cérémonie.

— Du tout. Je pensais qu'elle avait été organisée par la jeune femme que je viens de voir partir.

— Valentine ? Oh, non, vous n'y êtes pas ! Valentine est l'une de nos paroissiennes les plus fidèles. Elle a vécu un drame personnel et a beaucoup de mal à s'en remettre. Pauvre enfant. Cela fait plusieurs mois

---

1. « La messe est dite. » Expression latine utilisée encore parfois pour clore une messe.

qu'elle est dans cet état et j'ai bien peur que le réconfort de la prière ne soit plus suffisant.

Cette femme n'aurait donc pas pu l'aider. Max était consternée de se sentir soulagée. *Tu brûleras en enfer !* se dit-elle tout en cherchant sa prochaine question.

— Si je comprends bien, mon Père, vous ne connaissiez pas Christian Mallard.

— Je n'ai pas eu cette chance, en effet. Mais son don me laisse à penser que c'était un bon chrétien.

Max trouva cette remarque si déplacée qu'elle n'eut plus aucun regret de ne pas s'être délestée d'un euro durant la quête.

— J'aurais tellement aimé présenter mes condoléances à ses proches, dit-elle d'un air contrit. J'ai vécu à l'étranger avec mes parents et maintenant qu'ils sont morts, j'aurais bien aimé renouer des liens avec ma famille.

— C'est tout à fait compréhensible, compatit le prêtre, malheureusement, je ne vois pas comment je pourrais vous y aider. Il n'y avait aucune adresse d'expéditeur sur l'enveloppe. Pensez bien que j'ai vérifié. J'aurais aimé fournir un reçu en bonne et due forme avant d'enregistrer ce don. Je ne suis jamais à l'aise avec le liquide…

— Je vois. Et j'imagine que de tous ceux qui étaient présents aujourd'hui, aucun ne connaissait Christian Mallard.

— Je ne pourrais pas vous l'affirmer avec certitude mais ces fidèles sont des habitués de la paroisse, si c'est votre question. Je serais étonné que l'un d'entre eux ait commandé cette couronne.

Max suivit des yeux l'index du prêtre. La composition florale était maintenant posée sur le cercueil que les employés des pompes funèbres s'apprêtaient à déplacer. Elle s'excusa d'un signe de tête et se dirigea vers eux d'un pas rapide, une main levée. Habitués aux derniers adieux, les quatre hommes s'écartèrent d'un pas, laissant le champ libre à Max. Elle posa une main sur le couvercle en pin massif et s'approcha de la couronne. Son esprit mit du temps à intégrer ce que ses yeux lisaient. Elle passa ses doigts sur les lettres dorés du ruban de deuil avant de lire à voix haute le message :

« L'ordalie a parlé, Christian a échoué. Max Tellier. »

5

— Doux Jésus !

La voix du prêtre l'avait fait sursauter. L'homme d'Église se trouvait dans son dos et Max comprit que son commentaire faisait allusion au bandeau.

— C'est pour le moins d'un goût douteux, continua-t-il le visage grave.

Max le regarda avec des yeux ronds et attendit qu'il développe de lui-même.

— Vous ne savez peut-être pas ce qu'est l'ordalie, dit-il sans une once de reproche dans la voix.

Max hocha la tête de gauche à droite.

— Ce n'est peut-être pas plus mal, mon enfant. Cette pratique barbare remonte au Moyen Âge et même l'Église catholique, qui n'était pourtant pas tendre à l'époque, l'a fortement condamnée.

— Pardonnez-moi, mon Père, mais vous pourriez être plus précis ?

— Bien sûr. Pour vous faire une idée rapide, l'ordalie était également appelée le jugement de Dieu. Pour savoir si un homme était coupable ou innocent, on le soumettait à certaines épreuves, la plupart potentiellement mortelles. Si l'accusé sortait vivant de ces épreuves, il était déclaré innocent. S'il mourait…

— C'est que Dieu l'estimait coupable.

— Vous avez compris le principe.

— Et vous dites que l'Église a condamné cette pratique ? s'étonna Max.

Le prêtre ne releva pas le ton ironique. Il esquissa même un sourire indulgent.

— Luc nous dit dans son évangile : « Tu ne mettras pas à l'épreuve le Seigneur ton Dieu », dit-il, pontifiant. Ou si vous préférez, on ne met pas Dieu au défi sur sa bonté divine. Ce fut la position de l'Église d'un point de vue théologique.

— Et d'un point de vue pratique ?

— Elle devait asseoir sa suprématie. C'est pourquoi elle condamnait tous les rituels païens. Si ma mémoire est bonne, cette pratique existait déjà au temps des pharaons.

Max enregistrait les informations tout en réfléchissant à sa prochaine action.

— Quand est prévue l'inhumation du corps, mon Père ?

— Il n'y en aura pas. Christian Mallard souhaitait être incinéré.

— Ben voyons !

— Je vous demande pardon ?

— Désolée, ça m'a échappé.

— Vous m'avez dit être de la famille ?

Max ne pouvait pas changer sa version au risque de rompre la confiance qui s'était installée.

— Christian était mon grand-oncle par alliance. Je n'ai pas eu la chance de le connaître. J'espérais

31

trouver un caveau familial en me rendant à l'enterrement. Quelque chose à quoi me raccrocher.

— Je comprends. Une fois de plus, je ne vais pas pouvoir vous aider.

Max refusait de s'estimer vaincue.

— J'imagine que l'acte de décès était joint aux instructions que vous avez reçues.

— Bien sûr. Je peux vous en faire une copie si vous pensez que ça peut vous être utile.

— Sait-on jamais. Je vous remercie.

Le prêtre revint cinq minutes plus tard avec une liasse de feuilles entre les mains.

— Je vous ai fait un double de tout ce que j'ai reçu. Peut-être que vous finirez par trouver ce que vous cherchez.

Elle le remercia chaleureusement avant de s'éclipser pour sa prochaine destination.

Le fleuriste qui avait réalisé la couronne funéraire avait visiblement tenu à présenter ses hommages à Christian Mallard en insérant peu délicatement le nom de sa boutique en bas du bandeau. Au vu des questions que Max avait à lui poser, une visite s'imposait.

Installée à l'arrière d'un taxi, Max pestait de ne pas pouvoir lire trois lignes sans avoir la nausée. Elle avait tenté de compulser les divers courriers fournis par le prêtre pour abandonner aussi vite. La fenêtre ouverte, elle aspirait l'air chaud à pleins poumons.

Les employés des pompes funèbres l'avaient informée que l'incinération aurait lieu en début de soirée. Christian Mallard, dans ses dernières volontés, n'avait pas souhaité offrir la possibilité d'un dernier recueillement à ses proches. *Tu parles ! Vu le nombre*

de proches, ça n'aurait pas changé grand-chose !
Max n'avait aucun moyen légal d'empêcher cette crémation. Il aurait fallu pour cela qu'elle soit en mesure
de prouver que la mort de Christian Mallard était suspecte et que son corps devait être autopsié. Sur quelles
bases ? Un faire-part incomplet et un hommage douteux ? Son supérieur aurait bien ri de l'entendre
avancer de tels arguments. De plus, officiellement,
elle n'était plus en service. Sa parole valait autant que
celle d'un civil. Max devait se faire une raison. D'ici
à quelques heures, le corps de Christian Mallard ne
serait plus que poussière et elle ne pouvait rien y faire.

La devanture du magasin Fleur d'Arpitan était à
moitié masquée par des étagères débordant de pots
d'hortensias. Bleus, blancs, roses ou fuchsia, il y en
avait pour tous les goûts à condition de n'aimer que
cela. Aucune autre fleur n'était exposée. Max activa
une clochette en franchissant le seuil de la boutique
et une femme d'une cinquantaine d'années, les joues
roses et les mains gantées, fit son apparition derrière
le comptoir.

— Désolée de vous avoir fait attendre, dit-elle,
enjouée, j'étais en train de rempoter.

— Aucun problème, je viens juste d'arriver.

— Vous avez déjà choisi vos hortensias ?

— Pourquoi, vous ne vendez que ça ?

— Ce mois-ci, exceptionnellement. Un problème
de fournisseur, mais je ne vais pas vous embêter avec
mes histoires ! Vous souhaitiez autre chose ? demanda
la fleuriste, embarrassée.

— Pour être tout à fait honnête, je ne suis pas
venue vous acheter des fleurs. Je voulais avoir des

renseignements au sujet d'une couronne funéraire que vous avez fait livrer aujourd'hui.

— Ah ça, c'est différent ! réagit la commerçante avec un ton de circonstance. Quelqu'un a glissé cette commande sous ma porte il y a trois jours de cela. J'avais fermé la boutique. Et vu qu'il n'y avait pas de nom ni de numéro de téléphone, je ne pouvais pas refuser. Il y avait quand même cent euros dans l'enveloppe. Ça aurait été malhonnête de ma part de les encaisser sans livrer quoi que ce soit. Alors je me suis arrangée avec un de mes collègues. Je peux faire pareil pour vous, si vous voulez.

— Ce ne sera pas la peine. Vous ne savez donc pas qui a commandé ces fleurs ?

— Du tout. Enfin si. C'était inscrit sur le ruban de la couronne.

Max vit alors le visage de la fleuriste se décomposer. Elle plaça un des gants devant sa bouche, laissant quelques traces de terre au passage, avant d'articuler péniblement :

— J'ai fait une boulette, c'est ça ?

— Pardon ?

— Je pensais bien faire.

— Je suis désolée mais je ne comprends rien à ce que vous me dites.

— Je n'aurais pas dû changer sans son accord mais je croyais qu'il s'était trompé. Ça arrive parfois. L'émotion…

Max ne souhaitait pas brusquer la commerçante mais, voyant que cette dernière n'avait pas l'intention d'ajouter quoi que ce soit, elle lui demanda de s'expliquer.

— C'est la ponctuation. Elle me paraissait bizarre. Attendez, je vais vous montrer.

La fleuriste se pencha pour ramasser une corbeille à papier qu'elle fouilla d'une main sûre avant de brandir fièrement un bristol.

— Voilà, tenez !

Max lut pour la deuxième fois le texte funéraire sans saisir ce qu'elle était censée y voir exactement.

— Moi, j'ai fait écrire : « L'ordalie a parlé, Christian a échoué. Max Tellier. » Alors que si vous regardez bien, lui a écrit : « L'ordalie a parlé. Christian a échoué, Max Tellier. » C'est bizarre, non ? Normalement, on met un point avant de signer. Mais maintenant qu'on en parle, j'ai un doute. Si ça se trouve, le message s'adressait à Max Tellier, allez savoir…

6

Allez savoir... Et comment qu'il était pour moi, ce message !

Max fulminait d'être ainsi baladée. Elle ne pouvait rien faire. Sans sa carte de police ni un ordre de mission, elle n'avait aucun moyen d'enrayer la machine. Christian Mallard appartenait déjà au passé et si elle voulait comprendre ce message, elle allait devoir se contenter des données qu'elle avait.

Elle s'installa à une terrasse de café et se commanda un verre de vin blanc noyé de glaçons. Le serveur la regarda comme si elle s'apprêtait à commettre un crime de lèse-majesté et Max l'ignora royalement en retour.

Elle ne s'attarda pas sur les instructions de la cérémonie et préféra se concentrer sur l'acte de décès délivré par la mairie. Il y était mentionné que Christian Mallard était mort six jours plus tôt, 2 rue du Souvenir, à Grenoble. L'homme était domicilié à Bourgoin-Jallieu, en Isère, où il était né soixante et un ans plus tôt. L'acte avait été dressé à la suite de la déclaration d'un certain Jacques Parent – démarcheur de métier, domicilié à Grenoble – et contresigné par le conseiller municipal Simon Péroski. Max tenait enfin du concret. Elle regarda sa montre et s'agaça d'avoir tant traîné. Dix-huit heures. La mairie était forcément fermée.

Si Jacques Parent était le déclarant, il existait une chance pour qu'il puisse la renseigner sur Christian Mallard. Ou tout du moins sur les causes de sa mort. Elle chercha son numéro sur Internet sans rien trouver. L'acte indiquait que Jacques Parent vivait au 36 du boulevard du Maréchal-Leclerc. Elle n'avait rien de prévu et espérait que ce démarcheur ne verrait pas d'inconvénient à une petite visite impromptue. Elle entra les coordonnées dans son GPS pour déchanter aussitôt. L'adresse indiquée était celle d'un commissariat. Elle préféra s'éviter un déplacement et contacta l'antenne de police. Comme elle s'y attendait, aucun Jacques Parent ne travaillait là. Par acquit de conscience, Max entra l'adresse à laquelle était mort Christian Mallard et ne fut pas étonnée outre mesure de découvrir que le 2 rue du Souvenir desservait un cimetière. Il était inutile qu'elle se rende à la mairie le lendemain. Elle pouvait déjà formuler les réponses qu'elle y trouverait : aucun fonctionnaire ne répondrait au nom de Simon Péroski, tout comme la mairie nierait avoir délivré un acte de décès au nom de Christian Mallard. Max étudia alors de plus près le faux qu'elle tenait en main et en décela toutes les imperfections.

Les autres documents ne lui apprirent rien. Il n'était question que d'instructions quant à l'organisation de la cérémonie. La société des pompes funèbres avec laquelle se mettre en relation, l'*Ave Maria* à diffuser en introduction. Le commanditaire laissait le choix des textes liturgiques au bon vouloir du prêtre. Max n'avait pas à regretter de ne pas les avoir écoutés avec attention. Il n'y avait dans les sermons aucun message à décrypter.

Toutes les feuilles étaient dactylographiées et il n'y avait bien sûr aucune indication permettant d'identifier leur auteur. Max avait la désagréable sensation de se retrouver dans une impasse. Sans l'appui de son service, il lui était compliqué de pousser plus avant ses recherches. Elle pouvait demander une aide non officielle à Jeanne ou à José, mais elle devait pour cela leur dire la vérité et donc avouer qu'elle leur avait menti. Elle s'y refusait. Par orgueil mais aussi par altruisme. Max savait que tous les membres de son équipe se plieraient en quatre si elle le leur demandait, mais sans l'ouverture d'une enquête officielle, leurs démarches seraient injustifiées. Il était hors de question qu'elle les mette dans une situation délicate pour si peu. Quelqu'un cherchait à lui passer un message mais rien n'indiquait non plus qu'une vie fût en danger.

Comme souvent, Max se tourna vers celui dont elle ne craignait pas le jugement. Enzo la réprimanderait une minute ou deux, pour la forme, mais il saurait passer outre son mensonge.

— Alors ce trekking ? attaqua-t-il de but en blanc.

— Super ! Le paysage est vraiment à couper le souffle.

— J'imagine que tu as commencé ton périple par le col de la Luette.

— On ne peut rien te cacher.

— Tu dois être rincée alors, vu que ça se trouve en Suisse…

Max se mordit les lèvres. Dix secondes. Son mentor et ancien instructeur n'avait pas eu besoin de plus de temps pour la démasquer.

— Quand est-ce que tu as deviné ? s'enquit-elle d'une petite voix.

— Au moment même où tu as prononcé le mot trekking ! dit-il, amusé. Je t'ai connue plus crédible dans tes alibis. Je sais que tu m'as souvent pris pour un imbécile quand tu étais adolescente mais ça me paraissait de bonne guerre à l'époque. Alors qu'aujourd'hui... Je pourrais presque me vexer.

— Je suis désolée...

— Et si tu me racontais plutôt ce que tu fais à Grenoble.

Max ne se fit pas prier. Elle était heureuse de pouvoir enfin partager toutes les pensées qui l'assaillaient depuis deux jours. Comme à son habitude, Enzo l'écouta sans jamais l'interrompre et attendit patiemment qu'elle lui demande son avis.

— Tu es sûre au moins que ce Christian Mallard existe vraiment ? Enfin, je veux dire... existait ?

— Il y avait un corps dans le cercueil, si c'est ta question. J'ai vérifié auprès des pompes funèbres. Par contre, je ne serais pas surprise d'apprendre qu'il n'existe aucun Christian Mallard dans les registres de l'état civil.

— Quel serait l'intérêt de te mettre sur la piste de quelqu'un qui n'existe pas ?

— Tu as raison, ça n'a pas de sens...

— D'un autre côté, il n'y a pas grand-chose qui ait du sens pour l'instant. Le moins qu'on puisse dire, c'est que ce n'est pas banal comme intrigue. On aurait voulu te distraire pour t'occuper l'esprit qu'on n'aurait pas trouvé mieux !

— Quoi ? Tu crois que quelqu'un s'amuse à élaborer un jeu de piste morbide juste pour me faire passer le temps ?

— Je connais tes amis et aucun n'est assez tordu, Dieu merci. Honnêtement, je ne sais pas quoi penser de toute cette histoire. Je ne l'aime pas trop, à vrai dire.

— Laisse-moi deviner ! Tu préférerais que je rentre chez moi et que je passe à autre chose.

— Bien évidemment que je préférerais ça ! N'importe qui préférerait ça ! Maintenant, je te connais suffisamment pour savoir que tu n'en feras rien.

— Parce que si ça t'arrivait, tu retournerais tranquillement à ton potager ?

— Faut vraiment que tu arrêtes de faire une fixette sur mon potager, Max ! La retraite offre plein d'autres occupations, tu sais.

Max ne répondit rien à ce qui était devenu une sorte de plaisanterie entre eux.

— Bref, reprit-il d'un ton faussement irrité, comme tu vas continuer à mener ta petite enquête, j'aimerais au moins que tu te fasses aider.

— Je te l'ai dit, je ne peux pas demander ça à mon équipe.

— Je sais et je partage ton avis. D'autant qu'ils n'ont jamais su rester discrets. S'ils se mettaient à poser des questions, Favre serait au courant en moins de temps qu'il n'en faut pour le dire.

— Alors tu penses à qui ? À toi ?

La voix de Max trahit son excitation. Sa dernière enquête avec Enzo remontait à plus de trois ans.

— Je serai là à distance, tempéra-t-il, comme je l'ai toujours fait. Non, je pensais à quelqu'un qui pourrait t'aider activement dans tes recherches. Et surtout qui pourrait te protéger si besoin.

40

— Je ne pense pas être en danger, répondit Max, déçue mais déjà résignée.

— Je ne dis pas le contraire mais j'avoue que je ne suis pas à l'aise avec cette histoire d'ordalie.

— Pourquoi ça ?

— Je ne sais pas. Vois-le comme un mauvais pressentiment. Il est rarement bon d'en appeler au jugement de Dieu.

— Alors je te le redemande, tu penses à qui pour m'aider ?

— À ton avis ? Qui dans ton entourage est réputé pour aimer des histoires tordues tout en restant discret sur ses enquêtes ?

7

Dix-huit mois plus tôt…

Fanny et sa mère s'étaient installées tout près du kiosque pour écouter la chorale de Noël, qui pour l'instant répétait ses gammes en attendant le début des festivités. La municipalité de Strasbourg n'avait pas lésiné pour proposer à ses administrés une fin d'année féerique. Le sapin de la place Kléber n'était pas le seul à briller de mille feux. Toute la ville scintillait et des animations jaillissaient à chaque coin de rue au rythme d'un calendrier de l'avent. En cette veille de vacances scolaires, le parc de l'Orangerie offrait un peu de magie supplémentaire avec son « kiosque enchanté ». La programmation avait été affichée un peu partout aux alentours et les habitués des lieux, tout comme quelques touristes, étaient au rendez-vous.

Fanny trépignait. Elle avait froid et voulait rentrer. Sa mère ignorait ses jérémiades et observait de loin son ex-mari et son fils sur l'aire de jeux. Fanny avait refusé de se joindre à eux. Cela faisait deux ans qu'elle ne jouait plus avec son frère. Elle était trop grande pour cela. À dix ans, on ne s'amuse plus comme un

bébé ! Matéo était sur le filet d'escalade et, contraire-
ment à sa sœur, il ne voyait pas le temps passer. À vrai
dire, les chants de Noël, il s'en moquait. Il profitait
de l'instant, heureux de voir ses parents réunis pour
l'occasion. Le moment était d'autant plus magique
que c'était la première fois que son père admirait ses
acrobaties. Il devait absolument se concentrer.

Personne ne sut dire exactement par où Édouard
Baptista arriva ce jour-là. Les témoignages furent trop
contradictoires pour permettre d'établir une vérité.
Toujours est-il qu'Édouard Baptista se trouvait à trois
mètres du toboggan quand les parents commencèrent
à réagir.

Un homme seul dans un bac à sable n'avait plus
rien d'exceptionnel aujourd'hui. Chaque jour, des
pères de famille profitaient de leurs enfants à la sortie
de l'école. Mais un homme en chemise et trempé des
pieds à la tête, en plein hiver, c'était déjà plus déran-
geant.

L'homme était manifestement tombé dans le lac,
et sans une intervention extérieure, une bonne âme
pour le réchauffer, il allait attraper la mort. Pourtant,
personne ne s'approcha pour lui tendre la main. Les
réactions furent même à l'opposé. Laissant parler leur
instinct, plusieurs mères se précipitèrent vers leurs
enfants pour les éloigner de cet individu pour le moins
étrange. Quand les agents de police leur deman-
dèrent pourquoi, leurs réponses furent sensiblement
les mêmes. « Son regard, monsieur l'agent. Quelque
chose dans son regard faisait peur. » Drogué, désé-
quilibré, fou à lier. Les policiers avaient le choix de
l'adjectif.

Le premier hurlement fut émis par une adolescente de seize ans. Elle s'occupait de Chloé et de Nathan tous les vendredis. Elle leur avait proposé de rester à la maison à cause du froid mais les enfants avaient insisté pour sortir. Longtemps elle se maudirait de les avoir écoutés.

La panique gagna le reste de la population en quelques secondes. Seuls les enfants restaient hagards en regardant l'homme en flammes. Hypnotisés, ils ne bougeaient pas, alors que les parents couraient dans tous les sens pour retrouver leur progéniture parmi la foule apeurée.

Édouard Baptista se mit à tituber en agitant ses bras de manière convulsive et commença, lui aussi, à hurler. Il évita la chute de justesse en s'accrochant au filet d'escalade. Matéo, toujours suspendu dans les cordes, sentit les flammes lui lécher les mollets. Il essaya instinctivement d'évaluer ses chances en sautant par-dessus l'homme-torche mais ses muscles refusaient d'opérer le moindre mouvement. La fumée lui piquait la gorge, l'odeur de chair brûlée lui donnait la nausée. Des larmes commençaient à lui brouiller la vue. Il ne devait pas pleurer. Son père le regardait. Sa mère, alertée par les cris, se ruait déjà vers lui. Dans sa course, elle bouscula son ex-mari, qui n'avait pas bougé, totalement pétrifié. Arrivée devant l'enchevêtrement de cordes, elle agrippa Édouard Baptista par la taille, au mépris des flammes, et le jeta au sol de toutes ses forces. Elle tendit les bras vers Matéo, qui se laissa tomber sans dire un mot. Quand ils furent tous les deux à l'abri, elle voulut lui caresser les cheveux pour le rassurer mais des lambeaux de peau se détachaient de ses paumes.

Édouard Baptista mit de longues minutes à mourir. Personne ne chercha à l'aider. Nul ne jeta un manteau sur ses épaules pour étouffer le feu qui le consumait. Tous assistèrent sans bouger à son agonie.

En dépit de toute cette assemblée, aucun ne put dire comment Édouard Baptista avait déclenché le feu. L'autopsie révéla qu'il n'était pas tombé dans le lac du parc de l'Orangerie. Son pantalon et sa chemise étaient imbibés d'essence. Un Zippo avait été retrouvé à deux mètres du corps.

Édouard Baptista avait décidé de s'immoler dans une aire de jeux pour enfants et la lettre d'adieu qu'on retrouva chez lui n'apporta que peu d'explications :

J'aurai essayé mais j'ai échoué.

8

Max était toujours attablée à la terrasse du café et hésitait à commander un deuxième verre de chardonnay, avec encore plus de glaçons, uniquement pour agacer le serveur. Enzo avait réussi à la convaincre de ne pas poursuivre ses recherches sans une aide extérieure mais sa suggestion comprenait des risques. Elle ne voulait pas que sa situation l'empêche d'enquêter, et faire appel à un membre des forces de police, quand bien même fût-il de la gendarmerie, était un pari osé. Antoine Brémont, capitaine du DSC[1], accepterait-il de lui donner un coup de main à titre officieux ?

L'homme était un militaire de carrière et on attendait de lui une discipline exemplaire, mais Max avait une carte dans sa manche pour le faire céder. Elle n'était cependant pas sûre de vouloir en user. Le capitaine Brémont avait su travailler en dehors des radars quand il l'avait estimé nécessaire. Ses motivations étaient alors tout autres. Il l'avait fait pour retrouver l'assassin de sa femme, enceinte de huit mois. Max ne pouvait décemment pas mettre son motif sur un pied

---

1. Département des sciences du comportement.

d'égalité. En réalité, rien ne l'obligeait à s'intéresser à cette affaire si ce n'était son instinct. Pouvait-elle d'ailleurs vraiment parler d'affaire ?

Elle fit signe au serveur de renouveler sa tournée pour s'octroyer encore quelques minutes de réflexion.

Max et Brémont ne s'étaient pas croisés depuis l'enterrement de Fabio. Il lui avait envoyé plusieurs SMS pour prendre de ses nouvelles, auxquels elle avait répondu le plus sincèrement possible, mais à aucun moment ils ne s'étaient parlé. N'était-ce pas un peu cavalier de l'appeler après tout ce temps pour lui demander de l'aide ? Et qu'allait-elle lui dire exactement ? « Bonjour Antoine, je viens d'assister à l'enterrement d'un homme que je ne connais pas et dont l'acte de décès a été trafiqué. » *C'est sûr qu'avec une telle entrée en matière, il va forcément foncer tête baissée !*

Max but d'une traite la moitié de son verre et composa le numéro en expirant un grand coup. *Après tout, qu'est-ce que tu risques ? Il n'aura pas de quoi ouvrir une enquête de toute façon, donc, au pire, il t'enverra bouler !*

Elle leva les yeux au ciel en constatant qu'elle avait les mains moites avant même la première sonnerie. Cet homme l'avait toujours impressionnée. Bien sûr, Antoine Brémont était bel homme. Grand, brun, les yeux noirs et le nez aquilin, il se dégageait de lui une certaine prestance. Mais ce n'était pas cela qu'elle retenait. Il y avait sa profession, son statut, mais aussi son charisme. Max avait compris en travaillant à ses côtés que profileur n'était pas un métier à proprement parler. C'était avant tout un état d'esprit. Une capacité à s'abstraire des normes de la pensée. Le capitaine

Antoine Brémont était en mesure, le temps d'une enquête, d'oublier les remparts de la société, ses codes de conduite et sa morale. Il éludait toute notion de bien ou de mal pour se substituer aux âmes déviantes qu'il devait appréhender. L'empathie du capitaine allait bien au-delà de ce que le commun des mortels pouvait endurer. Max y voyait une force qu'elle était loin de maîtriser. C'est pourquoi elle avait été surprise qu'il l'intègre aussi facilement dans son monde lorsqu'ils avaient mené une enquête conjointement, plusieurs mois auparavant. Brémont l'avait traitée comme son égal, lui dispensant parfois quelques conseils sans jamais être condescendant. Il se fiait à son instinct et Max espérait qu'il en serait de même aujourd'hui.

— L'heure doit être grave pour que vous m'appeliez ! la surprit-il en décrochant.

Son ton était en totale contradiction avec ses mots. Max crut même déceler un enjouement contenu.

— Même pas ! répondit-elle sur la même tonalité. Je pensais à vous en sirotant un verre de vin et je me suis dit que ça faisait longtemps que je n'avais pas pris de vos nouvelles.

— C'est le moins qu'on puisse dire puisque vous ne l'avez jamais fait !

Max ne sut pas quoi répondre, Brémont disait vrai.

— Je vous taquine, Max ! Je n'ai pas besoin que vous vous inquiétiez de ma santé pour savoir qu'il vous arrive de penser à moi. Il en va de même pour Charles qui se remet très bien de son AVC, si toutefois cette information vous intéresse.

— Vous savez que c'est le cas, dit-elle plus gravement. Mais au risque de vous décevoir, vous ne m'apprenez rien. J'ai eu Charles plusieurs fois au téléphone ces dernières semaines.

— Alors c'est qu'il a plus de chance que moi !

Une fois de plus, Max ne savait pas quelle attitude adopter. Elle avait beau savoir que Brémont l'appréciait, il mettait un point d'honneur à compliquer leur relation.

— Plus sérieusement, Max, je sais que vous n'êtes pas du genre à m'appeler pour échanger des banalités. Et je vous rassure tout de suite, ça me va très bien.

Le message était clair. Il attendait d'elle qu'elle se montre honnête.

— Je ne sais même pas par où commencer… J'ai peur que vous ne me preniez pour une *desperate housewife* en mal de sensations.

— Que vous soyez désespérée par l'inactivité, j'arrive facilement à le concevoir, mais pour le côté femme au foyer, désolé mais vous repasserez.

Cette fois, Brémont se moquait ouvertement d'elle et Max n'était pas loin de penser qu'elle le méritait.

— Soit, puisque je n'arriverai pas à vous attendrir, autant jouer franc-jeu. Quelqu'un cherche à jouer avec mes nerfs. Et pour tout vous dire, il ne s'en sort pas mal jusqu'ici !

— Voilà qui est déjà nettement plus intéressant. Si vous m'en disiez plus ?

Max s'exécuta sans délai. Après tout, c'était l'objet de son appel et il ne servait à rien de tergiverser. Elle connaissait assez bien Brémont pour savoir qu'il ne mettrait pas des heures à trancher.

— Vous dites que le faire-part a été glissé directement sous votre porte ?

— Absolument. L'enveloppe n'était pas timbrée.

— Et le ruban de deuil vous était adressé.

— Oui. J'ai cru au départ qu'on cherchait à m'incriminer en signant le message à ma place, mais j'ai vu le texte original et ça ne fait aucun doute. L'auteur tenait juste à m'aviser.

— Étonnant que vous utilisiez le mot « incriminer ». Que je sache, aucun crime n'est à déplorer pour l'instant.

— Vous voyez très bien ce que je veux dire. Avouez que la mort de ce Christian Mallard soulève quelques questions.

— Parce que personne de son entourage ne s'est déplacé ? C'est triste mais ce sont des choses qui arrivent, Max.

— Je pensais surtout à son acte de décès. Pourquoi s'embêter à rédiger un faux ?

— Je vous fais marcher. À votre place, j'aurais soulevé des montagnes pour empêcher l'incinération.

— Je n'ai plus cette autorité.

— Et vous n'auriez de toute façon pas obtenu gain de cause avec le peu d'éléments à votre disposition. Vous devez vous faire une raison. Si vous voulez savoir ce qui est arrivé à ce Christian Mallard, vous devez mener votre enquête en oubliant son corps.

— C'était bien mon intention.

— Je m'en doutais. C'est pourquoi j'attends toujours la raison de votre appel. Ne me dites pas que vous souhaitiez ma bénédiction ?

— C'est que… bafouilla-t-elle faiblement.

— Oui ?

Max comprit alors ce que Brémont cherchait à lui pointer du doigt. Elle ne s'était exprimée jusqu'ici que de manière factuelle. Il attendait qu'elle se livre à lui.

— Je ne sais pas comment m'y prendre, Antoine. Mon instinct me dit que ce jeu de piste cache quelque chose de profond, mais je n'ai aucun moyen légal de creuser.

— Vous pourriez vous rendre au commissariat de Grenoble et leur répéter ce que vous venez de me dire.

— Je pourrais, en effet…

— Mais ?

— Mais c'est à moi que ces messages s'adressent. Vous feriez quoi à ma place ?

— Je vous l'ai déjà dit. Je serais en train de soulever des montagnes.

Max ferma les yeux et trouva la force de prononcer les mots qu'il attendait.

— Eh bien, vous êtes justement la première montagne que j'essaie de déplacer !

9

Si Brémont avait été surpris par cette demande, il n'en avait rien laissé paraître. Max se demandait même s'il ne l'avait pas fait marcher tout ce temps. Ses premières questions furent d'ordre pratique. Pensait-elle qu'il y avait encore quelque chose à trouver à Grenoble ? Où pouvaient-ils se retrouver pour travailler ?

— Mon appartement ne s'y prête pas vraiment mais il y a un café en bas de chez moi qui dispose d'une arrière-salle. Je suis sûre que le patron ne verra pas d'inconvénient à ce que je la lui squatte un peu.

— Parfait ! Vous m'enverrez l'adresse.

Max avait peur de s'emballer. Elle avait besoin de mettre des mots sur la situation.

— Ça veut dire que vous acceptez de m'aider ?

— Vous en doutiez ?

— C'est que… je ne voudrais pas que… enfin vous voyez, quoi.

— Je vous ai déjà connue plus loquace, mais si ce que vous cherchez à me dire est que vous ne voulez pas que cette affaire soit rendue officielle, rassurez-vous, j'avais bien compris. Et comme vous l'avez dit très justement, on ne peut pas, de toute façon, considérer ce qui vous arrive comme une affaire.

— Pourtant vous êtes prêt à me suivre.

— Vous saviez que cette intrigue me titillerait !

— Oui, mais de là à croire que vous y consacreriez du temps…

— Disons que vous avez eu de la chance sur le timing ! la coupa-t-il. Les beaux jours ne sont visiblement pas propices aux crimes tordus. J'hésitais même à poser des congés.

— Vous n'avez pas peur que vos supérieurs vous demandent des comptes s'ils vous voient enquêter en off ?

— Je suis un grand garçon, Max. J'arriverai à gérer ma hiérarchie. Et si je vois que ça coince, et que votre histoire en vaut la peine, je pourrais toujours poser ces congés.

— Et Nguyen et Rocca ? ajouta-t-elle, galvanisée.

— Laissez mes lieutenants où ils sont ! J'ai dit que j'étais prêt à vous aider, pas à mettre tous les moyens du DSC à votre disposition.

— Bien sûr, se refréna Max, penaude.

— Qui plus est, Rocca est en congé maternité. Je pensais que vous le saviez.

Max se pinça les lèvres. Rocca lui avait laissé deux messages auxquels elle n'avait jamais répondu.

— Par quoi on commence ? éluda-t-elle pour ne pas changer de sujet.

— Envoyez-moi une photo de l'acte de décès. Je vais me renseigner sur les noms et les lieux cités. Peut-être qu'ils n'ont pas été choisis au hasard. Quant à vous, contentez-vous de monter dans le premier train pour Paris. Je vous appelle demain matin.

Max émit un « *yes* ! » victorieux en raccrochant. Non seulement Brémont ne l'avait pas envoyée promener mais il lui avait paru impatient de s'y mettre. Était-ce cette histoire qui l'emballait ou le fait de collaborer de nouveau avec elle qui le motivait, Max ne pouvait pas le dire et la réponse lui importait peu.

Arrivée à la gare, elle se rua dans le premier point-presse pour acheter un guide touristique sur Grenoble. Elle profiterait du trajet dans le train pour potasser les deux ou trois lieux qu'elle aurait pu admirer durant son trekking. Max n'était pas à l'aise à l'idée d'écarter ses coéquipiers de ses futures recherches. Ils ne lui pardonneraient pas d'apprendre qu'elle avait demandé une aide extérieure sans leur en parler en premier. Il fallait qu'elle trouve une raison valable, un argument irréfutable, pour qu'ils acceptent de rester en retrait. Elle s'octroya du temps pour élaborer sa stratégie. Pour l'instant, personne n'avait de raison de mettre sa parole en doute.

Malgré la mauvaise qualité du réseau, Max tenta une fois de plus de découvrir qui était ce Christian Mallard. Elle entra dans son moteur de recherche tous les lieux inscrits dans l'acte de décès en les associant au nom du défunt. Brémont lui avait dit qu'il allait s'en occuper, et ses outils étaient nettement plus développés que le smartphone qu'elle avait en sa possession, mais elle n'avait rien d'autre à faire. Comme deux jours plus tôt, la plupart des occurrences la renvoyèrent vers une personnalité dont le nom était identique à une lettre près et qui était, a priori, toujours en bonne santé. Elle finit par admettre que sa démarche ne serait pas plus fructueuse que les précédentes et qu'elle devait trouver un autre angle d'attaque. Max souffla bruyamment.

Mais pourquoi tout le monde s'entête à me laisser des messages codés ? J'ai dit un truc, un jour, qui pourrait laisser croire que j'aime ça ?! Cette réflexion en entraîna d'autres. Manifestement, quelqu'un souhaitait attirer son attention sur un certain Christian Mallard. Dans quel but ? Pour l'avertir que cet homme n'était pas mort d'une maladie ou d'un banal accident et que son meurtre risquait de rester impuni ? Admettons. Alors pourquoi émettre un faux acte de décès compliquant de fait les recherches ? Et pourquoi ce faire-part ? Le messager était-il l'organisateur des funérailles auxquelles elle venait d'assister ou voulait-il au contraire attirer son attention sur cette cérémonie ? Enfin, quelles raisons pouvaient justifier un acte de décès falsifié ? Max retourna cette question plusieurs fois dans sa tête et n'y trouva qu'une seule réponse sensée : l'homme qui venait d'être incinéré ne s'appelait pas Christian Mallard. Il usait d'une fausse identité.

Elle envoya immédiatement un message à Brémont pour lui suggérer cette idée. Il pourrait facilement répertorier tous les homonymes enregistrés à l'état civil et ils n'auraient plus qu'à les contacter pour vérifier leur état de santé. Problème : si jamais sa théorie était juste, et que l'homme dans le cercueil ne s'appelait pas Christian Mallard, leur enquête s'arrêterait net puisqu'ils n'auraient plus aucun moyen d'identifier la victime. *Sauf si cette information se trouve ailleurs !* Max restait persuadée que le messager anonyme souhaitait l'appâter, or elle n'imaginait pas qu'il se soit donné autant de mal pour l'informer qu'un homme

55

venait de mourir sous un faux nom. Il y avait plus simple comme méthode et surtout plus grave comme crime. La seule question que Max évitait de se poser était de savoir pourquoi elle se retrouvait personnellement impliquée dans cette affaire. Pourquoi l'avait-on choisie, elle et pas quelqu'un d'autre ? Elle savait qu'elle ne pouvait pas repousser ce sujet d'un revers de main. Cette question serait certainement la première qu'Antoine Brémont lui poserait une fois face à elle. Max le savait pour la simple et bonne raison que cette situation s'était déjà présentée par le passé et que le capitaine du DSC ne l'avait alors pas épargnée. Elle s'obligea donc à supputer des réponses. La première qui lui vint à l'esprit et qui paraissait la plus logique était qu'elle connaissait l'homme qui venait de mourir. Pas sous le nom de Christian Mallard mais sous son vrai patronyme. Max regretta aussitôt de ne pas avoir fait desceller le cercueil quand elle en avait eu l'occasion. *D'un autre côté, tu leur aurais dit quoi ? J'aurais tellement aimé embrasser une dernière fois mon oncle que je ne connaissais pas ? Tu pouvais dire adieu à ta couverture !* Si elle était dans le vrai, elle était obligée d'attendre de connaître l'identité du cadavre pour avancer. L'autre réponse qu'elle entrevoyait lui plaisait déjà nettement moins. Elle avait peut-être été choisie parce que son nom avait un temps fait la une des journaux. Cette petite notoriété lui avait déjà coûté cher.

Elle s'enfonça dans son fauteuil et ferma les yeux dans l'espoir de refouler les souvenirs qui venaient de s'imposer. *Détends-toi, Max ! Statistiquement, il y a peu de chances que tu t'attires encore les faveurs d'un détraqué.* Elle sentit son téléphone vibrer dans sa poche mais décida de ne pas bouger. Brémont répondait certainement à son SMS. Cela pouvait attendre. Le soleil déclinait, et les deux verres de vin faisant toujours leur effet, elle préféra se laisser bercer par les bruits feutrés du TGV.

Elle sursauta quand un homme d'un certain âge lui tapota l'épaule. Max mit quelques secondes pour revenir à la réalité et lui jeta un regard noir.

— Nous sommes arrivés, dit-il sévèrement. Et vos jambes empêchent tout le monde de passer.

Max se redressa vivement et dut admettre que sa position ressemblait en tout point à celle d'un adolescent au bout de sa vie. Elle s'excusa d'un signe de tête et vit que le vieil homme était le seul dans l'allée. Les autres avaient dû l'enjamber.

Elle se frotta le visage et regarda sa montre. Vingt-deux heures trente. Elle avait dormi deux heures d'affilée. Elle regroupa ses affaires et les jeta en vrac dans son sac à main. Par réflexe, elle consulta son téléphone et vit le message en attente. Le numéro affiché n'était pas celui de Brémont. Elle ouvrit la notification et éloigna son bras au plus loin pour faire le point. Elle crut un instant à une mauvaise blague et se retourna plusieurs fois avant d'admettre qu'il ne restait plus qu'elle dans le wagon. Prise de vertige, elle se rassit un instant et relut plus calmement les instructions de son messager anonyme :

Vous faites bien de dormir.
Prenez des forces.
Ce n'est que le commencement.

10

Max n'avait pas pu patienter jusqu'au lendemain pour partager ce message avec Brémont. Il avait tenté de la rassurer mais elle tremblait encore après avoir raccroché. L'individu qui cherchait à attirer son attention se trouvait à quelques mètres d'elle un quart d'heure plus tôt. Il l'avait épiée pendant tout le trajet.

À l'arrière du taxi qui la ramenait chez elle et toute la nuit durant, elle avait mobilisé sa concentration pour visualiser le wagon et ses passagers. Elle avait pris le dernier TGV à destination de Paris et la voiture était à moitié vide. Elle se souvenait d'une mère de famille ou plus précisément de son fils en bas âge pour l'avoir entendu chouiner bruyamment. Pour le reste, ses souvenirs se résumaient à des silhouettes avachies et à des touffes de cheveux dépassant des appuie-tête.

Elle trouva le sommeil vers cinq heures du matin mais n'eut pas besoin de réveil pour être prête à neuf heures. Brémont l'attendait en bas de chez elle et si elle avait pu s'offrir trois heures de sommeil c'était en partie grâce à ce qu'il lui avait dit : « Si cette personne avait voulu vous faire du mal, elle l'aurait déjà fait. Elle connaît votre adresse, votre numéro de téléphone, et elle est manifestement en mesure de vous suivre comme bon lui semble. » Max aurait pu être effrayée par ces mots s'ils n'avaient pas été prononcés par le capitaine du DSC. Antoine Brémont, à sa manière, lui avait demandé de raisonner et de laisser son affect de côté.

Ludovic, le patron de café, ne vit aucune objection à les laisser s'installer dans son arrière-salle. Il était annoncé vingt-six degrés pour la journée, et personne n'aurait l'idée de s'enfermer.

— Un serré et un croissant pour toi, et pour monsieur, ce sera quoi ?

— La même chose, répondit Brémont.

Max s'assit sur la banquette et attendit que Brémont s'installe avant de se lancer.

— Vous avez pu trouver quelque chose sur Christian Mallard ?

— Je ne suis pas vraiment un adepte des salamalecs mais vous me battez à plate couture !

— Désolée, dit-elle, sincère. J'ai tourné en boucle toute la nuit !

— Je m'en doute. Mais est-ce que j'ai tout de même le droit de boire un café avant de rentrer dans le vif du sujet ?

— Vous avez tous les droits, Antoine. Je ne sais d'ailleurs pas comment vous remercier de vous être déplacé.

— N'exagérez pas non plus ! Dites-moi plutôt comment vous vivez cette mise en dispo, en attendant votre copain.

— Mon copain ?

— Le patron. Il a l'air de bien connaître vos habitudes.

— Je viens quasiment tous les jours.

— Vous ne me l'auriez pas dit que j'aurais pu le deviner.

— En attendant, ce n'est pas du tout mon copain !

— Je vois que vous prenez toujours la mouche aussi facilement !

Brémont la regardait d'un air narquois mais Max décida de ne pas rentrer dans son jeu.

— Pourquoi vous voulez que je vous parle de ma mise en dispo ? Ça vous tente, vous aussi ?

— Il m'arrive d'y penser. Mais je ne vois pas bien ce que je pourrais faire d'autre. Vous non plus, vous me direz…

— Ce n'est pas vrai ! réagit-elle vivement. J'ai plein d'idées de reconversion en tête.

— Vraiment ? Lesquelles par exemple ?

— Eh bien… On m'a fait plusieurs propositions que je suis en train d'étudier…

Max se redressa en voyant Ludovic arriver avec son plateau. Elle afficha une mine réjouie comme si elle retrouvait un vieil ami.

— T'es top, Ludo ! Merci beaucoup. Et merci pour la salle, c'est vraiment sympa !

Le patron la regarda les sourcils froncés. Il n'était pas habitué à autant de démonstration de sa part. À cette heure-ci, Max se contentait généralement de quelques onomatopées et grimaçait plus qu'elle ne souriait.

— Pas de quoi, dit-il d'un haussement d'épaules avant de s'éclipser.

Brémont n'avait rien loupé de cet échange et s'en amusa franchement.

— Oublions ça. Dites-moi plutôt comment vous vous sentez.

Max redoutait encore plus de s'engager sur cette voie mais elle savait que c'était un passage obligé. Brémont avait besoin de savoir si elle était un élément fiable. Elle souffla sur son café pour se donner une contenance avant de répondre d'une voix mal assurée.

— Je m'en sors, Antoine. Pas aussi vite et pas aussi bien que le voudrait mon entourage, mais je m'en sors.

— Vous pensez toujours à lui ?

— Fabio ? De moins en moins. J'y pense quand je me sens seule mais ce n'est même pas lui qui me manque. C'est plutôt ce que j'ai pu ressentir le peu de temps où je l'ai fréquenté. Vous savez, cette sensation de légèreté. Cette impression d'avoir à nouveau seize ans et d'être indestructible. Vous voyez ce que je veux dire ?

— Je vois, oui.

Brémont n'ajouta rien. Contrairement à ses proches, il ne lui fit pas l'affront de lui dire que ce sentiment reviendrait, qu'elle tomberait de nouveau amoureuse ou qu'elle connaîtrait un jour elle aussi le bonheur. Il préféra boire son café d'une traite avant d'attaquer d'un ton professionnel :

— Vous m'avez dit qu'un numéro s'était affiché avec le SMS. Je ne peux pas demander de borner le téléphone sans attirer l'attention, mais est-ce que vous avez tenté de rappeler ?

— Bien sûr. Je l'ai fait dès que nous avons raccroché mais la ligne n'était déjà plus en service. Notre

61

homme a dû utiliser une carte prépayée et jeter le téléphone en descendant du train.

— Notre homme ? Ce n'est pas un peu sexiste de nos jours ?

Max sourit sincèrement pour la première fois et reprit plus posément :

— Notre individu a dû s'en débarrasser.

— On pouvait s'y attendre. De mon côté, j'ai pu récolter une liste de sept Christian Mallard allant de trente-trois à quatre-vingt-six ans. Aucun d'eux n'habite officiellement dans l'Isère mais j'ai leur numéro. On peut toujours vérifier.

— On n'est même pas sûrs que l'Isère soit à proprement parler une piste...

— C'est vrai, mais il faut bien commencer quelque part. Et puis si nous avons en ligne ces sept Mallard, ça nous ôtera déjà un doute.

— Ça voudra dire que l'homme dans le cercueil ne portait pas ce nom-là.

— Exactement !

Max se mit à dépiauter la pâte feuilletée de son croissant les yeux braqués sur sa tasse de café.

— Un problème ?

— Non. Enfin pas vraiment. Je suis étonnée que vous ne me posiez pas la question.

— Quelle question ?

— Qu'est-ce que je viens faire là-dedans ?

— J'ose espérer que vous me l'auriez dit si vous en aviez la moindre idée.

— Vous ne me croyiez pas à l'époque de l'Arlequin[1] ! réagit Max plus vertement qu'elle ne l'aurait souhaité.

_____

1. *L'Arlequin,* Hugo Poche. (Deuxième enquête de Maxime Tellier.)

Brémont posa une main sur la sienne pour lui faire relever la tête.

— Max, cette affaire n'a rien à voir. Ne commencez pas à vous mettre ça en tête. Notre individu a certainement ses raisons pour vous avoir contactée et nous finirons bien par découvrir lesquelles. D'ici là, nous devons aller de l'avant.

Max effrita un peu plus son croissant avant d'adopter sa vision des choses.

— Pourquoi me suivre à distance au lieu de m'aborder ?

— J'y ai pas mal réfléchi depuis votre appel. De vous à moi, ce faire-part ne vous obligeait en rien. Vous auriez pu rester à Paris plutôt que de vous rendre à Grenoble. Qui se présenterait à des obsèques sans même connaître le défunt ?

— Vous voulez dire qui à part moi ? répondit Max en grimaçant.

— Je pense que votre messager anonyme voulait s'assurer qu'il avait fait le bon choix. Que vous seriez celle qui suivrait ses instructions.

— Un bon petit soldat ! s'agaça-t-elle. N'empêche, s'il veut me faire passer un message, il a intérêt à être plus clair parce que, pour l'instant, je n'y comprends rien !

— Il vous l'a dit, Max. Tout cela n'est que le commencement.

11

Chacun devant son ordinateur, entre les miettes de croissant et les tasses à café, Max et Brémont avaient passé presque une heure à contacter les sept Christian Mallard de leur liste. S'ils n'avaient pu parler à chacun de vive voix, ils avaient tout de même réussi à établir le fait qu'ils étaient tous en vie. Pour savoir qui avait été incinéré la veille à Grenoble, ils devaient trouver un autre angle d'attaque.

Brémont contacta les pompes funèbres et usa de son grade pour s'entretenir avec le thanatopracteur qui s'était occupé de Mallard, quel que soit son vrai nom. La paroisse de Saint-Louis n'avait pas été la seule à recevoir des instructions. Un sac de voyage contenant des affaires de rechange, de l'argent liquide et les dernières volontés du défunt avait été laissé devant l'entrée. Le corps avait été déposé le lendemain matin.

— Qui l'a amené ? voulut savoir Brémont.

— Je ne pourrais pas vous le dire, répondit le préparateur mortuaire. J'ai commencé mon service à neuf heures et le corps était déjà dans la chambre froide.

— Quelqu'un de chez vous a bien dû le réceptionner ?

— Je regarderai au planning qui était présent ce jour-là. Mais il faudra que je vous rappelle. Vous êtes passé par notre standard à distance. Je suis seul à travailler aujourd'hui.

Brémont savait d'instinct qu'il n'aurait jamais cette information. Le messager anonyme avait réussi un sans-faute jusqu'ici.

— Vous connaissez au moins la cause de la mort, dit-il d'une voix autoritaire.

— Bien sûr ! Le rapport du médecin indiquait un arrêt cardiaque.

Brémont aurait dû se satisfaire d'une réponse aussi précise mais il doutait de pouvoir s'y fier. Ce rapport avait pu être falsifié aussi facilement que l'acte de décès.

— Et le corps ? Vous n'avez relevé aucune anomalie ?

— Comment ça ?

— Je ne sais pas. Des marques qui auraient pu vous alerter.

— M'alerter de quoi ? Je viens de vous dire que cet homme est mort d'une crise cardiaque. Il arrive que les victimes d'attaque se blessent en tombant. Les papiers étaient en règle, capitaine ! Je n'ai pas cherché à relever quoi que ce soit.

— Je ne remets pas vos compétences en cause, le rassura Brémont. Je me demandais simplement si vous n'aviez rien vu d'inhabituel.

— Non, dit-il un ton en dessous, je n'ai rien remarqué. À part peut-être…

— Oui ?

— J'ai relevé des gerçures dans le dos, au niveau des omoplates. Comme si le corps avait été placé sur

65

une table réfrigérante un long moment. Ce qui en soi est assez étonnant vu l'état du corps.

— Je ne comprends pas.

— L'abdomen était légèrement gonflé. La putréfaction avait commencé.

— Ce n'était pas normal ?

— Si on se réfère à l'acte de décès, si. Mais si le corps a été conservé sur une table réfrigérante, alors la décomposition aurait dû être retardée.

— Je vois. Mais ça ne vous a pas assez alarmé pour le signaler.

— Encore une fois, capitaine, les papiers étaient en règle. Je n'avais aucune raison d'alerter qui que ce soit pour si peu. Je ne suis pas légiste et je n'ai pas toutes les compétences pour tirer des conclusions à partir d'une simple observation. D'autant qu'il m'est déjà arrivé de recevoir des morts dans cet état. Des proches qui avaient tenté de conserver le corps par eux-mêmes. On trouve de tout sur Internet, et certains sont prêts à s'improviser thanatopracteurs rien que pour s'épargner le coût d'un embaumement.

— Parce que Christian Mallard a été embaumé ? s'étonna Brémont.

— Du tout, je vous disais ça à titre d'exemple. Non, M. Mallard ne souhaitait même pas de toilette mortuaire. Il voulait que la bière soit scellée le plus rapidement possible.

Brémont ne fut pas surpris par cette demande. Une toilette mortuaire était avant tout destinée à la famille. Elle permettait aux proches de se recueillir une dernière fois devant le défunt, or quelqu'un avait œuvré pour que cet inconnu quitte ce monde en toute discrétion. Le préparateur confirma que le souhait d'une crémation était indiqué dans la lettre d'instructions et que les cendres devaient être dispersées dans le jardin du souvenir du cimetière du Grand-Sablon. Une tenue pour le défunt avait même été prévue.

— Je me souviens de m'être dit que le dépositaire du sac en connaissait un rayon sur les crémations, ajouta-t-il d'un ton atone.

— Pourquoi ça ?

— Généralement, quand on demande aux membres de la famille d'apporter des vêtements, on a le droit à des costumes, des tenues d'apparat ou même des maillots de football, mais personne ne pense aux sous-vêtements ou aux chaussettes. Je sais que ce genre de choses peut paraître inepte, vu les circonstances, mais cela nous permet d'habiller le corps en toute dignité. C'est important. Mais avant une crémation, on est tout de même obligés de retirer les matériaux qui dégagent des vapeurs toxiques. Autant dire tout ce qui est en cuir ou en caoutchouc. Bref, neuf fois sur dix, on ôte les chaussures du défunt.

— Où voulez-vous en venir ?

— Eh bien, la personne qui a déposé le sac semblait savoir tout ça. On a trouvé un caleçon, une paire de chaussettes, un pull et un pantalon, mais pas de chaussures, ni aucun objet métallique. À croire que notre fonctionnement n'avait aucun secret pour lui.

Brémont s'interrogea sur ce dernier point bien après avoir raccroché. Qui pouvait en connaître autant sur la préparation des corps à part un employé des pompes funèbres ? Un fonctionnaire de mairie ou un représentant des forces de l'ordre. Il n'était pas rare de devoir accompagner le corps jusqu'à sa dernière étape afin de valider toutes les procédures. Le corps médical pouvait également entrer dans cette catégorie. Quand la famille faisait défaut, il fallait bien trouver des volontaires pour s'occuper des formalités. Plus Brémont creusait la question, plus sa liste s'allongeait.

Max n'avait pas perdu une miette de la conversation et s'était concentrée sur l'autre détail relevé par le préparateur mortuaire, les gerçures présentes dans le dos de Christian Mallard. Max avait assisté à de nombreuses autopsies et savait que les omoplates étaient des points d'appui fréquemment rougis par l'amoncellement des globules rouges. Mais le bassin l'était tout autant si la victime était positionnée sur le dos peu de temps après l'arrêt de ses fonctions vitales. Pourtant le thanatopracteur n'avait évoqué que les omoplates. Comment le haut du dos avait-il pu être congelé sans que le reste du corps soit attaqué ?

Chacun notait sur un carnet toutes les questions qui avaient été soulevées sans pouvoir y apporter de réponses. Les tasses à café s'accumulaient sur un coin de la table. Max avait demandé au patron de les laisser travailler et c'était elle qui se déplaçait désormais pour rapporter leurs commandes, sans jamais débarrasser. Brémont nettoyait régulièrement la table avec une serviette en papier mais n'était pas plus décidé qu'elle à faire place nette. Max ressentait une certaine excitation à le voir aussi concentré. Cette histoire n'avait aucun sens et il semblait s'en délecter. *Comme quoi, t'es pas la seule à avoir un grain !*

Cette piste ne pouvait plus rien leur apporter et ils s'attaquèrent à l'acte de décès. Brémont n'avait pas encore eu le temps de s'y pencher mais il restait persuadé que des informations y avaient été dissimulées.

— Ça ne vous fatigue jamais de décrypter tous ces messages ?

Brémont lui signifia son incompréhension d'un regard.

— Chaque fois que je bosse avec vous, vous vous retrouvez à analyser des messages codés !

— Primo, dit-il en replongeant le nez dans ses notes, nous n'avons bossé qu'une seule fois ensemble. Deuxio, permettez-moi de vous rappeler que c'est à vous que s'adressent à chaque fois ces messages !

Max grimaça. Brémont avait raison et elle aurait dû y penser avant de poser sa question. Devant son silence, Brémont releva la tête et lui adressa ce sourire en coin qui désarmait toute tension.

— Mais non, dit-il tranquillement, ça ne me fatigue pas. J'estime même avoir de la chance.

— De la chance ? s'étouffa Max en avalant de travers son troisième croissant.

— L'apanage du profileur est de traquer des tueurs qui se croient plus intelligents que tout le monde. Et pour être sûrs que cette donnée soit bien assimilée, ils laissent des énigmes pour prouver leur supériorité. Pour narguer l'autorité ou au contraire être compris par des gens qu'ils veulent à leur hauteur.

— Et donc vous pensez qu'on a affaire à un tueur !

— Pour l'instant, je pense surtout que votre messager anonyme mérite qu'on lui consacre un peu de temps.

12

Penchés sur leur ordinateur, Max et Brémont avaient entamé leurs recherches après s'être réparti la tâche. Le capitaine du DSC se concentrait sur Grenoble, Max sur Bourgoin-Jallieu. Le principe consistait à entrer tous les noms de famille, dates et lieux évoqués dans l'acte de décès en se concentrant sur une zone géographique.

Max fut la première à trouver une occurrence intéressante d'après le titre d'un article. Elle devait s'abonner pour pouvoir le lire dans son intégralité mais les premières lignes étaient suffisamment évocatrices pour qu'elle paye une souscription. Trente secondes plus tard, Brémont l'entendait injurier son écran.

— Un problème ?

— Je viens de me faire arnaquer de quinze euros ! Et encore, c'était un prix d'appel. À tous les coups je ne vais même pas pouvoir résilier cet abonnement avant plusieurs mois.

Brémont attendait patiemment qu'elle se calme pour comprendre de quoi il retournait. Elle s'en aperçut et baissa les yeux, un peu honteuse de son emportement.

— Désolée, je déteste me faire avoir !

— Vous m'en direz tant !

Max grimaça avant de s'expliquer :

— L'article que je voulais voir n'est plus en ligne. Trop vieux, visiblement. Ça ne les a pas empêchés de laisser le lien à dispo !

— Une mémoire tampon, j'imagine. Il parlait de quoi, cet article ?

— De Simon Péroski. Le conseiller municipal qui aurait contresigné l'acte.

— Et qui n'apparaît nulle part dans l'organigramme de la mairie de Grenoble. J'ai vérifié par acquit de conscience.

Max était tellement sûre de cela qu'elle n'avait même pas cherché à le vérifier. C'était une erreur et elle en avait pleinement conscience. Brémont avait eu la délicatesse de ne pas le lui reprocher mais elle allait devoir lui prouver qu'elle n'avait rien perdu de ses réflexes si elle voulait le garder à ses côtés.

— Le journaliste a titré : « Mais où est donc Simon Péroski ? », reprit-elle comme si de rien n'était. Les premières lignes reprennent l'accroche, regardez !

Brémont orienta l'ordinateur portable vers lui et lut à voix haute les mots en libre accès :

— « À Bourgoin-Jallieu, personne n'est près d'oublier Simon Péroski. Son souvenir est encore présent, telle une blessure à peine cicatrisée, et les habitants sont en droit de se demander ce qu'est devenu l'homme après toutes ces années. Nous avons cherché à retrouver sa trace mais… »

Il était inscrit que la suite était réservée aux abonnés, sans préciser qu'elle ne le serait qu'un temps. Il était surprenant que le quotidien ne l'ait pas stocké dans ses archives en ligne, même si l'article datait de plusieurs mois. Brémont nota le nom du journaliste dans son carnet et chercha immédiatement ses coordonnées. Il réussit à trouver une adresse mail à laquelle il envoya un message depuis son compte professionnel.

— Nous n'avons plus qu'à attendre, dit-il avant de se lever pour commander une nouvelle tournée de cafés.

Il revint, les mains chargées de deux tasses, et Max vit à son visage que quelque chose le contrariait.

— « Personne n'est près d'oublier Simon Péroski », dit-il sans qu'elle ait besoin de l'interroger. Si cette introduction est vraie, je suis étonné qu'on n'ait rien trouvé d'autre sur lui.

— L'affaire a l'air de remonter à un petit bout de temps.

— Avant l'existence d'Internet, vous voulez dire ?

— Je ne sais pas. Peut-être…

— Peut-être bien, en effet. Mais si l'histoire avait été aussi traumatisante, la presse ou même un internaute en aurait parlé d'une manière ou d'une autre.

— Ça devrait être le cas. Sauf qu'on n'a pas assez de données pour étoffer notre recherche.

Brémont n'était pas satisfait de cette réponse. Max le connaissait assez pour qu'il n'ait pas besoin d'en dire davantage. Elle récupéra son ordinateur et entra de nouveau les noms Péroski et Bourgoin-Jallieu, en les associant aux mots traumatisme et meurtre.

Brémont qui s'était approché pour la regarder faire l'interrogea du regard.

— Je sais, dit-elle, j'extrapole. Mais il faut bien qu'on se lance. Quoi de plus traumatisant qu'un meurtre ?

Le capitaine acquiesça d'un mouvement de tête et Max valida sa demande d'un doigt assuré.

En dehors de l'article qu'elle avait tenté de consulter, aucun résultat digne d'intérêt ne s'afficha. Bien sûr, Bourgoin-Jallieu avait eu ses traumatismes au fil du temps, comme n'importe quelle autre ville, mais ils étaient d'ordre climatique, économique ou sportif. Une défaite à domicile de l'équipe de rugby, des pesticides dans l'eau potable ou encore une crue de la Bourbre inondant plusieurs quartiers. Aucune de ces catastrophes ne pouvait être apparentée de près ou de loin à Simon Péroski.

Max renouvela sa demande en remplaçant le mot meurtre par accident. Une nouvelle liste, nettement plus fournie, fit son apparition. Aucune accroche n'avait l'air de correspondre à leurs attentes et ouvrir chaque lien leur prendrait la journée. La caféine mettait les nerfs de Max à rude épreuve alors que Brémont affichait un calme olympien.

— Nous n'y arriverons pas comme ça, dit-il comme s'il avait pu lire dans ses pensées.

— Alors on fait quoi ? demanda Max le plus posément possible.

— On attend.

Max crut un instant qu'il se moquait d'elle.

— On doit attendre de récolter de nouveaux éléments, précisa-t-il. Et ils arriveront. Croyez-moi. Ils arrivent toujours.

— Et donc on s'arrête là ?

— Disons qu'on fait une pause. Ça ne sert à rien de s'obstiner.

— Je ne m'obstine pas ! réagit-elle un ton au-dessus. Mais je ne suis pas du genre à abandonner aussi facilement.

— Qui vous parle d'abandonner, Max. Votre messager anonyme nous impose son rythme. Il n'est visiblement pas prêt à tout vous délivrer.

— Qu'est-ce que vous en savez ?

— Rien. Et j'imagine que c'est parce que je n'ai aucune expérience dans ce domaine que vous m'avez appelé.

Peu de personnes étaient en mesure de moucher Max aussi facilement et elle redescendit aussi vite d'un cran.

— Désolée, je n'ai jamais été très patiente !

Brémont émit un rire sec et franc auquel elle n'était pas préparée.

— Maxime Tellier ne serait pas très patiente, dit-il, toujours amusé. Je crois bien que je tiens le scoop de l'année.

— Oui, bon. On peut peut-être passer à autre chose ?

Sa prière fut exaucée par le téléphone de Brémont qui se mit à vibrer sur la table. Le numéro n'était pas enregistré dans son répertoire et il décrocha d'une voix grave en annonçant son titre.

Max n'entendit pas la réplique mais elle décela une étincelle dans les yeux de Brémont. Il remit le téléphone sur la table et enclencha le haut-parleur.

— Je ne m'attendais pas à une telle réactivité, dit-il, penché vers le micro. Comme je vous le disais dans mon mail, le commissaire Maxime Tellier, qui vous écoute à partir de maintenant, et moi-même aurions aimé vous poser quelques questions au sujet de Simon Péroski.

Max crut entendre leur interlocuteur souffler avant qu'il ne s'exprime d'une voix lasse.

— C'est au sujet de l'article, c'est ça ? Péroski a porté plainte ? Pff... J'en étais sûr !

Brémont le rassura en quelques mots tandis que Max réfléchissait à la première question qu'ils pourraient lui poser. Elle l'écrivit sur une feuille de papier qu'elle glissa sous les yeux de Brémont. Il valait mieux qu'il garde la main sur l'entretien puisque c'était lui qui avait établi le contact.

— Nous n'avons pas pu avoir accès à votre article, lut-il à voix haute. De quoi parlait-il exactement ?

— Rien de bien méchant. Péroski a disparu de la circulation et j'ai cherché à savoir ce qu'il devenait.

Brémont comprit qu'il devait en apprendre plus sur Péroski s'il voulait saisir les propos du journaliste.

— Vous pourriez nous parler de cet homme ?

— Qu'est-ce que vous voulez savoir exactement ?

— Tout ce que vous êtes en mesure de me dire.

La demande était si vague que l'instinct du journaliste s'éveilla.

— Dites-moi pourquoi vous enquêtez sur lui et je vous promets de vous dire tout ce que je sais.

Brémont serra les mâchoires et Max posa une main sur son avant-bras. La technique fonctionna et Brémont reprit la conversation d'une voix posée.

— Nous n'enquêtons pas sur lui, nous aurions juste besoin de son témoignage. Et comme vous venez très justement de le dire, Simon Péroski a disparu de la circulation.

— Vous voulez l'interroger à quel sujet ?

— Il aurait été témoin d'un accident de la route sur l'A48.

— Alors vous en savez plus que moi ! Je pensais que Péroski avait quitté la région et même la France.

C'est sa plaque d'immatriculation qui vous a mené jusqu'à lui ?

— On ne peut rien vous cacher.

— C'est bizarre. Son voisin m'a dit qu'il avait vendu sa voiture peu de temps avant de mettre les voiles.

— Ah… C'est embêtant, feignit Brémont qui ne voulait pas attiser davantage sa curiosité. Peut-être que nous ne cherchons pas la bonne personne, après tout. Vous auriez le nom de ce voisin ?

— Il ne vous dira rien ! affirma le journaliste, péremptoire. Le bonhomme n'est pas vraiment un adepte de l'autorité, si vous voyez ce que je veux dire. C'était déjà le cas avant l'affaire Péroski et, forcément, ça ne s'est pas arrangé après.

— L'affaire Péroski ? ne put s'empêcher de répéter Max.

— Écoutez, mon rédacteur en chef a été très clair. Je dois oublier ce nom si je ne veux pas me retrouver avec un procès aux fesses. Donc si vous voulez savoir ce qui s'est passé, faites vos recherches de votre côté.

— Comme vous voudrez, ponctua Brémont à bout d'arguments. Puisqu'il y a eu affaire, comme vous semblez le dire, nous consulterons le TAJ[1].

— Ça m'étonnerait qu'il y soit encore ! dit le journaliste d'un ton sarcastique. Son avocat est un enragé. Il a dû faire retirer sa fiche depuis longtemps.

— Vous savez comme moi que ce n'est pas aussi simple.

---

1. Traitement des antécédents judiciaires. Fichier qui regroupe les informations concernant les personnes mises en cause ou victimes d'infractions pénales.

— Laissez tomber, je vous dis ! Le juge a déclaré Péroski irresponsable. Y a même pas eu de procès. Il pouvait pas se trouver un meilleur avocat. Une vraie raclure.

Brémont serra les poings et se força à expirer longuement avant de reprendre la parole.

— Très bien, si vous ne voulez pas nous en dire plus, peut-être que vous pouvez nous donner le nom de cet avocat. De cette manière, nous ne vous embêterons plus avec cette histoire.

Contre toute attente, le journaliste fit machine arrière.

— Vous savez quoi ? Je préfère que vous ayez ma version plutôt que celle du baveux. À tous les coups, il va vous sortir les violons et vous parler d'un accident regrettable. J'ai couvert cette affaire à l'époque. Vous pouvez me croire quand je vous dis que ça n'avait rien d'un accident. Péroski, il l'a massacrée, la petite. C'est simple, il aurait dû prendre perpète !

13

Seize mois plus tôt...

Thibault aimait bien flâner le long de la Loire avant de prendre ses quartiers sous le pont Napoléon, qui reliait Tours et Saint-Cyr-sur-Loire. Il savait qu'il y dormirait seul cette nuit. Personne ne viendrait lui voler ses affaires. La température avoisinait le zéro et des pluies verglaçantes étaient attendues avant l'aube. Ses colocataires urbains avaient suivi les conseils des maraudeurs et s'étaient trouvé un refuge pour la nuit. Mais Thibault ne supportait plus de vivre enfermé. Il préférait encore prendre le risque d'attraper la mort, comme on le lui prédisait. C'était son choix et personne jusqu'ici n'avait réussi à le faire changer d'avis. Il ne s'estimait pas rebelle, encore moins désespéré. Il avait d'ailleurs accepté de jouer le jeu de la société durant de nombreuses années. Mais à quoi bon ? Il s'était évertué à être un citoyen irréprochable, un mari modèle et un employé dévoué. Rien de tout cela n'avait payé. Il avait commencé par perdre son emploi. Il n'y était pour rien, avait-on tenu à lui préciser. La faute à la crise, à la mondialisation, *aux restructurations et autres monstres sans tête. Sa femme n'avait pas supporté ce licenciement et les sacrifices qu'il impliquait. Elle voulait garder sa maison coûte que coûte, même si un autre homme devait en assumer les traites. Thibault avait retrouvé ses valises sur les marches du perron et n'avait pas eu le courage de sonner. Sonia ne voulait plus de lui, à quoi bon l'obliger ? Il s'était installé dans un hôtel minable, persuadé que ce ne serait que pour un temps. En cela il avait raison. Trois semaines plus tard, le fisc lui raflait toutes ses économies. Des impayés qu'il n'avait pas pu anticiper puisqu'il n'en avait jamais eu connaissance. Son père avait pourtant essayé de le prévenir. « Refuse mon héritage, Thibault. Je n'ai pas été à la hauteur. Pardonne-moi. » Thibault pensait que l'allusion était spirituelle. Elle était au contraire bien réelle. Comment aurait-il pu imaginer que son père s'était endetté à ce point ?*

Il pensait à tout cela en longeant la rive et se demandait si, à un moment, il aurait pu reprendre le contrôle de sa vie. En avait-il seulement eu envie ? Sa condition était rude aujourd'hui, c'était un fait, mais il était libre et cette sensation l'enivrait.

Il mit du temps à comprendre ce que ses yeux fixaient. Les réverbères du pont Napoléon éclairaient la nuit en une succession de halos et une silhouette se détachait entre deux des emplacements éclairés. Thibault s'approcha mais il était en contrebas. Il vit la personne enjamber le garde-corps et c'est alors qu'il comprit. Il courut à l'aplomb du pont et mit ses mains en porte-voix.

— Ne faites pas ça ! cria-t-il. L'eau est gelée. Vous ne vous en sortirez pas.

Thibault regretta ses mots à peine les eut-il pro-noncés. La personne à qui il s'adressait devait être parfaitement au courant de la situation et devait même trouver amusant (si la chose était encore possible) que quelqu'un tienne à la lui rappeler. Mais Thibault ne pouvait pas rester là sans rien faire. Il se devait d'agir.

— *Je suis sûr que ce n'est pas ce que vous voulez,* dit-il d'une voix suppliante. *Réfléchissez. Il doit bien y avoir quelqu'un à qui vous tenez ou qui a besoin de vous ? S'il vous plaît. Ne faites pas ça !*

— *Je n'ai pas le choix,* entendit-il alors au loin.

Une voix de femme, qui lui donnait déjà une indica-tion.

— *Il a raison,* dit-elle encore. *C'est le seul moyen de savoir.*

— *Qui a raison ?* cria Thibault pour se faire entendre. *Je suis sûr qu'il se trompe. Il y a forcément un autre moyen.*

— *Non. Demandez-lui, vous verrez.*

Thibault vit son inconnue tourner la tête de côté. Lui ne voyait personne si ce n'était cette femme prête à sauter.

— *Je vous en supplie, madame ! Ne sautez pas ! Laissez-moi deux minutes, le temps de vous rejoindre. Nous pourrons parler.*

— *Il ne veut pas !* cria la femme après avoir regardé une fois de plus par-dessus son épaule. *Il m'a dit que ça fausserait le test.*

— *Quel test ?*

— *Je suis désolée. C'est l'heure, maintenant. Je dois me soumettre à l'ordalie.*

La femme lâcha la rambarde et disparut dans la nuit. Thibault n'entendit pas le corps tomber à l'eau. Il ne le vit pas non plus flotter devant lui. Il se trouvait en amont de la chute. Le courant était trop fort pour qu'il ait une chance de le rattraper. Il garda plusieurs minutes les yeux dirigés vers le pont. Il ne vit personne et conclut que la femme qu'il cherchait à aider avait depuis longtemps perdu la raison.

Le corps de Béatrice Calmant fut retrouvé deux jours plus tard, à sept kilomètres en aval du pont Napoléon. Les secouristes découvrirent une lettre dans la poche intérieure de son manteau, protégée par une pochette en plastique. Personne ne douta du suicide de Béatrice Calmant. Une enquête permit d'apprendre que cette femme de quarante-deux ans souffrait de fragilité mentale. Cela expliqua en partie le message qu'elle avait tenu à laisser :

Si je ne m'en sors pas, c'est que je le méritais.

14

Le récit du journaliste était bien trop à charge pour que Max et Brémont puissent s'y fier. S'ils voulaient comprendre comment et pourquoi Simon Péroski avait « massacré la petite », ils avaient besoin de connaître les faits, en toute impartialité. Max avait voulu interrompre le flot d'invectives à plusieurs reprises, mais Brémont l'en avait empêchée d'un geste de la main. Il avait préféré attendre la fin de cette première version de l'histoire avant d'obliger le journaliste à reprendre chaque point.

— En gros, ce que vous voulez, c'est que je vous fasse un compte rendu du procès-verbal, c'est ça ?

— Ce serait un bon début, en effet ! confirma Brémont.

« La petite », comme s'évertuait à l'appeler le journaliste, était en réalité une jeune femme de vingt-deux ans qui avait perdu la vie cinq ans plus tôt, après avoir reçu onze coups de couteau assenés par son père adoptif et unique parent, Simon Péroski.

Et s'il l'appelait « la petite », c'est parce que tout le monde la surnommait ainsi dans le quartier où elle avait grandi. Julia Péroski était connue de tous, et chacun l'aimait à sa façon. De la même manière, personne n'aurait pensé dire un jour du mal de son père. Les Péroski formaient une famille bancale mais soudée. Nul n'aurait pu prédire une telle tragédie.

Julia avait été une petite fille heureuse. Même la mort de sa maman n'avait pas réussi à lui retirer sa joie de vivre. Et c'était certainement grâce à Simon Péroski. Il avait épousé la mère de Julia deux ans auparavant et, à sa mort, il avait remué ciel et terre pour adopter la petite afin qu'elle ne lui soit pas retirée. Julia avait alors six ans. Dès lors, Simon Péroski s'en était occupé comme si elle avait été sa propre fille, refusant les promotions professionnelles pour être le plus souvent possible à ses côtés. Simon Péroski emmenait Julia tous les matins à l'école et l'attendait sagement devant la grille à la fin de la journée. Il lui avait appris à faire du vélo, l'avait accompagnée à toutes les activités parascolaires ; il était toujours le premier à applaudir aux spectacles de fin d'année. À l'adolescence, Julia était devenue plus sombre, entièrement vêtue de noir et percée de la tête au nombril, mais quand on demandait à Simon Péroski s'il s'en sortait à élever tout seul une fille de seize ans, il répondait invariablement qu'être parent était le plus beau métier du monde. Non, personne n'aurait pu prévoir ce qui s'était passé.

Max devinait qu'il en coûtait au journaliste de faire une description aussi louable de Péroski mais son devoir d'objectivité avait enfin repris le dessus. À moins que son but ait été de planter un décor idyllique pour mieux le sabrer et faire comprendre quel traumatisme avait vécu tout un quartier.

— Qui a appelé les secours ? voulut savoir Brémont.

— Leur voisin. Julia ne vivait déjà plus chez son père mais elle venait le voir régulièrement. Ce soir-là, ils se sont disputés. Ce n'était visiblement pas la première fois mais Julia n'avait pas un caractère facile, à ce qu'il paraît. Elle montait vite dans les tours pour redescendre aussitôt. Une sanguine, quoi !

— Si le voisin était habitué à ces disputes, qu'est-ce qui l'a alerté ?

— Il était habitué aux cris de Julia mais jamais le père n'élevait la voix. C'était la première fois. Le voisin n'a pas appelé les flics tout de suite pour autant. Il a attendu au moins deux heures avant de le faire.

— Pourquoi ?

— Parce qu'il n'entendait plus rien, justement. Pas un seul bruit, ce qui était exceptionnel quand Julia était dans la maison. Je ne fais que vous répéter ce qu'a déclaré le voisin. Il est allé frapper chez les Péroski, mais personne n'a répondu. C'est alors qu'il s'est inquiété, mais c'était déjà trop tard.

La police avait trouvé Simon Péroski assis dans son salon, la chemise ensanglantée et sa fille à ses pieds. Les mains de Julia étaient figées sur son ventre mais cela n'avait pas suffi à la protéger. Son abdomen avait été réduit en charpie.

— Et vous dites que Julia était enceinte, relança Brémont.

— C'est à l'autopsie qu'ils s'en sont rendu compte. Personne n'était au courant dans le quartier et Péroski n'a pas décroché un mot durant sa garde à vue.

— Mais lui était au courant de cette grossesse ?

— Il a dit plus tard l'avoir appris ce soir-là. C'est ça qui aurait tout déclenché.

— Qu'a-t-il dit exactement ? s'impatienta Brémont.

Le journaliste souffla, mécontent de devoir rapporter les mots d'un homme qu'il semblait mépriser.

— Julia lui a dit qu'elle était enceinte de quatre mois mais qu'on lui avait détecté trois semaines plus tôt un truc assez sérieux. Faudrait que je reprenne mes notes mais je crois que ça s'appelait de l'éclampsie.

— À ce stade, il devait s'agir d'un dépistage de pré-éclampsie, rectifia Brémont sans expliquer d'où il tenait ses connaissances en la matière.

— C'est possible. Toujours est-il qu'elle voulait revenir chez son père pour mener sa grossesse à son terme.

— Et c'est ça qui aurait fait disjoncter Péroski ? s'étonna Brémont.

— Non, ce n'est pas ça. À en croire le bonhomme, la mère de Julia avait eu le même problème pour sa deuxième grossesse, sauf que ça s'est mal fini. Elle a eu des convulsions un peu avant le terme et elle est morte en couches. Le bébé n'a pas pu être sauvé.

— L'histoire se répétait, dit Brémont sur le ton de la réflexion.

— Si on croit à sa version ! précisa le journaliste, agacé. Enfin bon, toujours selon ses dires, Péroski a supplié sa fille d'interrompre la grossesse avant qu'il ne soit trop tard mais Julia n'a rien voulu entendre. C'était l'objet de leur dispute. Le ton est monté et Péroski a compris qu'il n'aurait pas gain de cause. Alors il est allé chercher un couteau à la cuisine et il lui a enfoncé la lame dans le ventre.

— Il voulait qu'elle perde le bébé…

— Ouais, alors c'est là que j'ai un problème, capitaine ! Un coup de couteau, passe encore. Je veux bien faire un effort de compréhension. Mais onze ?

Max n'était pas loin de partager l'avis du journaliste mais Brémont était confronté plus souvent qu'elle aux comportements compulsifs. Elle attendit qu'il expose son point de vue avant d'entériner son jugement.

— Vous dites qu'il n'y a pas eu de procès, dit-il calmement, ça veut dire que le juge a rendu une ordonnance d'irresponsabilité pénale pour cause de trouble mental, je me trompe ?

— Bingo ! rétorqua le journaliste. Son avocat avait tout prévu.

— C'est-à-dire ?

— Péroski a mis du temps avant de se mettre à table et, si vous voulez mon avis, c'est son avocat qui a écrit ses aveux. Il a dû dire à Péroski de les apprendre par cœur. Tout était verrouillé. L'irresponsabilité était assurée. L'avocat n'avait plus qu'à profiter de notre merveilleux système pour son client.

Les mots étaient acerbes et le ton virulent. Max avait l'impression que le journaliste en avait fait une affaire personnelle.

— Il a dû y avoir une expertise psychiatrique ? dit-elle pour relayer Brémont.

— Bien sûr. Deux, même. Et les deux ont évoqué la démence passagère. Enfin, ce n'était pas cette expression exactement. Ils ont parlé de…

— Bouffée délirante aiguë, le coupa Brémont.

— Ouais, c'est ça, la BDA, c'te blague !

— Ce syndrome existe bel et bien.

— Je ne dis pas le contraire, capitaine. Je dis juste que ça puait l'arnaque. Péroski était muet comme une carpe pendant sa garde à vue. On lui a attribué un avocat commis d'office qui a voulu plaider l'altération du discernement. Là, d'un coup, Péroski se réveille et demande à changer d'avocat.

— Quoi ? s'étonna Brémont. Vous pensez que Péroski savait que l'altération du discernement ne lui éviterait pas une peine de prison, même minime ?

— Exactement ! La preuve : avec le nouvel avocat sont arrivés de nouveaux aveux. Péroski a répété au moins six fois qu'il aimait Julia plus que tout au monde et qu'il avait eu peur pour sa vie. Une voix lui aurait dicté de tuer le bébé pour la sauver. Il n'imaginait pas que Julia en mourrait.

— Et donc son avocat a invoqué l'abolition du discernement et non l'altération.

— Voilà ! Le parquet a demandé une audience contradictoire mais l'avocat avait tellement bien préparé Péroski que ça n'a rien changé. Il s'en est sorti avec trois ans d'hôpital psychiatrique.

— Les psychiatres ont dû considérer qu'il n'était pas un danger pour la société. Son trouble était dû à une situation bien particulière.

— Peut-être bien. En attendant, ce mec a tué une gamine de onze coups de couteau et il se balade déjà libre comme l'air. Je peux vous dire que personne n'a apprécié ce verdict dans le quartier. D'autant que je suis sûr que le problème était bien plus compliqué. À mon avis, Péroski ne supportait pas de voir sa fille enceinte, un point c'est tout. Elle était louche, leur relation. Y aurait eu inceste que ça ne m'aurait pas étonné ! On a déjà vu des trucs de ce genre. Mais c'est pas comme ça que ça marche, chez nous ! Quand vous pouvez vous payer un ténor du barreau, vous réussissez toujours à vous en sortir. C'est à vous dégoûter de la justice. Et après les bien-pensants jouent les effarouchés quand on dit que les Français sont pour la peine de mort !

Brémont et Max écoutèrent le journaliste se plaindre cinq bonnes minutes de plus dans l'unique but de récolter d'autres informations plus concrètes sur Péroski. Les lieux qu'il fréquentait, les personnes qu'il côtoyait, et même son âge. Cette question avait été posée par Max et Brémont lui demanda de s'expliquer à ce sujet, à peine eurent-ils raccroché.

— Ne me demandez pas pourquoi mais je suis persuadée que l'âge de Christian Mallard est la seule donnée exacte que nous a transmise le messager anonyme. Sa date de naissance était gravée sur la plaque en laiton du cercueil…

— Ce qui est obligatoire, la coupa Brémont.

— Je sais, mais elle correspondait à l'âge inscrit sur l'acte de décès.

— Peut-être de peur que le prêtre ne se rende compte d'une anomalie.

— Peut-être, en effet, mais j'en doute.

— Et donc ?

— Et donc Péroski a soixante et un ans, selon ce journaliste. Tout comme Christian Mallard.

— Et vous pensez que l'homme qui vient d'être incinéré était en réalité Simon Péroski ?

— Pas vous ?

Brémont sourit sans se donner la peine de répondre. Max comprit qu'il était arrivé à la même conclusion.

— Vous me fatiguez, Antoine ! souffla Max. J'ai l'impression que ça vous amuse de me voir patauger.

— Vous savez parfaitement que ce n'est pas vrai ! Et vous savez aussi que je ne tiens jamais mes théories pour acquises. Maintenant, si deux esprits comme les nôtres se rejoignent…

15

Si Max avait eu peur que cette conclusion ne décide Brémont à demander l'ouverture d'une enquête, il sut trouver les mots pour la rassurer.

— Je vais tenter de vous résumer la situation de manière factuelle : vous et moi pensons qu'un homme, Simon Péroski, a été incinéré sous un faux nom et que son acte de décès a été falsifié. Officiellement, cet homme – qu'il soit Simon Péroski ou non – est mort d'une crise cardiaque. Personne n'est venu contredire ce diagnostic et personne ne sera plus en mesure de le faire. Pour finir, personne n'a jugé utile de déclarer la disparition de Simon Péroski et donc personne n'a été missionné pour se mettre à sa recherche. Avec ces éléments, que voulez-vous que je fasse exactement ?

Max esquissa un sourire. Brémont avait raison. Leur intime conviction n'était pas un argument suffisant pour intéresser qui que ce soit.

— Alors comment vous imaginez la suite ? s'enquit-elle un brin d'excitation dans la voix.

— Nous allons devoir attendre que votre justicier se manifeste de nouveau.

— Mon justicier ?

— C'est le profil que je me fais de votre messager anonyme.

Max attendit des explications.

— Le journaliste à qui nous venons de parler ne doit pas être le seul à considérer que Péroski aurait dû être incarcéré. Les verdicts d'irresponsabilité ne font jamais l'unanimité. Les victimes se sentent toujours lésées.

— Il y a de quoi ! le coupa Max.

Brémont ne s'offusqua pas de cette interruption mais ne chercha pas à alimenter le débat.

— Je pense qu'une personne a voulu s'assurer que Péroski avait bien souffert d'une BDA au moment des faits.

— La bouffée délirante aiguë dont parlait le journaliste ?

— Oui, même si aujourd'hui on parle plus fréquemment de trouble psychotique. Bref, généralement, ces symptômes surviennent la première fois chez des sujets plus jeunes, mais peut-être que Péroski n'en était pas à sa première crise. Pour le savoir, il aurait fallu connaître ses antécédents médicaux.

— Ce qui sera compliqué à obtenir à ce stade…

— Même impossible. Et pas seulement pour nous. C'est pourquoi je pense que quelqu'un a voulu établir son propre diagnostic.

— Je ne vous suis pas.

— « L'ordalie a parlé. Christian a échoué, Max Tellier. »

— Le message sur la couronne mortuaire. Eh bien ?

— Le prêtre vous l'a expliqué. L'ordalie était une forme de procès qui consistait à faire subir des épreuves, pour la plupart mortelles, à des suspects.

91

S'ils étaient vivants à la fin de ces tests, ils étaient déclarés innocents. Le ruban de deuil n'était pas vraiment un message. C'était le verdict de ce second jugement. La mort de Péroski était la preuve de sa culpabilité.

Max s'était renseignée sur les épreuves infligées par l'ordalie. Elles variaient en fonction des cultures et des siècles. Certaines étaient bilatérales, deux parties réclamant justice s'affrontaient dans un duel à mort. D'autres s'apparentaient plus à de la torture. Les inculpés pouvaient être marqués au fer rouge, ou on trempait un de leurs membres dans de l'eau bouillante. Les plaies étaient inspectées quelques jours plus tard. Si elles étaient infectées, le suspect était déclaré coupable. D'autres épreuves étaient plus loufoques, comme une qui consistait à gaver l'inculpé de pain et de fromage. S'il n'arrivait plus à avaler et qu'il s'étouffait, là encore il était coupable.

Max se souvint tout à coup d'une autre torture dite « ordalie par l'eau froide ». Elle ne se rappelait pas exactement son principe mais sa simple évocation l'amena vers une autre pensée.

— Les gerçures dans le dos, dit-elle pour elle-même.

— Pardon ?

— Le cadavre qui a été incinéré. Le thanatopracteur nous a parlé de gerçures sur les omoplates.

— Et ?

— Je ne sais pas. J'ai trouvé ça étrange sur le moment. Le préparateur n'en a pas vu ailleurs. Peut-être que Péroski a subi une épreuve de l'ordalie qui lui aura laissé ces stigmates.

— C'est une possibilité, en effet.

Max pensait voir un schéma se dessiner mais il restait trop de questions en suspens pour s'en satisfaire.

— Ça n'a pas de sens, dit-elle à brûle-pourpoint.

— Quoi donc ?

— Pourquoi un justicier tiendrait-il à m'avertir que Simon Péroski est mort alors que je ne sais même pas qui c'est ? Pourquoi s'être donné la peine de lui coller un faux nom ?

— Je ne serais pas étonné d'apprendre que c'est Péroski lui-même qui a changé d'identité. C'est assez courant après ce genre de drame. D'autant plus quand on en est le responsable et que la justice vous a épargné. Essayez de reprendre une vie normale après ça ! Si le système ne vous a pas puni, alors la société s'en charge à sa façon.

— OK, admettons, mais une fois de plus, pourquoi moi ?

— Nous finirons par le savoir.

— Vous continuez à penser que je vais recevoir d'autres messages ?

— Il vous l'a dit : ce n'est que le commencement.

— Et si c'était à moi de trouver la suite ? Toute seule. Sans l'aide de personne.

— Sans la mienne, vous voulez dire ?

— Non, bredouilla Max, ce n'est pas ça. Enfin, je n'en sais rien. Je me dis que si je suis la destinataire de ces messages, c'est bien qu'il doit y avoir une raison.

— Très bien, admettons que vous ayez assez de billes pour continuer votre enquête. Quel serait votre prochain mouvement ?

Max prit le temps de la réflexion avant de proposer plusieurs options.

— Je pourrais me rendre à Bourgoin-Jallieu et me renseigner sur Simon Péroski.

— Je ne pense pas que vous en apprendriez beaucoup plus sur lui.

— Très bien. Alors je pourrais voir si d'autres cas similaires ont déjà été répertoriés !

— D'autres cas comme quoi ? Quels seraient vos critères de recherche, exactement ? Des hommes incinérés dans l'anonymat ? Des personnes disparues dans la nature après avoir été déclarées irresponsables pénalement ?

Max était à court d'arguments et bouillait de ne pas pouvoir donner tort à Brémont. Elle ne s'imaginait pas rester les bras croisés en attendant que le jeu de piste reprenne. Elle s'acharna sur le set de table en papier tandis que le capitaine du DSC sortait sa carte de crédit pour régler l'addition.

— C'est pour moi, dit-elle sans même lui adresser un regard. C'est la moindre des choses.

— Max, dit-il posément en attendant qu'elle daigne lever la tête. Il vous contactera. Croyez-en mon expérience. Ils le font toujours.

16

Max avait cherché à s'occuper de toutes les manières possibles les deux jours suivants. Son esprit refusait de mettre cette histoire de côté, elle avait donc tenté de s'éreinter physiquement. Peu encline au sport, pour ne pas dire réfractaire, elle s'était rabattue sur un ménage en profondeur de son appartement. Son deux-pièces était maintenant rutilant et à part astiquer les joints de sa salle de bains à la brosse à dents, elle ne voyait pas ce qu'elle pouvait encore récurer.

Jeanne la sauva de ce mauvais pas en s'invitant pour l'apéro. Une bouteille de vin à la main, elle resta un instant interdite sur le palier en voyant la dégaine de sa supérieure : jean déchiré et les cheveux relevés en palmier. Elle avait rarement vu Max aussi débraillée.

— Tu fais une soirée grunge et tu préviens personne ? dit-elle en franchissant le seuil.

— J'avais besoin de m'activer, répondit Max en retirant ses gants en caoutchouc. Je te préviens, j'ai rien à manger.

— Tu n'as jamais rien à manger, Max ! Alors j'ai pensé à tout !

Jeanne sortit de son sac à dos un assortiment d'amuse-gueules en tout genre que Max s'empressa d'ouvrir. Accaparée par la besogne, elle n'avait rien avalé depuis le matin. Jeanne ne s'offusqua nullement de cet accueil et attrapa sans plus de cérémonial le tire-bouchon posé sur le comptoir de la cuisine.

— Alors, tu m'expliques ? dit-elle en débouchant la bouteille de vin blanc.

— Quoi donc ?

— Tu pars sur un coup de tête à Grenoble alors que tu n'y connais personne, tu te prends pour la fée du logis alors que tu as toujours détesté faire le ménage. Quoi d'autre ?

— Rien, tu as tout dit.

— Peut-être bien mais c'est suffisant pour que je me bile !

— Tout va bien, Jeanne. J'ai juste besoin de m'occuper l'esprit, c'est tout.

Jeanne fit la moue en remplissant généreusement les deux verres qu'elle avait sortis du placard.

— OK, tu ne veux rien dire, je respecte ! Tu le feras en temps voulu. En attendant et avant que j'oublie, je t'ai rapporté ton courrier.

— Mon courrier ?

— Ben ouais, y en a encore qui pensent que tu bosses à la brigade, figure-toi. Ça commençait à s'accumuler, alors j'ai préféré te le rapporter avant que quelqu'un ne mette tout à la poubelle. On sait jamais.

D'un signe de tête, Jeanne lui indiqua où elle pouvait trouver le paquet et Max se rua dessus.

— Tu attends quelque chose en particulier ? s'inquiéta Jeanne.

— Du tout, mentit-elle. J'espère seulement qu'il n'y avait rien d'urgent.

Max fit défiler les enveloppes à la recherche d'une écriture ou d'une indication quelconque qui mettrait ses sens en éveil. Cette première inspection faite, elle tourna volontairement le dos à Jeanne et ouvrit chaque pli avec avidité.

— Alors ? Rien de grave ?

— Rien, finit par admettre Max, une pointe de déception dans la voix. De l'administratif en grande majorité. Et une lettre de la mère de Serge Raffin.

— Celui qu'on a coincé l'année dernière ?

— Oui. Il est toujours en détention provisoire et elle me demande si je ne peux pas intervenir pour faire avancer la date du procès.

— Ça me fait toujours mal au cœur d'entendre ça.

— Et moi donc ! C'est pas faute de lui avoir dit que je ne pouvais rien pour elle.

— Tu es la seule à l'avoir reçue après l'arrestation de son fils. C'est normal qu'elle se tourne vers toi.

Ce genre de situation était un exemple de ce qui avait contribué à l'usure émotionnelle de Max. Elle n'avait plus la force de soulager qui que ce soit. Même une mère en phase terminale d'un cancer qui attendait de connaître le sort réservé à son fils pour enfin lâcher prise.

Max récupéra son verre sur le comptoir et déposa les lettres sur une pile déjà bien fournie.

— T'as pas pris ton *Télé-Loisirs* ? s'étonna Jeanne.

Max la regarda sans comprendre.

— Le *Télé-Loisirs* dans mon sac ! C'est le tien, il t'attendait sagement sur ton bureau. Je croyais que tu ne regardais jamais la télé. Comment ça se fait que tu sois abonnée ?

Max s'apprêtait à répondre qu'elle ne l'était pas mais se retint d'instinct. Elle retourna prendre l'hebdomadaire et le feuilleta rapidement.

— Laisse tomber ! reprit Jeanne. À moins que tu ne les gardes pour faire les mots croisés, tu peux le jeter. Il date de deux semaines.

Max sentait les picotements à la base de son cou gagner en intensité. Elle s'assit sur le tabouret haut et tourna les pages du magazine avec plus d'attention. L'une d'elles était cornée et Max s'y attarda. Un documentaire programmé sur une chaîne de la TNT avait été entouré au feutre rouge. Max éloigna la revue de trente centimètres pour lire le résumé, ce qui permit à Jeanne d'en profiter.

— Ah, je vois que quelqu'un t'a signalé le doc sur le pyromane ! dit-elle en avalant un raisin sec. Je l'ai vu la semaine dernière en *replay*. Pas mal foutu mais un peu racoleur. Comme d'hab', quoi !

Max ne voulait pas paraître trop intéressée mais elle savait qu'elle n'aurait pas la patience d'attendre le départ de Jeanne pour en savoir plus.

— Un pyromane, tu dis ?

— Une histoire qui date de quatre ou cinq ans, je crois. Un mec qui est ressorti blanc comme neige alors qu'il avait mis le feu à une école maternelle.

— Des victimes ?

— La directrice de l'école. Elle a réussi à sauver tous les enfants mais elle est morte en arrivant à l'hôpital. Sinon quelques blessés légers, sauf un gamin qui a été totalement défiguré. Il en est à sa troisième greffe de peau, le pauvre. Ses parents racontent son calvaire dans le reportage. Ça fait froid dans le dos.

— Et tu dis que le mec a été acquitté ?

— Y a même pas eu de procès ! Irresponsabilité pénale. Quand je pense que le fils Raffin risque cinq ans pour avoir conduit des braqueurs alors que ce salopard a juste passé dix-huit mois dans un hôpital psychiatrique avant de pouvoir reprendre une petite vie peinard… Avoue que ça fout la haine, quand même !

Max était dans l'incapacité de donner la réplique. Ses muscles s'étaient raidis, les jointures de sa main blanchissaient autour de son verre de vin. Son teint dut même pâlir de manière alarmante car Jeanne s'inquiéta de son état de santé.

— Ça va, un petit coup de fatigue, réussit à articuler Max. Je n'ai rien mangé de la journée.

Jeanne poussa vers elle un bol de cacahouètes sans la quitter des yeux.

— Je te jure que tu m'inquiètes, patronne ! On dirait que tu viens de voir un fantôme.

— C'est rien, je te dis ! Ça doit être l'odeur d'eau de Javel.

— Je comprends mieux pourquoi tu ne fais jamais le ménage ! se rassura Jeanne en remplissant généreusement les deux verres. Bois un coup ! Il paraît que ça fait du bien.

— Faudra vraiment que tu me donnes l'adresse de ton médecin, dit Max en esquissant son premier sourire avant de trinquer.

Max chercha longtemps un prétexte pour écourter la soirée et visionner le *replay* mais Jeanne était déjà sur ses gardes. Une excuse bancale aurait fini de la convaincre qu'elle lui cachait quelque chose.

Elle se força donc à donner le change, à bavasser sur ses anciens équipiers, les réseaux sociaux et même la météo. Elle fit semblant de s'intéresser aux affaires courantes de la brigade que Jeanne dirigeait depuis qu'elle était partie, mais elle devait manquer de crédibilité car Jeanne finit par l'apostropher.

— Sérieux, c'est moi ou tu es ailleurs, ce soir ?

Max opta pour une demi-vérité.

— Je bloque sur cette histoire de pyromane, dit-elle les yeux dans le vague. Je ne peux pas m'empêcher de penser à ce gamin défiguré.

— M'en parle pas ! Je peux te dire que j'aurais pas aimé être à la place des enquêteurs. Va dire aux parents du petit, ou au mari de cette directrice, que tu as arrêté le bon gars mais qu'il ne sera pas inculpé !

— Et tu dis qu'il s'appelait comment, ce pyromane ? demanda Max d'un ton détaché avant de tremper les lèvres dans son vin.

— Son vrai nom n'est jamais cité. Les journalistes ont dû avoir des instructions strictes, si tu veux mon avis. Pas de condamnation, pas de délation ! Ils ont même ajouté un bandeau pour prévenir que le nom qu'ils lui donnaient n'était qu'un pseudonyme inventé par la rédaction. Ils l'ont appelé Jacques Parent.

Jeanne continuait sa critique du système mais Max ne l'écoutait plus. Elle n'avait pas besoin de relire l'acte de décès que lui avait fourni le prêtre à Grenoble. Chaque information était gravée dans son esprit. Jacques Parent y était cité comme déclarant de la mort de Christian Mallard et c'était lui que Max avait cherché à joindre en premier.

— T'as un nouveau malaise ? s'inquiéta Jeanne alors que Max fixait un point au loin, sans bouger.

— Du tout. C'est ce nom. Jacques Parent.

— Je t'ai dit que c'était un pseudo.

— Je sais mais j'ai connu quelqu'un qui portait ce nom. Ça m'a fait bizarre, c'est tout.

— Un gars de chez nous ?

— Non, rien à voir. Il était démarcheur, si ma mémoire est bonne.

— Tu déconnes ? C'était justement le métier de ce pyromane !

17

Max avait dû patienter jusqu'à deux heures du matin avant de pouvoir visionner le documentaire que son messager anonyme lui avait pointé du doigt. Le reportage ne lui en avait pas appris beaucoup plus que Jeanne mais il lui avait permis de s'imprégner de l'état d'esprit des victimes. Le verdict d'irresponsabilité avait soulevé la colère des parties prenantes, tout comme l'affaire Péroski avait indigné tout un quartier.

Les contours du schéma continuaient à se préciser mais Max ne comprenait toujours pas ce qu'on attendait d'elle. Pourquoi le justicier tenait-il tant à attirer son attention sur ces deux cas en particulier ?

Sa nuit fut agitée et le vin blanc ne l'aida pas à faire le tri dans ses pensées. Vers dix heures, elle se leva l'esprit embrumé et s'accorda trente minutes pour se rafraîchir aussi bien mentalement que physiquement. Elle voulait être en pleine possession de ses moyens avant d'appeler Brémont.

— Et ne me dites pas que vous aviez raison ! l'agressa-t-elle après lui avoir résumé la situation.

— À quel sujet ?

— Au sujet qu'il me recontacterait !

— J'ai d'autres gloires, Max. Et honnêtement, j'aurais préféré avoir tort.

— Pourquoi ?

— Allez savoir ! Peut-être que je vous aime bien et que je n'ai pas spécialement envie de vous savoir la cible d'un justicier.

— Vous disiez que je ne risquais rien ! réagit Max, évitant volontairement de s'attarder sur la première partie de la phrase.

— Et je le pense toujours. En tout cas pour l'instant. Cet individu attend quelque chose de vous. Tant qu'il en sera ainsi, vous ne craignez rien. Ça ne veut pas dire qu'il ne faut pas rester sur vos gardes.

Max se sentit tout à coup vulnérable. Son excitation de la veille se dissipait.

— Vous avez donc tout intérêt à jouer son jeu, ajouta Brémont face à son silence.

— Jouer son jeu ? Ça veut dire quoi au juste ?

— Suivez les petits cailloux, Max. Que nous dit ce message, exactement ?

— Que le pyromane dont parle le documentaire va être soumis à l'ordalie ? tenta Max.

— J'ai peur que ce ne soit déjà fait.

Max ne dit rien, ce qui revenait à dire qu'elle attendait un développement.

— Quand est-ce que le faire-part de décès a été glissé sous votre porte ?

— Ça remonte à cinq jours.

— On peut supposer que l'acte de décès a été établi trois ou quatre jours plus tôt.

— Difficile à dire vu que c'était un faux, mais j'imagine, oui.

103

— Et vous m'avez dit que le *Télé-Loisirs* était vieux de deux semaines…

— Ce qui veut dire que le pyromane était le premier sur la liste du justicier ! conclut Max à nouveau dans la partie.

— En toute logique, oui.

— Et donc le nom de Jacques Parent a été inscrit sur l'acte de décès après la diffusion du reportage, ajouta-t-elle sur sa lancée. Si j'avais eu vent du premier message, j'aurais tout de suite fait le rapprochement !

— C'est ce que je pense, en effet. Vous dites que le magazine vous attendait sur votre bureau ?

— Oui. Pourquoi ? C'est important ?

— Important, pas forcément, mais intéressant. Ça veut dire que notre justicier ne savait pas que vous ne travailliez plus à la brigade.

Max fit une moue. Elle ne voyait pas en quoi cette information pouvait avoir un quelconque intérêt.

— Il ne vous a pas choisie au hasard, précisa Brémont comme s'il devinait ses pensées. Il faudra bien qu'on se penche sur cette question à un moment ou à un autre. Mais je vous rassure, ce n'est pas notre priorité pour l'instant.

— Je ne vais pas vous dire que c'est rassurant mais je vous fais confiance… Alors je fais quoi, maintenant ? Parce que c'est bien gentil de suivre les petits cailloux, mais là je ne vois pas trop lequel ramasser en premier.

Brémont ne lui répondit pas instantanément et Max crut l'entendre frapper sur le clavier de son ordinateur. Elle aurait aimé que toute son attention soit mobilisée pour elle mais Brémont dirigeait une unité au DSC.

Il avait sûrement d'autres tâches à accomplir que celle de la prendre constamment par la main. Elle rongea son frein en se servant sa sixième tasse de café.

— S'il pensait que vous étiez toujours en service, reprit Brémont de manière hachée, il devait croire que vous aviez accès à certaines données.

— Telles que ?

— Pensez au timing, Max ! Ce reportage aurait dû être votre premier indice. Quel aurait été votre réflexe après l'avoir vu si vous aviez toujours été en poste ?

— J'aurais entré les noms des victimes dans le TAJ, admit-elle, pour connaître le vrai nom de Jacques Parent et me faire une idée globale de l'affaire.

— Exactement ! Et en lisant le nom de Jacques Parent sur l'acte de décès, vous auriez deviné que la personne incinérée avait, elle aussi, eu un problème avec la justice.

— Je ne sais pas si j'aurais compris tout ça toute seule, mais je vous remercie de m'accorder autant de mérite !

Elle crut entendre Brémont s'amuser de cette réplique mais elle continua plus sérieusement.

— OK, maintenant qu'on a imaginé ce que j'aurais fait en théorie, je fais quoi en pratique ? Parce que je vous rappelle que je n'ai plus accès au TAJ !

— Vous, non.

— On risque de vous demander des comptes si vous faites des recherches sans raison valable.

— J'en fais mon affaire. Vu que vous avez regardé ce documentaire, donnez-moi les noms qui y sont cités.

Max récupéra ses notes et dicta les patronymes de la directrice d'école morte dans l'incendie et de tous les protagonistes interviewés. Elle comprit que Brémont était sur le logiciel depuis le début de cet échange. Non seulement Max avait le droit à toute son attention mais il prenait en plus le temps de lui expliquer sa démarche. *Arrête de lui faire des procès d'intention !* se maudit-elle. *Le mec te devance chaque fois d'une longueur et il a assez de classe pour ne pas te le faire remarquer. Grandis un peu !*

— Le dernier nom est celui du gendarme qui était en charge de l'enquête, dit-elle comme si de rien n'était. Vous le connaissez ?

— Son nom ne me dit rien. Je le contacterai si besoin, mais le plus tard sera le mieux. Je ne veux pas trop attirer l'attention.

Cette dernière phrase renforça la gêne que ressentait Max depuis plusieurs minutes. Elle connaissait à l'avance la réponse de Brémont mais elle devait poser sa question, ne serait-ce que pour lui montrer qu'elle avait conscience de ce qu'il faisait pour elle.

— Vous ne craignez pas qu'on vous reproche un jour de m'avoir laissée faire cavalier seul ?

— Cavalier seul ? répéta-t-il sans agressivité.

— Vous voyez ce que je veux dire ! Si jamais cette histoire prenait de l'ampleur, vous seriez bien obligé d'admettre que vous étiez au courant.

— Je vous l'ai déjà dit, Max, je suis un grand garçon. Quand je ne pourrai plus vous couvrir, je vous le dirai. En attendant, je reste convaincu que c'est la meilleure façon d'avancer. Un faux pas de notre part et cet individu disparaîtra lui aussi de la circulation. Alors concentrez-vous sur votre enquête, vous voulez bien ?

Max hocha la tête même si Brémont ne pouvait pas la voir et mit toute l'énergie dont elle était capable dans sa voix.

— Très bien ! Alors dites-moi comment s'appelait ce pyromane, que je parte à sa recherche.

Brémont entra encore plusieurs données dans son ordinateur avant de lui répondre.

— Ce ne sera pas bien compliqué. Je sais où vous pouvez le trouver.

Max tenait son stylo à la main, prête à prendre un billet de train dans la foulée.

— Ses cendres se trouvent depuis plus d'un an au cimetière Nord de Strasbourg.

18

Huit mois plus tôt...

Georges était fatigué. Il aurait tant aimé dormir. Il ne pouvait pas fermer les yeux, cette action était tout bonnement impossible. Ses paupières supérieures étaient maintenues en suspens, ses larmes s'accumulaient avant de glisser sur ses joues et d'aller mourir dans son cou. Georges n'était pas très courageux, ni même très résistant. Il n'avait jamais prétendu le contraire. C'est pourquoi il ne ressentait aucune honte à pleurer.

Il n'avait plus de voix. Ses cordes vocales s'étaient usées à force de supplier. Il n'avait même plus soif. Comme il n'avait plus faim. Il n'avait plus envie de rien.

Depuis combien de temps se trouvait-il dans cette cave ? Était-ce seulement une cave ? Georges se posait tant de questions. Était-il détenu à Vieille-Chapelle, ou ses ravisseurs avaient-ils préféré le rapatrier à Béthune ? Était-il seulement encore dans le Pas-de-Calais, ou même en France ? La pièce était sombre et humide. En dehors du spot qu'on lui braquait régulièrement sur les yeux, il ne se souvenait pas d'un rayon de soleil traversant ou même d'une lueur filtrant à travers l'encadrement de la porte. Et il priait depuis plusieurs jours – à moins que ce ne fût depuis plusieurs semaines – pour que cette porte reste fermée. Son cœur s'emballait dès qu'il entendait le verrou s'actionner.

Les premiers temps, il avait gardé espoir. Il avait cru qu'ils finiraient par le relâcher. Il n'avait pas d'argent, aucun objet de valeur à leur donner. Et que pouvait-on attendre d'autre d'un homme de soixante-seize ans ? À son arrivée, il s'était inquiété, il avait cru être tombé sur des pervers lorsqu'ils l'avaient obligé à se déshabiller. Dieu merci, il avait pu garder son slip. Rester dans cette tenue était bien sûr humiliant mais c'était mieux que d'être entièrement nu.

Les premiers jours, ils avaient pris soin de le couvrir avant de quitter la pièce. Ils avaient peut-être eu peur de le voir dépérir à cause du froid. Mais Georges les soupçonnait d'avoir utilisé une couverture destinée d'ordinaire à la couche d'un chien. Elle empestait et le démangeait dans le dos. Il avait souvent pleuré de ne pas se gratter. Comme il avait souvent pleuré de s'être souillé. En peu de temps, Georges avait perdu toute sa dignité.

Les températures étaient toujours aussi basses mais ils ne cherchaient plus à l'en protéger, tout comme ils ne prenaient plus la peine de lui parler. Georges se demandait parfois pourquoi ils continuaient à le nourrir. Cette tâche les fatiguait, il le savait pour les entendre soupirer à chaque cuillerée qu'il refusait d'avaler. Pourquoi ne le laissaient-ils pas tranquille, à la fin ?

Tout cela ne rimait plus à rien. Il avait avoué tout ce qu'il pouvait, tout ce qu'ils voulaient entendre, même ce qu'il n'avait pas fait. Il était prêt à mourir, maintenant, si tel était leur souhait.

Georges n'avait, de toute façon, plus la force de lutter. Il n'en avait même plus envie. Non, tout cela n'avait plus d'importance puisque personne ne le croyait. Même l'ordalie ne l'avait pas sauvé. Alors à quoi bon attendre ? Son corps n'était plus qu'une plaie. Il ne guérirait jamais. Il avait passé le test et il l'avait raté.

Il avait beau être innocent, il avait échoué.

19

Dans le train en direction de Strasbourg, Max relisait ses notes tout en consultant les articles en ligne traitant d'un fait divers qui avait choqué toute la région à la veille de Noël.

Brémont avait retrouvé la trace du pyromane de l'école maternelle sans trop de difficultés. Les indications fournies dans le documentaire lui avaient permis de découvrir la véritable identité de celui que les journalistes avaient surnommé Jacques Parent. L'homme s'appelait en réalité Édouard Baptista. Il était mort dix-huit mois plus tôt après s'être immolé au milieu d'une aire de jeux pour enfants dans le parc de l'Orangerie à Strasbourg.

Il était étonnant que les journalistes n'aient pas clôturé leur reportage par cette information. Max l'avait de nouveau regardé pour s'assurer qu'elle n'était pas passée à côté d'une phrase ou d'un sous-titre, mais, même après un second visionnage, tout laissait penser que le pyromane était toujours en vie. Était-il possible que les journalistes soient passés à côté d'une telle information ? Cela paraissait improbable. Certes, ils n'avaient pas pu citer le nom d'Édouard Baptista, mais ils avaient enquêté sur lui et donc forcément appris sa mort. Max se fit alors la réflexion que le pyromane était en fait le grand absent de ce documentaire. Il planait tout du long comme une ombre, une menace encore vivace, ce qui ne faisait qu'accentuer le sentiment d'injustice chez le téléspectateur. Jamais les raisons de son acte n'étaient exposées. Les circonstances qui avaient amené les juges à déclarer son irresponsabilité pénale étaient à peine évoquées. Max en conclut amèrement que c'était un parti pris de la rédaction. Attiser une fois de plus la défiance des citoyens envers leurs institutions. Manifestement, le fait que cet homme se soit donné la mort par la suite ne méritait pas d'être signalé. Au contraire, le téléspectateur aurait pu y voir une rédemption et par là même une forme de justice. *Arrête ton cynisme et concentre-toi !* se rabroua Max.

Brémont lui avait communiqué le nom des officiers de la police judiciaire en charge de l'enquête sur les circonstances du suicide d'Édouard Baptista. Quand Max lui avait dit qu'elle souhaitait les interroger de vive voix, il avait proposé de l'accompagner. Max avait décliné sans même y mettre les formes. « J'ai plus de chances d'obtenir des réponses sans ma carte de police que vous avec votre écusson de la gendarmerie nationale ! » Brémont n'avait pas cherché à la contredire, d'autant que sa démarche n'aurait pas été plus officielle.

Max avait préparé toute une histoire pour justifier ses questions, mais elle espérait que son grade et sa venue sur place suffiraient à convaincre les deux agents de lui parler. Elle les avait appelés avant de monter dans le train et ils s'étaient donné rendez-vous dans une brasserie à la sortie de la gare. Si elle obtenait les réponses qu'elle était venue chercher, elle pourrait être de retour à Paris dans la soirée.

Le commandant Meyer et le lieutenant Rossi l'attendaient dans un box, une pinte de bière à la main. Max regarda sa montre par réflexe mais n'imagina pas une seconde leur faire une remarque. Après tout, il était dix-sept heures passées et les deux hommes avaient peut-être fini leur journée. Pour se mettre au diapason, elle commanda un verre de blanc au comptoir avant de les rejoindre.

— Messieurs, commissaire Maxime Tellier, brigade criminelle, je vous remercie de m'accorder un peu de temps.

— Ça avait l'air important, répondit Meyer en lui serrant la main, même si je n'ai pas bien compris sur quoi vous enquêtiez.

Max observa ses interlocuteurs. Meyer, massif, bourru, à quelques années de la retraite et certainement la tête pensante de ce duo, quand ses neurones n'étaient pas embrumés d'alcool, ce qui ne devait pas arriver souvent vu la couperose qui lui auréolait le nez. Rossi, le jeune, qui voulait se rendre utile et qui peinait à suivre les traces du vieux limier, si loin des préceptes de ce qu'on lui avait enseigné récemment. Elle profita de la présence du serveur pour proposer une autre tournée aux officiers et pour roder son discours une dernière fois dans sa tête.

— C'est pas de refus ! dit Rossi en avalant les dernières gorgées de sa bière d'une traite. La journée a été longue. Vous disiez au téléphone que Baptista était peut-être responsable d'un autre incendie criminel ?

— C'était un de nos suspects en tout cas.

— Ben dites donc, notre chef trouve qu'on n'est pas des rapides, c'est rien comparé à vous ! railla Meyer en reposant sa pinte vide sur la table. Ça fait déjà un an et demi qu'il est mort, le gars. C'est maintenant que vous vous réveillez ?

Max tenta un sourire en étirant ses lèvres et reprit, la plus affable possible :

— On pensait tenir notre coupable mais son avocat vient de nous faire une pirouette à deux semaines du procès. Un alibi tombé du ciel. Une femme mariée qui n'aurait pas osé dire qu'elle était avec le prévenu au moment des faits.

— Ben voyons ! grommela Meyer, signifiant ainsi qu'il connaissait la chanson par cœur. Et le procureur est prêt à gober ça ?

— Vous les connaissez ! Tous les mêmes ! Il ne veut pas s'engager plus loin tant qu'on n'a pas tout revérifié.

— Je vois, répondit Meyer en hochant la tête. En gros, vous voulez éliminer définitivement Baptista de votre liste de suspects, c'est ça ?

— C'est ça !

— Pas de problème. Je pensais que ça avait un rapport avec le reportage qui vient d'être diffusé.

— Le reportage ? feignit Max d'une voix innocente.

— Laissez tomber. Un truc bien à charge qui nous fait encore passer pour des branquignols ! Vous n'avez rien loupé.

Max but une gorgée de vin pour dissimuler son malaise. Elle ne se souvenait pas d'avoir autant menti en un laps de temps aussi court, sans compter qu'elle le faisait face à deux policiers. Elle n'avait plus qu'à prier pour qu'ils oublient rapidement son nom et son visage.

— Vous voulez savoir quoi exactement ?

Max avait tout un tas de questions à leur poser mais elle devait avant tout rester cohérente avec son histoire. Elle aurait tout le loisir de faire dévier la conversation une fois les deux hommes en confiance.

— L'incendie dont je vous parle remonte à trois ans. Il a eu lieu à Paris. Baptista nous a dit être chez lui ce soir-là, à Strasbourg. Il vivait seul, personne ne pouvait lui fournir un alibi, mais nous, on n'avait rien pour prouver sa présence à Paris.

— Pourquoi vous l'avez soupçonné alors ?

— Le mode opératoire. Le mec a aspergé toutes les parties communes de l'immeuble avec une essence sans plomb enrichie à l'éthanol. Deux résidents sont morts asphyxiés.

— Ça reste léger. N'importe quel gus pouvait faire le plein à la pompe d'à côté.

— Bien sûr. C'est pour ça qu'on n'a pas insisté comme des brutes. Seulement l'incendie de l'école maternelle était encore dans toutes les têtes et le mec venait tout juste de sortir de l'HP…

— Ouais, forcément. On a dû vous dire de jeter un œil de ce côté-là.

— Je vois qu'on vous la fait pas ! dit Max en se mordant l'intérieur des joues. Bref, tout ça pour dire qu'on n'y croit pas plus que la première fois mais on se doit de tout repasser au crible.

— Et vous vous êtes déplacée pour ça ? s'étonna Meyer une lueur suspecte dans les yeux. Un coup de fil aurait suffi.

115

— J'avais besoin de m'aérer la tête, répondit Max d'un haussement d'épaules, consciente que sa prochaine phrase serait déterminante. Et puis je suis de la vieille école. Je préfère regarder les gens dans les yeux pour entendre ce qu'ils ne me disent pas.

Meyer l'observa quelques secondes avant d'avaler un quart de la pinte que le serveur venait d'apporter.

— La vieille école, y a que ça de vrai ! dit-il en adressant un clin d'œil entendu à son coéquipier.

Max expira lentement. La voie était dégagée.

Le commandant Meyer lui fit un résumé de l'enquête sans lui en apprendre beaucoup plus sur Édouard Baptista. L'homme s'était installé à Strasbourg peu de temps après être sorti de l'hôpital psychiatrique et avait réussi à se faire oublier des services de police.

— Au point que ses voisins l'ont décrit comme un homme discret ! ajouta Rossi en postillonnant quelques poussières de bretzels.

— Ils ne connaissaient pas le passé de Baptista ? s'étonna Max.

— Personne le connaissait ! intervint Meyer. Pas même nous. Le mec a été déclaré irresponsable. Il n'avait pas à venir nous voir pour se déclarer. Après, on peut comprendre qu'il ait préféré la jouer profil bas.

— C'est sûr… admit Max.

— Ça s'est passé la veille de Noël, continua Meyer. Autant dire que les services étaient un peu au ralenti. On a su qui il était seulement quarante-huit heures après sa mort. En même temps, ça nous a permis de comprendre son geste. Tout de suite sa lettre d'adieu prenait plus de sens.

— Parce qu'il a laissé une lettre d'adieu ?

— Elle était dans son appartement. Ça disait un truc du genre : « J'ai essayé mais j'ai pas réussi. »

— Ce n'était pas tout à fait ça, intervint Rossi, content de se rendre utile. La lettre disait : « J'aurai essayé mais j'ai échoué. »

— Oui, possible, répondit Meyer en fermant les yeux, agacé. Ça change pas le fond. Le mec nous disait qu'il avait essayé de changer mais que c'était plus fort que lui. Fallait qu'il foute le feu. Au moins, il aura fait en sorte d'être le seul à flamber.

Max tentait d'ordonner ses pensées mais les deux hommes continuaient à parler, l'empêchant de se concentrer. Édouard Baptista avait échoué. Tout comme Simon Péroski. Mais Édouard Baptista s'était donné la mort. Il n'avait pas été tué. Se pouvait-il que Brémont et elle se soient trompés ? Et si le messager n'était pas un justicier ? S'il cherchait simplement à les alerter ?

20

— Et quel serait son message exactement ? demanda Brémont alors que Max venait de lui faire un résumé de son rendez-vous.

— Je ne sais pas, moi, mais avouez que ça change la donne !

Max avait appelé Brémont sur le quai de la gare de Strasbourg et les annonces incessantes de la voix robotisée l'obligeaient à élever la voix.

— Si Baptista s'est suicidé, dit-elle en s'isolant du bruit ambiant avec une main sur le téléphone, peut-être que Péroski aussi. Après tout, rien ne nous dit qu'il a été assassiné.

— Et l'ordalie, vous en faites quoi ?

— Je n'ai pas encore toutes les réponses, Antoine. Je dis seulement qu'on fait peut-être fausse route.

— Tout est possible à ce stade, admit Brémont. Que disait l'autopsie de Baptista ?

— Rien de particulier. Baptista est mort carbonisé. Aucun organe n'a été épargné. Il a utilisé de l'essence enrichie à l'éthanol, comme pour l'incendie de l'école maternelle.

— Ils ont fait une analyse toxicologique ?

— Pas que je sache. Meyer a tenu à me rappeler deux ou trois fois que Baptista s'était suicidé la veille de Noël.

— Il couvre ses arrières ?

— Je pense surtout qu'il avait besoin de se justifier. Je ne crois pas qu'ils en aient fait des tonnes. D'un autre côté, on ne peut pas leur en vouloir. Le mec a échappé à une lourde peine pour démence passagère, il s'immole par le feu devant une centaine de témoins et aucune famille n'est venue réclamer d'explications. Personne ne pourra leur en vouloir de ne pas avoir fait d'excès de zèle.

— Vous disiez que certains témoignages évoquaient le regard d'un fou.

— C'est ce que m'a dit Meyer, oui. Vous voulez en venir où, exactement ?

Max n'entendit pas la réponse de Brémont mais elle comprit à l'annonce de la SNCF qu'elle devait monter dans le train. Elle ne pourrait pas parler sereinement de l'affaire une fois à bord. Elle proposa à Brémont de le rappeler à son arrivée mais Brémont lui fit délicatement comprendre qu'il aurait autre chose à faire à vingt-trois heures. Elle raccrocha, légèrement vexée, même si elle l'avait mérité. *Le mec te rend service, Max ! Ce n'est pas un de tes subordonnés !*

Max regarda attentivement les passagers de son wagon avant de s'asseoir. Elle avait pris une place solo en bout de voiture, ce qui lui permettait d'observer les allées et venues de chacun. Si le messager voulait encore l'épier, elle lui donnerait du fil à retordre.

Elle s'obligea à garder les yeux ouverts tout le trajet et en profita pour mettre par écrit tout ce qu'elle avait

119

appris depuis une semaine. Max rédigea ses pensées comme elle avait l'habitude de le faire au cours d'une enquête. Un résumé qui oscillait entre l'accumulation de faits et ses propres hypothèses.

« Il y a dix-huit mois, un homme déclaré irresponsable pénalement se suicide par le feu. Il le fait avec la même essence que celle qu'il a utilisée pour son crime deux ans plus tôt. Il laisse une lettre. Il a essayé, il a échoué. Meyer pense qu'il parle de sa pyromanie. Baptista a essayé de la maîtriser mais il n'a pas réussi. Et si Baptista parlait en fait de l'ordalie ? Il a été jugé et il a raté le test ? » Max souligna cette dernière remarque avant d'ajouter en marge : « Impossible. Comment forcer quelqu'un à s'immoler ? » N'ayant aucune réponse à apporter, elle passa au cas Péroski.

« Péroski a été incinéré sous le nom de Christian Mallard. » Max raya aussi vite cette mention. *T'en sais rien. Tu crois !* Elle réécrivit sa phrase en ajoutant cette nuance. « Péroski est aussi déclaré irresponsable pénalement. Il a disparu de la circulation. Depuis quand ? Si c'était bien lui dans le cercueil, alors le messager a tenu à préciser que l'ordalie avait parlé et qu'il avait échoué. Mais échoué à quoi ? Officiellement, l'homme dans le cercueil est mort d'une crise cardiaque. C'était quoi, le test ? Une torture quelconque qui a mal tourné ? Son cœur aurait lâché ? Et si ce n'était pas Péroski dans le cercueil, alors c'était qui ? Christian Mallard ? Aucun Christian Mallard de soixante et un ans n'existe dans les fichiers de l'état civil. »

Max posa son stylo pour faire une pause. Plus elle écrivait, plus son esprit s'embrouillait. Le seul lien qu'elle pouvait établir de manière certaine entre

Baptista et Péroski était l'irresponsabilité pénale. Pas de quoi en faire un roman !

Elle s'octroya cinq minutes pour faire un point sur la situation. Son inactivité de ces derniers mois lui paraissait loin et elle était bien obligée d'admettre que ce jeu de piste lui donnait un regain d'énergie. *Voilà, elle est là, l'explication ! Un admirateur qui se faisait de la bile pour toi t'a trouvé une occupation. Viens pas te plaindre, il paraît qu'on a les prétendants qu'on mérite !* Son demi-sourire s'effaça quand elle vit un homme d'un certain âge se diriger vers elle. Les sens en alerte, Max chercha à se remémorer le visage de l'individu qui l'avait sermonnée lors de son dernier trajet en train. Elle n'était pas sûre de la ressemblance, mais le vieil homme qui lui avait reproché de bloquer le passage, trois jours plus tôt, l'avait réveillée. Elle lui avait jeté un regard noir sans vraiment l'observer. Celui qui s'approchait n'était plus qu'à trois mètres. Il peinait à remonter l'allée à cause des secousses du TGV. En d'autres temps, Max se serait peut-être inquiétée de le voir tomber. Pour l'heure, elle le fixait méchamment. Elle entendit une voix retentir dans les haut-parleurs. Le barista invitait les passagers à profiter d'une faible affluence dans la voiture-bar pour se restaurer. Max écoutait un mot sur deux, les yeux toujours rivés sur son inconnu. Il prenait son temps, faisait une pause après chaque pas, une main posée sur un dossier pour se stabiliser. Max était prête à lui sauter dessus. À lui faire avouer qu'il était le messager. Il était maintenant presque à sa hauteur. Un rang les séparait. Il s'arrêta et se tourna vers les deux places qui se trouvaient de l'autre côté de l'allée. Une mère et sa fille regardaient un dessin animé sur une tablette.

La femme leva les yeux et sourit au vieil homme. Elle retira son casque et parla suffisamment fort pour que Max puisse entendre un tendre : « Ça va, papa ? » Max ne chercha pas à entendre la réponse. Elle se sentait assez honteuse pour ne pas en rajouter.

Max devait absolument étouffer cette parano avant qu'elle ne l'empêche de réfléchir posément. Si Brémont avait raison, elle ne risquait rien pour l'instant. Elle suivait les petits cailloux et le messager n'avait rien à lui reprocher. Certes, elle avait perdu du temps en ne récupérant le magazine que tardivement, mais il comptait toujours sur elle. Il avait continué à lui envoyer ses messages en glissant le faire-part sous sa porte et en lui envoyant un SMS à sa descente du train de Grenoble. Cela signifiait qu'il lui faisait encore confiance. Était-il au courant qu'elle avait fini par suivre la piste d'Édouard Baptista ? Elle n'en avait aucune idée mais elle espérait bien que oui. S'il voyait qu'elle se démenait pour comprendre ses messages, il continuerait à lui en envoyer.

Max regroupa ses affaires dans son sac et se dirigea vers la voiture-bar. Elle avait tellement faim que même un sandwich de la SNCF ferait l'affaire. En sortant de son wagon, elle tomba nez à nez avec un contrôleur. Elle sortit son téléphone pour faire scanner son billet et mit plusieurs secondes à comprendre ce qu'il lui disait.

— Ah, Maxime Tellier ! Je vous cherchais, justement.

La boule au ventre, elle déglutit péniblement avant de lui demander pourquoi.

— Votre père ne connaissait pas votre emplacement, dit-il le sourire aux lèvres. Il m'a couru après sur le quai, le pauvre. Heureusement qu'il est encore en forme ! Tenez, il m'a demandé de vous remettre ça. Vous l'avez oublié dans sa voiture.

Max prit le paquet que lui tendait le contrôleur d'une main tremblante et bredouilla quelques mots de remerciement. Elle pouvait au moins, enfin, répondre à une de ses nombreuses questions : le messager savait à tout instant ce qu'elle faisait.

21

L'effet de surprise passé, Ma. s'était empressée de demander au contrôleur de lui décrire « son père », ce qui avait pour le moins étonné l'agent de la SNCF.

— Vous êtes vraiment en train de me demander de vous décrire votre père ?

Max avait tenté d'expliquer la situation en quelques mots mais le contrôleur l'avait à peine écoutée. En réalité, la question était de pure forme, cela faisait déjà longtemps qu'il ne cherchait plus à comprendre ses voyageurs.

Sa réponse n'avait de toute façon pas beaucoup de valeur. L'homme qui l'avait alpagué sur le quai était de taille moyenne, de poids moyen, il portait une casquette vissée sur la tête et des lunettes de soleil. Quand Max lui avait demandé quel âge il pouvait avoir, le contrôleur avait répondu d'un haussement d'épaules que c'était bien difficile de se faire une idée de nos jours. À l'âge d'être à la retraite, avait-il ajouté, tout en précisant que cette date butoir était elle aussi de plus en plus vague.

Max était retournée à sa place pour ouvrir le paquet. Il était emballé avec du papier cadeau argenté et un ruban doré. Aucune carte n'y était attachée. Elle récupéra un gant en latex qui se trouvait dans son sac, seul rescapé d'une autre vie qu'elle n'avait pas pris le temps de jeter, et déplia précautionneusement l'emballage. Elle repéra plusieurs empreintes mais elle craignait qu'il ne s'agisse des siennes et de celles du contrôleur. Elle espérait surtout en trouver sous le ruban, une fois le nœud défait. Ne lui resterait plus qu'à quémander une analyse aux techniciens de la Scientifique, en souvenir du passé. *Ben voyons... Tu peux toujours rêver !* Brémont pourrait peut-être l'aider.

Le papier retiré, Max soupesa une petite boîte en carton de vingt centimètres par dix, pas plus épaisse qu'un paquet de cigarettes, avant de l'ouvrir avec précaution. Dedans se trouvaient un carnet de notes à la couverture noire, plus ou moins identique au sien, et une clé USB. Max pesta d'être partie sans son ordinateur. Elle se rabattit sur le carnet mais comprit rapidement qu'elle n'en tirerait rien. Chaque page était organisée en colonnes remplies de chiffres, de croix et de lettres capitales. Des initiales ou des acronymes ? Impossible à dire. Ces abréviations n'avaient de sens que pour celui qui les avait écrites.

Elle démonta la boîte dans l'espoir de trouver un message caché. Une note explicite ou un indice pour décoder le carnet. Il n'y avait rien ou alors le message avait été écrit à l'encre sympathique. *Bien sûr ! Et tu sauras enfin dans quelle pièce a été tué le colonel Moutarde !* s'agaça Max.

Elle commençait à se faire une idée plus précise de son messager. Il était capable de l'épier, de connaître tous ses faits et gestes, sans qu'elle s'aperçoive de rien. Ses messages étaient indéchiffrables pour celui qui n'avait pas les outils pour les décortiquer. Sans un accès au fichier des antécédents judiciaires, Max n'aurait jamais pu faire le rapprochement entre le documentaire sur le pyromane et Édouard Baptista. Si elle n'avait pas été rompue aux techniques d'une enquête, aurait-elle pu remonter la trace de Simon Péroski ? Elle en doutait. Le messager comptait sur son expérience et il ne laissait aucune place au hasard.

Max n'hésita pas plus de dix secondes avant d'envoyer un SMS à Brémont. Soit, il l'avait gentiment envoyée promener lorsqu'elle lui avait proposé de le débriefer de son entretien avec la PJ de Strasbourg, mais ce nouvel élément était d'une autre importance. Elle le connaissait assez pour savoir qu'il ne résisterait pas à l'analyse d'un nouveau message. Les trois petits points annonçant une réponse imminente s'affichèrent avant de disparaître. Elle crut un instant que Brémont n'allait même pas se donner la peine de répondre. Elle hésita à lui envoyer un deuxième message plus insistant avant de se raisonner. Il serait capable de se braquer si elle se montrait trop intrusive. Elle était prête à abandonner quand les trois points firent de nouveau leur apparition. Max ne put s'empêcher de sourire comme une gamine quand elle lut la réponse. Brémont serait en bas de son immeuble quand le taxi la déposerait. Le bar de Ludo était déjà fermé à cette heure. Elle serait obligée de l'inviter chez elle. Incapable de se souvenir dans quel état elle avait laissé son appartement, elle paniqua un court instant. Elle imaginait Brémont, comme tout bon militaire, faire son lit au carré.

Brémont l'attendait sur le trottoir, son casque de moto à la main. Max le devança dans les escaliers et constata que sa respiration était saccadée. *Détends-toi ! Il ne va pas faire une inspection de ton deux-pièces, non plus ! T'as peur de quoi ?* En réalité, Max n'était pas à l'aise à l'idée de recevoir Brémont chez elle. Qu'il puisse remettre en question ses aptitudes de femme d'intérieur ne lui posait aucun problème. Il avait dû le deviner depuis bien longtemps. Mais leurs relations avaient toujours été d'ordre professionnel. Comment gardait-on une distance convenable dans un salon de quinze mètres carrés à une heure aussi avancée ?

Elle éclaira la pièce principale et se dirigea droit vers son ordinateur tout en suggérant à Brémont de s'installer au comptoir de la cuisine. L'avantage des petits appartements, c'est qu'il n'est nullement nécessaire de faire le tour du propriétaire pour avoir une idée de leur agencement. Brémont s'exécuta mais la surprit en sortant une bouteille de cognac de son sac à dos.

— Si ma mémoire est bonne, vous aimez bien ça.

— Pardon, mais si ma mémoire est bonne, dit-elle en le rejoignant, c'est surtout vous qui aimez ça. Je n'ai fait que vous accompagner, la dernière fois.

— Eh bien, acceptez-vous de m'accompagner ce soir, une fois encore ?

Max devina que quelque chose n'allait pas au ton de sa voix. Le regard de Brémont, d'habitude si pénétrant, était éteint. Il se tenait toujours aussi droit mais toute trace d'autorité l'avait quitté. La décence aurait voulu qu'elle se contentât d'acquiescer, ce qu'elle ne fit pas.

— Tout va bien, Antoine ?

— Tout va bien.

Max le fixa du regard et attendit qu'il dépose les armes.

— Je ne vous promets pas d'être d'une très bonne compagnie, Max. Je pensais m'isoler pour la soirée mais il faut beaucoup d'énergie pour vous tenir tête. Et ce soir, je n'en avais pas assez… C'est une date anniversaire que j'ai toujours un peu de mal à gérer.

Max n'avait pas besoin qu'il lui en dise plus. Elle savait parfaitement de quoi il retournait car il n'existait rien que Brémont ait du mal à gérer, comme il disait, en dehors du souvenir d'un soir en particulier. Ils étaient peu dans son entourage à connaître cette histoire. Et encore plus rares à en détenir tous les tenants et les aboutissants. Max faisait partie de ces initiés mais elle ne s'en serait jamais vantée. D'autant qu'elle avait récolté la plupart des informations à l'insu de Brémont.

— Ça fait combien d'années, maintenant ? Seize ans ?

— Dix-sept.

Max attrapa deux verres qu'elle disposa sur le comptoir, laissant à Brémont le soin de les remplir.

— Dix-sept ans et je continue à revivre cette scène, dit-il sans que Max ait besoin de le relancer. J'aurais tellement aimé garder un autre souvenir d'elle. Je n'arrive même plus à me remémorer Catherine autrement que les tripes étalées sur notre lit.

Brémont but cul sec le verre qu'il venait de se servir et claqua dans ses mains. Il ne s'épancherait pas plus ce soir. Il n'évoquerait pas son bébé à naître retrouvé exsangue dans la poubelle, un étage plus bas. Il ne parlerait pas non plus des résultats de son enquête qu'il avait menée seul, tel un justicier. Il ne chercherait pas à raccrocher son histoire à celle qu'ils étaient en train d'étudier. Peut-être un autre jour, mais pas ce soir en tout cas.

— Alors, on attend quoi ? dit-il d'un ton plus ferme en jetant un œil à la clé USB.

Max sourit tristement et inséra le disque externe. Il contenait deux fichiers. Un document et une vidéo. Elle ouvrit en premier le fichier texte. Si le contenu n'était pas plus clair que les précédents messages, il différait en un point : Max savait désormais ce qu'on attendait d'elle.

Lorette le méritait. C'est à cause d'elle que tout a commencé. Mais maintenant l'ordalie nous trompe. Elle nous ment. Il faut arrêter. Vous devez tout arrêter.

22

Brémont avait tenu à visionner la vidéo avant d'interpréter la demande du messager. Puisque les deux éléments avaient été envoyés en même temps, ils étaient forcément corrélés.

Max obtempéra et installa son tabouret à côté du sien. Elle cliqua sur le fichier en retenant son souffle. La fenêtre s'ouvrit sur le visage d'une femme souriante. Max respira alors plus posément avant de lancer l'enregistrement en mode plein écran.

Après quatre ou cinq secondes, le cadre s'élargit et Max eut la sensation qu'un vent glacial s'engouffrait dans son salon. Elle agrippa le comptoir de sa cuisine d'une main et attrapa son verre de cognac de l'autre. Brémont, pour sa part, ne bougea pas, mais les muscles de ses mâchoires trahissaient son appréhension.

La femme était assise sur une chaise en soutien-gorge et culotte de couleur chair. Les dessous en Lycra ne cachaient pas pour autant ses parties intimes puisqu'ils étaient trempés. Elle souriait à la caméra de manière extatique en dodelinant de la tête. Les yeux grands ouverts, elle fredonnait une berceuse. Max s'interrogeait sur son degré de conscience. Les poignets attachés dans le dos et les chevilles ficelées aux pieds de la chaise, cette femme aurait dû hurler à la mort. Son corps était boursouflé de toutes parts. Il était d'une couleur blanchâtre alors que son visage était cramoisi. Ses cuisses et ses épaules n'étaient plus que des plaies purulentes. Des lambeaux de peau se détachaient sur le haut de sa poitrine, laissant place à des zébrures rose vif. Des cloques étaient sur le point d'exploser tout autour de son cou, encore quelques mouvements de tête et ce serait chose faite. L'inconnue qui leur faisait face avait le corps entièrement brûlé au second degré et pourtant elle souriait.

Brémont augmenta le son de la vidéo alors que Max peinait à fixer l'écran.

La mélodie de la berceuse se fit plus présente, ajoutant une touche encore plus sordide au tableau. Il ne faisait plus aucun doute que la femme avait perdu pied, elle était totalement déconnectée de la réalité.

Max finit son verre et se resservit une rasade alors que la femme entamait un nouveau couplet.

— La berceuse de Brahms, dit Brémont d'une voix blanche.

— J'avais une poupée qui jouait cet air, répondit Max sur le même ton.

— Vous aviez des poupées, vous ?

Max le regarda et se fendit d'un sourire en coin. Brémont était certainement la seule personne qu'elle connaissait capable de dédramatiser une telle situation. La pause fut cependant de courte durée. Une ombre vint assombrir le corps de la femme. Quelqu'un se tenait devant elle, assez éloigné pour ne pas être filmé. Une voix d'homme se fit entendre hors champ. Brémont chercha une fois de plus à augmenter le

131

volume mais il était à fond. Sans même s'en rendre compte, Max et lui s'étaient approchés de l'écran, le souffle en suspens pour ne rien perdre de la conversation.

« Alors Lorette, comment vous sentez-vous aujourd'hui ?

— Je vais bien, répondit la femme avec un accent chantant. Je vais tellement bien !

— Nous sommes contents pour vous. Vos jambes ne vous font pas trop souffrir ?

— Pas du tout ! Je ne les sens même pas. Je vous l'avais dit. Je suis innocente.

— Vous nous l'aviez dit, c'est vrai. Mais nous devions vérifier, vous comprenez ?

— Bien sûr ! C'est normal. Je suis contente que vous l'ayez fait. Il y aura encore d'autres tests ? Parce que je dois nourrir mon chat.

— Nous nous sommes occupés de votre chat, Lorette. Vous pouvez vous détendre.

— Vous êtes tellement gentils, répondit Lorette en inclinant la tête sur le côté. Je vais dormir un peu, alors.

— Vous ne voulez pas manger quelque chose avant ?

— Non, je n'ai pas très faim. Demain peut-être.

— Comme vous voudrez. De toute façon, demain, nous vous laisserons partir.

— Déjà ?

— Ça fait deux semaines, maintenant. Vous ne voudriez pas que les gens s'inquiètent pour vous !

Lorette émit un petit rire mais se reprit très vite.

— Personne ne s'inquiétera de mon départ, vous savez !

— Vous nous l'avez dit, oui. Mais vous vous souvenez de ce que vous devez dire si jamais on vous pose des questions ?

— J'étais en vacances.

— C'est ça.

— Mais personne ne me posera la question.

— Sait-on jamais ? Dans deux jours, ce sont les élections. Vous risquez de croiser du monde.

Lorette sourit béatement avant d'ajouter :

— C'est vrai. Et maintenant que j'ai réussi, allez savoir ! Les gens vont peut-être m'aimer.

— Qui sait, Lorette ? Peut-être bien, en effet… »

L'ombre disparut et Lorette reprit la berceuse là où elle l'avait arrêtée.

Max n'arrivait pas à détacher ses yeux de l'ordinateur alors que la dernière image s'était figée sur un gros plan du visage. Brémont, de son côté, avait attrapé une feuille et un stylo qui traînaient sur le comptoir et notait ses premières impressions.

— Repassez-la, dit-il à Max un peu abruptement.

— Déjà ? Vous ne voulez pas faire une pause ?

— Repassez-la, s'il vous plaît !

Max s'exécuta et resta cette fois concentrée sur les yeux de Lorette. Elle aurait largement le temps d'étudier les blessures réparties sur le corps. Max restait persuadée que l'attitude de cette femme était en totale contradiction avec ce qu'on était en droit d'attendre d'une personne dans cette situation.

— Elle a l'air droguée, pensa-t-elle à voix haute.

— Elle l'est. Regardez ses pupilles. Elles sont totalement dilatées alors que la source de lumière arrive de côté.

133

Max n'en était pas encore à s'intéresser à l'éclairage de la scène. Elle comprit qu'elle devrait visionner cette vidéo plus d'une fois avant de saisir tout ce qu'avait déjà enregistré Brémont.

— À votre avis, ils lui ont administré quoi ?

— Impossible à dire comme ça mais je pencherais pour du PCP.

— À cause de l'absence de douleur ?

— Entre autres. Regardez sa culotte. Elle est souillée.

Max espérait avoir mal compris mais Brémont continuait à noter ses réflexions. Il ne lui adressa pas un regard, ce qui revenait à dire qu'il attendait d'elle une attitude professionnelle. Max but une nouvelle gorgée de cognac et posa le curseur de sa souris sur la séquence filmée en plan large. Elle étudia plus attentivement la scène et réprima un haut-le-cœur. La culotte de Lorette était effectivement souillée, tout comme l'intérieur de ses cuisses. Comment ce point avait-il pu lui échapper ? Max connaissait la réponse. Par pudeur, ses yeux avaient dévié de leur course pour ne pas s'attarder à cet endroit précis.

— Le PCP à forte dose peut créer des diarrhées, reprit Brémont sans relever la tête. Et je ne connais aucune femme, ni aucun homme d'ailleurs, qui serait en mesure de sourire dans un tel état.

— On sait que la douleur extrême peut être euphorisante chez certains sujets.

— C'est vrai. Mais la honte jamais. Maintenant, il existe d'autres drogues qui font cet effet. C'est pourquoi on ne peut rien affirmer pour l'instant.

Max ferma les yeux plusieurs secondes mais elle savait qu'il était trop tard. Cette image était gravée en elle.

— Concentrez-vous, Max. Cette femme est droguée. Quoi d'autre ?

Voyant qu'elle restait interdite, il prit les devants en lui faisant la lecture de ses notes.

— L'homme hors champ tient à dire « nous » chaque fois qu'il s'adresse à Lorette. Ils sont donc au moins deux à la retenir enfermée mais ce n'est pas le plus important. L'homme qui parle n'est pas le leader de cette entreprise. Ce « nous » le dédouane. Il est prêt à assumer ses actes mais il ne les revendique pas. La personne qui filme est peut-être celle qui tient les rênes. À moins qu'ils soient plus nombreux.

Brémont avait noté ses suppositions tout en les énonçant. Il les souligna deux fois avant de continuer.

— Lorette doit avoir la cinquantaine. Elle vit, ou a en tout cas vécu, en Provence. Célibataire, sans enfants et pas d'amant.

Max se tourna vers lui avec des yeux ronds.

— Pour l'âge, je peux me tromper, précisa-t-il, pour le reste, il suffit d'observer. Elle a un accent du sud de la France. Pas du Sud-Ouest, plutôt Sud-Est. Mais pas de Marseille non plus. Moins marqué. Elle pense que personne ne s'inquiétera de sa disparition alors qu'elle s'est absentée deux semaines. C'est pourquoi j'exclus un mari ou des enfants. Pour l'amant, j'extrapole, mais cette Lorette n'a pas vraiment l'air de se soucier de son physique. Regardez ses racines. Ce n'est pas quinze jours qui ont fait la différence. Elle ne s'épile pas les sourcils, les pores de sa peau laissent penser qu'elle ne fait jamais de soin du visage, les ongles de ses orteils ne sont pas faits et elle a du poil aux jambes. Qu'est-ce qu'il y a, ça ne va pas ?

— La vache ! Vous avez fait un CAP esthétique ou quoi ?

— Chaque détail compte, Max, dit-il le plus sérieusement possible avant de lui sourire franchement. Mais rassurez-vous, votre peau est parfaite !

Max rougit bien malgré elle et fixa de nouveau son écran.

— En tout cas, dit-elle comme si de rien n'était, Lorette ne sera peut-être pas Miss PACA, mais elle a réussi les tests de l'ordalie là où les autres ont échoué !

— Raison de plus pour la retrouver !

23

Max avait sorti plusieurs feuilles blanches à la demande de Brémont et ils s'étaient affairés à répertorier toutes les informations contenues dans les deux fichiers. Max avait commencé par recopier le message dans son intégralité :

« Lorette le méritait. C'est à cause d'elle que tout a commencé. Mais maintenant l'ordalie nous trompe. Elle nous ment. Il faut arrêter. Vous devez tout arrêter. »

Brémont avait placé ses premières notes au centre du comptoir et inscrivait ses déductions à côté.

— On sait déjà que cette vidéo a été filmée il y a plus d'un an et demi, dit-il avec assurance.

— Vous dites ça parce que… ?

— Le messager nous fait savoir que Lorette a été la première à être jugée. Édouard Baptista s'est immolé il y a dix-huit mois.

— Forcément, admit Max, agacée de ne pas y avoir pensé.

Elle se concentra un peu plus et relut les notes qu'elle avait prises à la troisième lecture de la vidéo.

— Ils évoquent une élection. Vous pensez qu'ils parlent d'un scrutin national ?

— Aucune idée. Il peut tout aussi bien s'agir d'une élection locale pour une nomination quelconque.

— On va avoir du mal à retrouver cette femme avec aussi peu d'indices, souffla Max. Au final, on n'a qu'un prénom et une zone géographique, si tant est qu'elle n'ait pas quitté sa Provence.

— Quelque chose me dit que ce ne sera pas aussi compliqué.

Max le regarda les sourcils froncés mais l'arrêta d'une main quand il voulut s'expliquer.

— Vous pensez qu'elle est morte, c'est ça ?

— Je le crains, oui.

— Mais vous disiez qu'il fallait la retrouver.

— Elle est notre moteur premier, notre patiente zéro en quelque sorte. Nous devons tout savoir sur elle.

— Pardon, Antoine, mais elle dit elle-même sur la vidéo qu'elle a réussi, et ses tortionnaires ont l'air de partager son avis.

— Je pense que l'homme qui s'adresse à elle a dit ça par pitié. Ou alors il ne voulait pas entendre Lorette se rebeller. Vous avez vu comme moi les brûlures. Elles étaient totalement infectées. Pour ceux qui la détenaient, le verdict était déjà tombé.

Max attrapa son ordinateur et entra plusieurs données dans son moteur de recherche. Le résultat tomba instantanément. Elle aurait préféré y croire un peu plus longtemps.

— Lorette est morte il y a trois ans à Apt, dit-elle, en tournant l'ordinateur pour que Brémont puisse lire l'article de presse qu'elle avait trouvé.

« La gendarmerie d'Apt a enfin réussi à identifier l'inconnue qui s'est éteinte vendredi dernier dans le hall de la mairie, à la veille du premier tour des municipales. Il s'agit de Lorette Angeli, une Aptoise d'adoption qui s'était installée dans la commune il y a à peine un an. Originaire de Cavaillon, elle vivait seule et isolée, si bien que peu de monde la connaissait. C'est un agent de La Poste qui a reconnu son portrait, largement diffusé ces dernières quarante-huit heures. Pour mémoire, Lorette Angeli, cinquante-trois ans, est morte des suites d'une septicémie. Son corps était brûlé au second degré et les gendarmes cherchent encore à comprendre dans quelles circonstances cela a pu arriver. Une autopsie devrait être réalisée dans la semaine. »

— Apparemment, dit Max d'un ton acerbe, l'enquête ne devait pas être assez croustillante pour que le journaliste s'y intéresse. Je n'ai rien trouvé d'autre.

— Vous savez ce que ça signifie.

Ce n'était pas une question, et Max s'en voulait de ne pas avoir l'esprit aussi vif que Brémont. Elle croyait pourtant avoir été raisonnable avec l'alcool.

— Ça signifie quoi ? finit-elle par abdiquer.

— Une enquête a été ouverte. Et nous avons en notre possession de nouveaux éléments.

Max comprit alors de quoi il retournait et toute la tension accumulée au cours des derniers jours la quitta subitement, laissant place à un léger vertige.

— Tout va bien ? s'inquiéta Brémont.

Max hocha discrètement la tête mais elle n'était pas prête à soutenir son regard. D'une petite voix, elle tenta de reporter l'inéluctable.

— Nous ne savons pas encore ce qui s'est passé. Lorette s'est peut-être infligé ces tortures. Baptista s'est bien immolé !

— Dorénavant, je suis obligé d'en référer à ma hiérarchie, Max. Je n'ai plus le choix. Pour autant, ça ne veut pas dire que je vais vous laisser sur le côté.

— Vous disiez que le messager risquait de disparaître si quelqu'un d'autre que moi remontait sa trace ! rétorqua-t-elle d'une voix presque suppliante.

— Et je le pense toujours. C'est pourquoi je vais demander qu'on vous intègre à l'enquête.

— À quel titre ?

— Je ne sais pas encore… consultante extérieure ? Ça vous va ?

Max haussa les épaules et acquiesça d'une moue.

— Vous êtes sûr au moins qu'on vous laissera la supervision du dossier ?

— Vu les éléments à notre disposition, je ne me fais pas trop de soucis. Ça s'annonce comme un beau cas d'école pour le Département des sciences du comportement. Et voyez le côté positif ! Vous aurez tous les moyens du DSC à votre service.

— Même Nguyen ? demanda Max d'un ton plus conciliant.

— Même Nguyen ! Je suis sûr qu'il sera ravi de nous donner un coup de main. Il s'ennuie ferme en ce moment et me harcèle pour que je lui trouve une mission à sa hauteur.

Max sourit à l'évocation du lieutenant.

— Toujours aussi modeste à ce que je vois !

— Étant donné que Rocca n'est pas là pour le rabrouer, je dois admettre qu'il se surpasse ces temps-ci.

Max savait que ce moment arriverait. Elle aurait voulu profiter de la nuit pour progresser encore quelques heures sans entraves, mais son esprit fonctionnait au ralenti. Brémont la fit sursauter en posant une main sur son avant-bras.

— Ça ne changera rien, dit-il d'une voix douce. Ce messager n'en a pas fini avec vous, et moi non plus, Max.

Elle le regarda et eut soudainement l'impression que quelque chose avait changé dans l'attitude de Brémont. *Arrête tout de suite !* se rabroua-t-elle. *La seule chose qui a changé depuis son arrivée, c'est ton taux d'alcoolémie !*

— Vous pensez que ça va prendre du temps ? dit-elle pour se ressaisir.

— Quoi donc ?

— Le fait qu'on vous nomme officiellement à la tête de l'enquête et que je puisse vous assister.

Brémont regarda sa montre en se levant.

— Il est presque deux heures du matin, ce qui vous laisse huit heures pour récupérer un peu de sommeil et vous présenter au DSC.

— Dix heures à Cergy ? s'étouffa Max.

— Je sais, le matin, la banlieue, tout ça, mais je suis sûr que vous accepterez de faire ce petit effort pour la cause !

Max s'apprêtait à capituler quand son regard se posa sur la boîte qui lui avait été remise par l'agent de la SCNF.

— Je ne crois pas que ce soit une bonne idée, dit-elle gravement. Le messager me suit partout et pas une seule fois je ne l'ai remarqué. J'ai bien l'intention de redoubler de vigilance à partir de maintenant, mais, s'il me voit entrer dans vos locaux, vous pariez combien qu'on n'entendra plus jamais parler de lui ?

Brémont prit le temps de la réflexion avant de lui donner raison.

— Si vous ne pouvez pas vous rendre au DSC, le DSC viendra à vous ! Nguyen risque de vous sauter au cou.

Max l'interrogea du regard.

— Des réunions dans un bar, habillé en civil, autant dire que c'est l'aboutissement de sa vie ! Je pense de toute façon que nous ne resterons pas longtemps en place. Une victime à Apt, une autre à Strasbourg et une troisième à Grenoble. Le moins que l'on puisse dire, c'est que nos justiciers aiment bien voyager.

— Nos justiciers ? Vous pensez que les tortionnaires de Lorette Angeli pensaient vraiment rendre justice ?

— Votre messager nous l'a dit. Il a même tenu à commencer par ce point précis. « Lorette le méritait. » Reste à savoir ce qu'elle a bien pu faire de si grave pour mourir brûlée au deuxième degré.

24

Comme Antoine l'avait pressenti, tout s'enchaîna très vite une fois le premier rouage enclenché. L'unité du DSC conduite par Brémont fut désignée pour reprendre l'enquête sur les conditions de la mort de Lorette Angeli. L'instruction serait élargie au cas d'Édouard Baptista à Strasbourg et à celui du corps incinéré à Grenoble, en fonction de leurs prochaines avancées.

Max pensait débuter sa journée dans le café de Ludo, mais son premier briefing commun avec Brémont et le lieutenant Nguyen se fit dans le train en direction d'Avignon. Le capitaine du DSC l'avait appelée à dix heures pour lui communiquer son numéro de réservation. Il avait échangé avec le commandant de la brigade en charge du dossier Angeli. Le gendarme les attendait à la gare pour les conduire à Apt, où ils pourraient prendre connaissance de toutes les données récoltées.

Max était restée sur ses gardes mais il lui était impossible d'affirmer qu'elle n'avait pas été suivie. La gare de Lyon brassait trop de voyageurs pour qu'elle puisse identifier un rôdeur en particulier.

— Tant mieux s'il vous a vue monter dans ce train ! la rassura Brémont. Vous ne faites que répondre à ses attentes. Pourquoi vous envoyer cette vidéo de Lorette Angeli si ce n'est pour que vous meniez votre propre enquête !

— Ce n'est pas tant ma présence dans ce train qui m'ennuie mais plutôt la vôtre, répondit-elle en s'adressant à Brémont et à son lieutenant.

— Arrêtez, intervint Nguyen, on est carrément plus discrets que vos cow-boys de la Criminelle. Personnellement, ma mère a du mal à croire que je suis gendarme quand je ne porte pas mon bleu de travail !

Max sourit franchement. En réalité, elle était rassurée de les avoir à ses côtés.

— D'ailleurs, vous n'avez rien remarqué ? ajouta-t-il les yeux brillants.

Max le regarda cette fois plus attentivement et constata qu'il attendait sa réponse, tel un enfant excité à l'idée de faire une surprise. Elle jeta un œil rapide vers Brémont et le vit se creuser les joues, mimique qu'elle lui voyait faire pour la première fois.

— Vous avez maigri ? tenta-t-elle du bout des lèvres, inquiète de commettre un impair.

— Et pas qu'un peu ! répondit Nguyen, enthousiaste. Déjà sept kilos ! Encore dix et je vous prends au cent mètres.

— Alors je ne voudrais surtout pas sabrer votre motivation mais, vu mon entraînement, même votre mère pourrait me prendre au cent mètres !

Nguyen exprimait sa déception d'une moue quand Brémont frappa dans ses mains. La pause était finie. Il reprit le sujet qu'ils avaient entamé sans aucune transition.

— Max, n'oubliez pas que votre messager pensait que vous étiez toujours en poste à la Crim'. Cela signifie qu'il n'était pas inquiet de l'ouverture d'une enquête officielle. En revanche, pour une raison qui nous échappe encore, il tenait à ce que ce soit vous qui vous en mêliez. Si j'ai accepté de ne pas vous faire venir au DSC, c'est uniquement pour cette raison. Je ne voulais pas qu'il imagine que vous renonciez à l'affaire pour nous passer la main. Tant que vous montrerez de l'intérêt pour cette histoire, vous n'aurez rien à craindre. Il continuera à vous parler.

— De mon côté, reprit Nguyen, je vais tenter de déchiffrer le carnet que vous a remis le contrôleur dans le train. Je ne pense pas que ce soit un code, à proprement parler. Juste une méthode de prise de notes. Des abréviations. À moi de comprendre la logique de l'auteur. En tout cas, je vois que vous nous avez encore dégoté une bonne petite enquête bien tordue comme on les aime ! Vous devriez penser à intégrer notre unité.

Max lui adressa une grimace tout en prenant la pochette qu'il lui tendait. À l'intérieur se trouvaient les procès-verbaux de l'enquête menée sur les circonstances de la mort de Lorette Angeli ainsi que le rapport du légiste. Le dossier n'était pas bien épais.

— C'est tout ? dit-elle sans s'adresser à qui que ce soit en particulier.

— Je vous accorde que c'est léger, répondit Brémont, c'est pour ça que j'ai pensé qu'une petite visite s'imposait. Mais qu'on soit bien d'accord, Max, pas d'agression en règle à leur encontre !

— Vous me prenez pour qui ?

Nguyen pouffa discrètement, ce qui n'échappa pas à Max.

— Non mais je rêve ! Vous voulez me faire passer pour une virago ou quoi ? Je sais me tenir.

— Tout ce que je vous demande, continua Brémont calmement, c'est de vous mettre à leur place. Lorette Angeli s'est rendue à la mairie pour demander de l'aide, mais à aucun moment elle n'a parlé d'agression. Pensez bien que si elle avait dit qu'elle avait été séquestrée et torturée, l'enquête aurait pris une autre tournure. Mais elle ne l'a pas fait. Personne ne la connaissait à Apt, si bien que son absence prolongée n'a même pas été remarquée. C'est triste à dire mais la mort de Lorette Angeli n'a pas vraiment suscité d'émotion.

— Je vois, ponctua Max. En gros, Lorette Angeli est morte comme elle a vécu. Dans l'indifférence totale !

— Et nous sommes là pour réparer cette erreur, tempéra Brémont. Mais vous savez aussi bien que moi que nous n'obtiendrons rien de mes collègues si vous les braquez.

— Message reçu, souffla Max en reprenant sa lecture.

Pendant plus d'une heure, ils s'absorbèrent dans la lecture des documents compilés par Nguyen. Ils se devaient de connaître chaque nom, chaque lieu et le moindre détail sur le bout des doigts, s'ils voulaient convaincre les gendarmes sur place que cette affaire était digne d'intérêt.

Le rapport du légiste indiquait que des traces de PCP avaient été décelées dans le sang de Lorette

Angeli. Brémont avait vu juste, mais le médecin avait précisé que la victime devait être en sevrage depuis plus de vingt-quatre heures quand elle s'était rendue à la mairie. Cela signifiait que Lorette Angeli avait souffert le martyre avant sa mort. Le pouvoir anesthésiant de la drogue disparu, elle s'était enfin décidée à réclamer de l'aide.

Une voix résonna dans les haut-parleurs, annonçant l'arrivée imminente en gare d'Avignon. Nguyen récupéra les dossiers distribués à chacun, l'esprit accaparé.

— Vous pensez que cette Lorette est morte brûlée parce qu'elle avait foutu le feu quelque part ? Comme ce mec à Strasbourg ?

— Pas forcément, répondit Brémont.

— Mais Baptista est mort carbonisé parce qu'il avait incendié une école maternelle, non ?

— Brûler un suspect était une des épreuves de l'ordalie, expliqua Max. Le fait que Baptista soit mort de la même manière que sa victime n'est peut-être qu'une coïncidence.

Brémont hocha la tête pour confirmer ses dires et Max ne put s'empêcher de s'en enorgueillir. *Mais arrête un peu d'attendre son approbation !* se reprocha-t-elle immédiatement.

— D'ailleurs, lieutenant, reprit Brémont, je compte sur vous pour nous faire un compte rendu détaillé de toutes les tortures pratiquées par l'ordalie. Pourquoi, comment, les jugements associés.…

— Je sens que je vais bien me marrer sur ce dossier ! grimaça Nguyen.

147

Le capitaine Amespil les attendait dans le hall de la gare d'Avignon. Grand, élancé, le regard azur et le teint hâlé, Amespil se tenait droit comme un i et affichait clairement son animosité face à ce débarquement en force. Max se fendit d'un sourire en se présentant, espérant que cette attitude n'était pas due à sa seule présence, une civile parmi les gradés, mais elle fut vite rassurée de voir que cette hostilité valait pour tout le monde.

— Alors comme ça, Paris s'intéresse à nos dossiers ? attaqua le capitaine froidement.

— Merci de nous accorder du temps, répondit Brémont, indifférent au ton d'Amespil. On se doute que vous avez mieux à faire que de nous parler de Lorette Angeli, mais cette vieille affaire est peut-être liée à une de nos enquêtes.

Une demi-vérité que tous étaient prêts à assumer si elle leur permettait d'obtenir quelques renseignements. Cette version sembla satisfaire le gendarme. La posture moins rigide, il hocha la tête brièvement et se montra plus conciliant.

— Je ne suis pas sûr qu'on puisse vous en apprendre beaucoup plus que ce que vous trouverez dans le rapport, mais si on peut vous être utiles…

— Pour être honnête, c'est justement ce qui n'est pas dans le rapport qui nous intéresse. Il est très peu fait état de Lorette Angeli. Rien sur son passé, ses fréquentations…

— Parce qu'il n'y avait rien de particulier à écrire, le coupa Amespil, de nouveau agressif.

Brémont prit le temps d'une respiration avant de s'expliquer.

— Je ne dis pas que son profil aurait dû être détaillé dans votre rapport, capitaine, je dis juste que nous aurions besoin d'en apprendre plus sur elle.

— Alors j'ai peur que vous ne vous soyez déplacés pour rien. Personne ne la connaissait à Apt.

— Mais elle était originaire de Cavaillon. C'est à moins de quarante kilomètres.

— Et on a interrogé ses anciens voisins, se défendit le gendarme. Je crois bien que c'est consigné.

— Absolument. Il est écrit que les voisins la connaissaient à peine, eux aussi, et qu'ils ont même mis six mois avant de se rendre compte que Lorette avait déménagé.

— Vous voyez ! On a fait le job.

— Une fois de plus, je ne vous reproche rien, capitaine, mais nous aimerions en apprendre un peu plus sur votre victime. Sur sa vie privée, son passé.

Amespil les observa un à un et finit par capituler.

— Alors il vaut mieux que je vous conduise direct à Cavaillon. Ce n'est pas dans ma brigade que vous découvrirez quoi que ce soit de nouveau. Ses voisins pourront peut-être nous en dire un peu plus que la dernière fois.

Max avait eu l'impression d'observer deux loups alpha se jauger. Elle expira discrètement pour évacuer la pression.

Le capitaine Amespil profita du trajet pour leur faire un topo sur le déroulement de l'enquête menée trois ans plus tôt. Lorette Angeli était morte la veille du premier tour des élections municipales. La semaine de l'entre-deux-tours s'était déroulée sous haute tension. La triangulaire annoncée avait ravivé des haines et de nombreux incidents avaient été déplorés. La mort de Lorette Angeli était vite passée au second plan. L'autopsie avait eu lieu mais l'analyse des résultats n'avait été faite qu'une fois le calme revenu dans la commune.

— Sauf que ça a pris du temps, se justifia Amespil. Le comptage des votes a été contesté. On a eu le droit à toutes sortes de manifs. Du vandalisme, des agressions. Il a fallu plus d'un mois pour que la vie revienne à la normale. Alors je ne dis pas qu'on a pris le dossier Angeli à la légère mais disons que…

— Ce n'était pas votre priorité, acheva Brémont.

— Voilà ! Cette femme était morte à cause de ses brûlures, mais, au final, rien ne nous disait qu'elle ne s'était pas fait ça toute seule. Ça aurait pu être un accident domestique.

— Sauf que le légiste a précisé dans son rapport que les brûlures n'avaient pas toutes la même ancienneté. Certaines n'avaient pas eu le temps de s'infecter.

— Je sais. C'est d'ailleurs pour ça qu'on a creusé un peu plus, mais ça n'a rien donné. Cette Lorette n'était pas plus connue chez nous que chez elle, à Cavaillon. Elle n'a rien dit avant de mourir à part qu'elle avait passé un test et qu'elle avait réussi. Allez savoir ! Elle a peut-être fait un de ces challenges à la con qu'on trouve sur les réseaux sociaux. Un truc qui aurait mal tourné.

— Ces challenges sont généralement relevés par des ados, glissa Brémont.

— Qu'est-ce que vous voulez que je vous dise ? Des crétins, y en a à tout âge !

Brémont pinça les lèvres mais n'ajouta rien. Il était évident qu'Amespil savait tout comme lui que le travail avait été bâclé.

— Vous cherchez quoi exactement ? finit par demander le gendarme les yeux rivés sur la route.

— Nous pensons que Lorette Angeli a eu des antécédents avec la justice.

— On pouvait pas relever ses empreintes, dit-il alors un peu plus sûr de lui. Ses doigts étaient complètement cramés. Mais on a quand même entré son nom dans le TAJ et on n'a rien trouvé ! Votre Lorette Angeli, elle n'avait pas de casier.

Brémont se tourna vers Max et Nguyen, assis à l'arrière. Il fronça les sourcils et Max comprit ce qu'il cherchait à lui dire. Quand bien même Lorette Angeli eût été déclarée pénalement irresponsable, son nom aurait dû apparaître dans le fichier.

Le seul lien qu'ils pensaient avoir identifié entre Baptista, Péroski et Angeli venait de disparaître.

25

Les Granville vivaient depuis quinze ans à l'entrée de Cavaillon. Ils n'étaient pas de la région mais se targuaient d'avoir su se faire adopter rapidement. « Contrairement à la Lorette », avait tenu à préciser Jacqueline Granville. « Elle, personne ne cherchait à lui parler ! »

Si M. Granville était resté modéré dans ses propos, sa femme avait ressenti le besoin de s'exprimer. Elle n'avait jamais aimé Lorette Angeli et elle n'était pas la seule dans le quartier. Lorette était une mauvaise femme, agressive et instable. Un instant souriante et l'heure d'après véhémente. Elle disait aimer les enfants mais leur criait dessus dès qu'elle en croisait un dans la rue. « Une folle ! » avait conclu Mme Granville en relevant le menton, les bras croisés. Quand le capitaine Amespil lui avait demandé pourquoi elle n'avait rien dit de tout cela trois ans plus tôt, Mme Granville avait pris un air offusqué : « Et puis quoi encore ! Cette pauvre femme venait juste de mourir. »

Max avait espéré pouvoir jeter un œil à la maison de Lorette Angeli mais le terrain avait été récupéré par la mairie. Un refuge pour femmes battues devait y être créé. Les travaux avaient débuté.

L'équipe s'était séparée pour faire du porte-à-porte et interroger le reste du voisinage. Max était la seule à ne pas pouvoir présenter une carte officielle, elle avait donc accompagné Amespil dans sa tournée. Les propos recueillis avaient tous été peu ou prou du même acabit que ceux qu'ils avaient entendus chez les Granville. Jeune, moins jeune, homme ou femme, personne n'avait réussi à dire un mot aimable à l'égard de Lorette Angeli. Max repensa à une des phrases prononcées par Lorette alors qu'elle était encore attachée : « … Maintenant que j'ai réussi, allez savoir ! Les gens vont peut-être m'aimer. » Elle ne put s'empêcher de ressentir une pointe de pitié.

La dernière adresse qu'ils s'étaient attribuée était celle d'un médecin généraliste à la retraite. La plaque en laiton avait été retirée de la façade mais les années de soleil et de pollution avaient marqué son empreinte, tout comme les quatre chevilles qui la retenaient. Un vieil homme aux jambes arquées et au dos voûté ouvrit fébrilement la porte et resta plusieurs secondes interdit quand il comprit la raison de leur visite.

— Vous dites que Lorette est morte ?

Max crut lire de la peine dans ses yeux et elle sut d'instinct que ce serait lui qui pourrait leur en apprendre plus sur Lorette Angeli.

Le docteur Riou les avait invités dans son salon avant de leur proposer une citronnade. Max avait accepté de bon cœur, peu habituée à marcher aussi longtemps par vingt-huit degrés. Toutes les persiennes de la maison avaient été tirées, mais le vieil homme n'alluma aucune lampe, si bien que l'entretien se fit dans une quasi-pénombre.

— Vous disiez que la petite Lorette est morte, attaqua-t-il d'un air peiné.

— Depuis trois ans, répondit Amespil. Nous pensions que vous étiez au courant.

Le docteur Riou haussa les épaules avant de s'exprimer d'une voix lasse.

— J'avoue que j'évite de plus en plus mes congénères. Tant que j'exerçais, je trouvais la patience de les écouter se plaindre. Peu venaient me voir avec de vrais symptômes. Ils ressentaient surtout le besoin de s'épancher sur tous les maux de la société. Maintenant que je n'ai plus d'obligations envers eux, je cultive le silence. Ça me maintient en bonne santé ! Mais dites-moi plutôt ce qui est arrivé à Lorette ?

Le capitaine Amespil s'exécuta et Max fut agréablement surprise de l'entendre présenter les choses avec tact. C'était bien la première fois qu'il parlait avec respect de Lorette Angeli.

— Brûlée au second degré, vous dites. Mon Dieu, quelle horreur ! Elle a dû terriblement souffrir.

— Nous avons procédé à une analyse toxicologique, continua Amespil. Lorette était sous l'emprise de drogues au moment des faits.

— Tant mieux, dit-il, ce qui ne manqua pas d'interpeller Max.

— Ça n'a pas l'air de vous étonner, dit-elle sans agressivité.

Le vieil homme la regarda intensément avant de lui sourire tendrement.

— J'ai quatre-vingt-seize ans, mademoiselle, et il n'y a plus grand-chose qui m'étonne.

Max lui rendit son sourire et ne fit aucune remarque sur ce « mademoiselle » qui l'avait rajeunie de vingt ans.

— J'ai été le pédiatre de Lorette, reprit-il avant de s'installer confortablement dans son fauteuil. Je l'ai connue, elle avait à peine dix ans. J'avais presque vingt ans de métier et pourtant cette petite fille m'a posé beaucoup de problèmes. J'ai mis du temps à comprendre le mal qui l'habitait.

— De quoi souffrait-elle exactement ?

— De schizophrénie. Les symptômes ont été plus marqués vers la fin de son adolescence. J'aurais aimé m'en rendre compte plus tôt. Nous aurions pu la protéger.

— La protéger ?

— Lorette avait des réactions inattendues. Son comportement pouvait… déstabiliser. Et vous connaissez aussi bien que moi la nature humaine. Celui qui ne se fond pas dans la société en est exclu. Lorette s'est vite retrouvée isolée.

— Mais une fois que vous avez su de quoi elle souffrait, vous avez pu la soigner ? le relança Max.

— La chimie nous a permis de la stabiliser. Mais les gens ont la dent dure. Personne n'était prêt à changer d'avis sur Lorette. Alors ses parents ont préféré quitter la région. Repartir sur de bonnes bases. On ne peut pas les blâmer.

— Pourtant je croyais que Lorette vivait à Cavaillon avant de partir pour Apt !

— C'est vrai. Pardon, c'est ma faute. Je vous embrouille avec mes histoires. L'époque dont je vous parle remonte à plus de trente ans. Lorette est revenue s'installer ici six ou sept ans plus tard. Sa Provence lui manquait. C'est ce qu'elle m'a confié un jour que je l'auscultais.

Le vieil homme sourit à l'évocation de ce souvenir. Max fut émue de savoir que Lorette Angeli n'avait finalement pas laissé tout le monde indifférent.

— Et ses parents, vous savez ce qu'ils sont devenus ? demanda-t-elle.

— Ils sont morts peu de temps avant le retour de Lorette. Un accident de voiture. La pauvre gamine s'est retrouvée orpheline du jour au lendemain alors qu'elle était encore toute jeune. C'est aussi pour ça qu'elle est revenue dans la région. Elle n'avait plus personne pour s'occuper d'elle. Cette terre était son seul repère.

Il avait suffi d'un seul témoignage pour mieux saisir la détresse de Lorette Angeli. Max la revoyait sourire à ses tortionnaires. « Vous êtes tellement gentils », leur avait-elle dit. Max sentit sa gorge se serrer. Elle se força à tousser pour reprendre d'une voix assurée :

— Vous savez où ils sont allés en partant d'ici ?

— Qui ça ? demanda le vieil homme absorbé dans ses pensées.

— Lorette et ses parents. Vous savez dans quelle ville ils s'étaient installés ?

Le docteur Riou se toucha le front d'une main tremblante comme s'il avait le pouvoir de faire jaillir ses souvenirs.

— Je dois avoir noté ça quelque part. Laissez-moi deux minutes.

Le vieil homme les abandonna et Amespil se tourna vers Max.

— Vous ne croyez pas que vous en faites un peu trop ?

— Pardon ?

156

— Vous vouliez en apprendre plus sur Lorette Angeli, je crois que c'est fait, non ? À quoi ça va vous servir de savoir où ses parents ont vécu ?

Max prit le temps de terminer sa citronnade avant de lui répondre très posément :

— Vous vous souvenez de la durée de conservation des données dans le TAJ ?

— Ça dépend de la raison de l'inscription, mais en général c'est vingt ans, pourquoi ?

Max lui répondit en relisant ses notes.

— Lorette a quitté la région il y a une trentaine d'années avec ses parents. Six ou sept ans après, elle revient sans eux. J'ai bien compris que les cigales lui manquaient mais que personne ne l'aimait ici. Alors j'aimerais bien savoir pourquoi elle n'est pas restée là où ses parents l'avaient emmenée.

Le capitaine Amespil haussa les sourcils sans faire de commentaires. Il n'avait pas tous les tenants et les aboutissants de l'enquête du DSC et il comprenait que cette piste ne concernait déjà plus sa brigade. Max le remercia muettement de ne pas chercher à en savoir plus et prit son téléphone pour contacter Brémont. Un SMS attendait d'être lu. Elle ouvrit le message sans même regarder le numéro. Sa main se crispa sur l'appareil et Amespil s'aperçut de son changement d'attitude.

— Un problème ?

— Ce n'est rien, dit-elle du bout des lèvres. J'ai encore un peu de mal à m'habituer.

— Vous habituer à quoi ?

Max ne répondit pas. Elle ne l'écoutait plus. Elle relisait pour la troisième fois les nouvelles directives de son messager.

Cessez de perdre du temps.
Et n'allez pas à Gensac !
Dans une semaine il sera trop tard.
Je ne pourrai pas le sauver.
Vous êtes son seul espoir.

Max tentait de garder son calme et regrettait de ne pas avoir Brémont à ses côtés. Elle devait le rejoindre au plus vite. Ce message changeait entièrement la donne. Elle sursauta quand le docteur Riou posa une main sur son genou.

— Vous m'avez entendu, mon enfant ?

Max le regarda d'un air hagard avant de s'excuser.

— J'ai votre réponse, répéta-t-il. Les Angeli sont partis vivre dans le Sud-Ouest. À Gensac, précisément.

26

Une semaine plus tôt...

Victor comptait les moutons comme sa mère le lui avait appris quand il était enfant. Mais sa mère lui disait souvent : « Si tu veux te reposer, tu dois d'abord t'activer. » Il n'avait jamais vraiment compris ce précepte. À ne rien faire depuis plusieurs jours, il commençait à saisir le bien-fondé de cet enseignement. Sans être totalement éveillé, cela faisait des jours qu'il n'arrivait pas à dormir. Son esprit divaguait mais son corps refusait de se laisser aller. Ses muscles étaient constamment sous tension, lui infligeant des spasmes ou des crampes selon sa position.

Victor avait retenu ses larmes aussi longtemps qu'il l'avait pu. Il ne se souvenait plus exactement à quel moment il avait craqué. Heureusement, sa mère n'était pas là quand c'était arrivé. Elle l'aurait certainement corrigé, aussi sûrement que les autres l'avaient fait. Mais la douleur était plus facile à endurer quand elle était causée par des inconnus.

Victor n'aimait pas décevoir sa mère, mais ces gens-là, il ne leur devait rien, même s'ils avaient l'air

de croire le contraire. Victor ne comprenait pas pour-
quoi. Sa mère lui répétait sans cesse qu'il ne devait
pas se préoccuper du regard des autres et c'est ce
qu'il s'appliquait à faire. Mais sa mère lui avait aussi
appris à faire semblant quand la situation le nécessi-
tait. Était-ce le cas ici ? Si sa mère avait été là, elle lui
aurait dit ce qu'il devait faire. Mais elle n'était pas
là justement et c'est peut-être pour cette raison que
Victor avait pleuré si facilement.

Les premiers jours, Victor s'était comporté comme
elle l'aurait souhaité. En homme. Le noir, le froid, les
entraves, rien de tout cela ne l'avait effrayé. Il était
habitué. Les premières brûlures sur les avant-bras lui
avaient fait un choc mais il avait su se maîtriser. Il
n'avait pas crié. Il avait même refusé qu'on lui fasse
une piqûre pour le soulager. Sa mère refusait qu'il se
drogue. Il lui avait promis que plus jamais cela n'arri-
verait.

La faim était cependant plus difficile à gérer. Victor
sautait régulièrement des repas mais sa mère lui don-
nait au moins un peu de pain avant d'aller se coucher.
Il ne comprenait pas pourquoi il n'avait pas le droit à
un repas. Il n'avait rien fait de mal à la fin !

Et puis comment ces gens voulaient-ils qu'il s'ex-
prime s'ils lui maintenaient les mains attachées ?
Victor n'avait pas le droit d'essayer de parler. Sa
mère le lui interdisait catégoriquement. Elle disait
que sa voix faisait mal aux tympans et que ses mots
mal formés étaient insultants. Il ne lui restait que ses
mains pour communiquer, même si sa mère préfé-
rait qu'il ne les utilise pas. Elle disait qu'il ne devait
le faire qu'en cas d'urgence. Que, le reste du temps,
personne n'avait besoin de savoir qu'il était incapable

de parler. Mais pour Victor, il était urgent qu'on lui donne à manger. Son estomac le faisait tellement souffrir qu'il avait du mal à tenir son dos droit sur la chaise. Ces gens risquaient de s'énerver encore plus s'ils le voyaient ainsi avachi. Sa mère ne l'aurait pas supporté, en tout cas.

Victor leva les yeux au ciel, en vain. Les larmes se remirent à couler. Il n'en était pas fier mais il était fatigué, affamé et, par-dessus tout, il avait envie de voir sa mère.

27

Max, Brémont et Nguyen s'étaient installés dans un café de la gare d'Avignon pour s'éloigner du mélomane en herbe qui massacrait un prélude de Bach sur le piano en libre-service. Le capitaine Amespil s'était étonné de les voir repartir si vite, mais Brémont n'avait pas jugé utile de lui fournir des explications.

Max gardait un œil sur l'écran des départs de trains tandis que Brémont retranscrivait le dernier message dans son carnet.

— Le train ne sera pas affiché avant vingt minutes, dit-il sans même relever la tête. Et cessez de vous ronger cet ongle. Vous allez vous faire saigner.

— Je ne le ronge pas, répondit Max en changeant de position. Je le lime avec les dents.

Brémont sourit en coin tout en entourant plusieurs mots qu'il venait de recopier.

— Nguyen, vous avez fait des recherches sur Gensac ?

— C'est en Gironde, dit-il le nez collé sur l'écran de son ordinateur. Huit cent huit habitants au dernier recensement. Une galère pour y aller ! Impossible de faire l'aller-retour dans la journée.

— Et c'est certainement pour ça que notre justicier ne veut pas qu'on s'y rende, dit Brémont, toujours absorbé dans ses notes.

— Je ne comprends pas pourquoi vous vous obstinez à l'appeler « notre justicier » ! s'agaça Max. J'ai l'impression qu'il joue avec moi. Vous pensez justicier, moi, je vois un sadique !

— Je fais peut-être fausse route, concéda Brémont, pourtant je reste persuadé que votre messager pense agir pour le bien commun.

— Si ce qu'il dit est vrai, un homme va mourir dans quelques jours. Sauf que je ne sais pas qui, je ne sais pas où, ni même comment. Autant dire que si je suis vraiment son seul espoir, cet homme est plutôt mal barré ! Alors dites-moi pourquoi ce messager n'intervient pas lui-même ?

— Je me pose la question, Max. Tout comme vous. Peut-être qu'il est dans l'incapacité de le faire.

— Il arrive bien à me suivre partout où je vais !

Brémont posa son stylo et la regarda.

— Qu'il vous ait filée à Grenoble, et même à Strasbourg, je peux le concevoir. Mais j'ai du mal à croire qu'il ait réussi à vous suivre jusqu'ici.

— Je vous l'ai dit, il est doué. À aucun moment je ne me suis sentie épiée.

— J'entends bien, mais depuis ce matin tous nos déplacements ont été décidés dans l'urgence. Nous devions nous voir en bas de chez vous, nous avons pris le train. Amespil devait nous amener à Apt, nous sommes allés à Cavaillon. Comment aurait-il fait pour nous suivre aussi facilement ? Cela voudrait dire qu'il y avait une voiture en stationnement à la gare d'Avignon. Et donc un complice. Qui plus est, votre parano est contagieuse. Nguyen et moi sommes restés sur nos gardes toute la journée.

— Très bien, alors comment vous expliquez ce message ?

Brémont jeta un œil à son carnet et Max put ressentir sa concentration.

— Vous m'avez bien dit que vous avez reçu le message avant même que le docteur ne vous parle de Gensac.

— Juste avant, oui. Enfin, le SMS avait été envoyé cinq minutes plus tôt. Je n'avais pas senti mon téléphone vibrer, pourquoi ?

— Cela veut dire que le messager savait ce que vous alliez apprendre en venant à cette adresse.

— Antoine, vous me fatiguez ! Je vois bien que vous avez une idée derrière la tête. Ça vous ennuierait de la partager ?

— Depuis quand vous n'avez pas vidé votre sac ?

Max ne mit qu'une fraction de seconde à saisir l'insinuation de Brémont. Elle attrapa sa besace et la posa sur ses genoux avant de la vider de son contenu. Elle empila son carnet de notes, son portefeuille, une brosse à cheveux, un porte-monnaie et finit par déplacer les trois cafés pour s'octroyer plus de place. Elle évita le regard des deux hommes en sortant deux tampons et une brosse à dents sous plastique, et continua son inventaire méticuleusement. Elle déposa son gant en latex, une trousse à maquillage, un paquet de mouchoirs…

— Vous voulez que je rapproche d'autres tables ? s'amusa Nguyen qui avait néanmoins libéré de l'espace en posant son ordinateur sur ses genoux.

— J'ai presque fini, dit-elle le rouge au front juste avant de trouver ce qu'elle cherchait.

Max sortit un petit boîtier noir d'environ trois centimètres sur deux qui avait été placé dans une poche intérieure de son sac qu'elle n'utilisait jamais. Chacun autour de la table savait de quoi il s'agissait. Max n'avait pas été suivie. Elle était depuis le début localisée par un GPS.

Brémont et Nguyen ne dirent rien et attendirent que Max encaisse le choc. Elle récupéra son café, en but une gorgée et s'éclaircit la voix.

— Il a dû le glisser quand je rentrais de Grenoble, dit-elle posément. C'est le seul moment où j'ai laissé mon sac sans surveillance. Il m'a envoyé un message à mon arrivée pour me dire que j'avais bien fait de dormir. Il était forcément dans mon wagon.

— Mais on sait aussi qu'il était avec vous à Strasbourg, intervint Nguyen. Ou au moins sur le quai de la gare.

— C'est vrai, mais je n'ai jamais lâché mon sac. La poche dans laquelle il a placé le tracker n'est pas facile d'accès.

— De plus, rien ne nous dit que c'était lui sur ce quai, ajouta Brémont. Il a pu mandater quelqu'un pour remettre le paquet au contrôleur. À partir du moment où il sait où vous trouver, il n'a plus besoin de vous suivre personnellement.

— Donc vous pensez qu'il a des complices ! réagit Max.

— Je n'en sais rien mais cette éventualité ne peut pas être exclue.

— Super ! souffla-t-elle. La seule bonne nouvelle, c'est que je n'aurai plus à me dévisser la tête pour voir qui me suit.

— Je vais le récupérer, dit Nguyen en pointant le GPS du doigt. Peut-être que les gars au labo pourront remonter sa trace. Ça vaut le coup d'essayer.

Max tendit la main pour lui remettre l'objet mais se ravisa.

— Je ne crois pas que ce soit une bonne idée.

Brémont l'interrogea du regard.

— Notre homme vient de lancer un compte à rebours. Et il me donne des indices en fonction de nos avancées. S'il ne sait pas ce que je fais ces prochains jours, il pensera peut-être que j'ai lâché l'affaire. Je ne sais pas, vous, mais pour ma part je n'ai pas envie de prendre ce risque.

— Max a raison, dit Brémont à l'attention de son lieutenant. Aussi désagréable que ça puisse paraître, cet homme mène la danse et le retrouver n'est pas notre priorité. Trouvez-moi plutôt un contact à la gendarmerie en charge de Gensac.

28

Nguyen avait dû batailler ferme pour obtenir un contact utile. Il avait eu différents interlocuteurs au téléphone mais aucun d'eux n'était basé aux alentours de Gensac trente ans plus tôt. Plus précisément, aucun gendarme avec qui Nguyen s'était entretenu n'était en exercice à cette époque-là. Le seul qui pouvait les renseigner sur la famille Angeli était à la retraite depuis deux ans et Nguyen avait dû faire preuve d'autorité pour récupérer ses coordonnées. Brémont lui avait laissé un message avant de monter dans le train et espérait que l'homme les rappellerait avant leur arrivée à Paris. Tout comme Max, il était convaincu que Gensac détenait une clé importante de l'énigme.

— Notez que j'aime bien vous savoir sur la même longueur d'onde, dit Nguyen, une fois installé, à l'attention de Max et de Brémont, mais j'avoue que c'est un tantinet vexant. Qu'est-ce qui vous permet d'affirmer que la solution est dans ce bled paumé ?

D'un signe de tête, Brémont laissa la parole à Max.

— On n'y trouvera pas la solution, lieutenant, juste un nouveau caillou à collecter. On ne fait que suivre les indications du messager. Il nous dit que c'est à cause de Lorette que tout a commencé. Elle était donc la première victime de ces bourreaux.

Max décela du coin de l'œil un pincement de lèvres chez Brémont.

— Bourreaux qui se prennent manifestement pour des justiciers, ajouta-t-elle. C'est mieux comme ça ? dit-elle en s'adressant directement à lui.

— Si on veut les arrêter, répondit-il calmement, on doit comprendre leur état d'esprit.

— OK, va pour des justiciers ! Je disais donc que Lorette a été leur première victime. Le messager a tenu à nous préciser qu'elle le méritait. Vous avez vu l'état de son corps ? Autant dire que son crime devait être grave. Et comme on n'a rien trouvé dans le fichier des antécédents, l'affaire doit remonter à plus de vingt ans.

— Sauf qu'elle a pu commettre son crime ailleurs qu'à Gensac, insista Nguyen. Elle n'y est restée finalement que peu de temps.

— Pourquoi citer ce village dans son dernier message, dans ce cas ?

Le lieutenant fronça les sourcils avant de tirer la conclusion qui s'imposait.

— En nous ordonnant de ne pas y aller, il nous fait comprendre qu'on doit s'y intéresser.

Max acquiesça d'un bref mouvement de tête.

— Si le mec commence à nous faire de la psychologie inversée, on n'est pas au bout de nos peines ! souffla Nguyen. Il y a tout de même un point que je ne pige pas. Qui est le justicier dans cette histoire ? Le messager ou les bourreaux ?

Max regarda Brémont pour lui signifier qu'elle-même n'était pas sûre d'avoir la réponse à cette question.

168

— Ils le sont tous, dit-il, sibyllin.

Max souffla ostensiblement mais elle n'obtint qu'un demi-sourire de la part de Brémont.

— Vous dites ça pour une raison précise, ou c'est votre instinct qui parle ? finit-elle par demander.

— Nous n'allons pas pouvoir mener cette enquête au rythme des messages, dit-il sans répondre à Max, comme si sa question était sans intérêt. À cette allure, la prochaine victime sera morte et enterrée depuis un bon bout de temps avant qu'on sache où la chercher.

— Parce que vous croyez que ça m'amuse d'attendre les instructions de ce mec ? Vous pensez que c'est ma came de me faire balader comme ça ?

— Il ne le voit pas de cette façon.

Max lui lança un regard noir.

— Sérieusement, Antoine, vous pouvez arrêter de faire ça ?

— Faire quoi ?

— Vos demi-phrases prophétiques, là ! Vous pensez ou vous en êtes sûr ?

— Je ne fais qu'extrapoler les messages qu'il nous laisse, Max. Je ne suis pas devin mais je sais tout de même lire entre les lignes. C'est un peu mon métier, au cas où vous l'auriez oublié.

— Soit, alors qu'est-ce que vous lisez et que je ne vois pas ?

Brémont s'orienta légèrement afin d'intégrer Nguyen à la conversation.

— « Mais maintenant l'ordalie nous trompe », récita-t-il avant de marquer une pause.

— C'était dans le message joint à la vidéo, dit Max par réflexe. Eh bien ?

— Qu'est-ce que ça vous inspire ?

Max était trop tendue pour se plier à cet exercice. Elle avait conscience de manquer d'objectivité parce qu'elle était la destinataire de ces messages.

— Il dit « maintenant », se lança Nguyen. Ça veut dire qu'il ne l'a pas toujours pensé.

Brémont hocha discrètement la tête pour acquiescer. Piquée dans son orgueil, Max redoubla de concentration.

— Le messager est un des bourreaux ! dit-elle du bout des lèvres.

Max décela une étincelle dans les yeux de Brémont. Il était satisfait. Une mécanique de réflexion se mettait en place et il n'était plus le seul à se projeter.

— C'était lui sur la vidéo, n'est-ce pas ? continua Max en se redressant sur son siège. C'est lui qui s'adressait à Lorette !

— Qu'est-ce qui vous fait dire ça ?

— Vous aviez relevé que le bourreau utilisait le « nous » pour se dédouaner. Il l'évoque encore dans ce message.

Brémont ne cacha pas son plaisir et Max lui rendit son sourire.

— Je pense en effet que c'est lui sur cette vidéo, dit-il pour reprendre la main. Ce « nous » lui permet d'affirmer ses actes ou sa pensée sans trop s'impliquer. Tout du moins, il s'en arrangeait jusqu'ici. Sauf qu'il ne veut plus continuer. Il veut qu'on l'arrête. Quelque chose a dû lui faire prendre conscience que cette quête de justice n'est qu'un leurre. Que l'ordalie n'était qu'un mot pour justifier des crimes. Il cherche peut-être une sorte de rédemption en nous mettant sur sa voie.

— À moins qu'il se soit désolidarisé de son complice et qu'il ait déjà arrêté, ajouta Max. Que ses messages ne visent qu'à stopper l'autre.

170

— L'autre ou les autres, renchérit Nguyen.

— Vous avez raison, dit Brémont. Tous les deux. On ne sait pas si notre messager est toujours actif comme on ne sait pas combien ils sont à poursuivre cette entreprise.

Ils firent une brève pause pour profiter de ces quelques secondes précieuses au cours d'une enquête. Celles qui suivaient une avancée notoire et qui justifiaient tous les efforts vains qui avaient précédé. Mais maintenant que Max était lancée, elle ne voulait plus s'arrêter.

— Reste toujours la même question ! dit-elle en toisant Brémont.

Il avait prévu cette intervention car il ne dit rien et attendit qu'elle développe, les bras croisés.

— Pourquoi me demander à moi d'arrêter tout ça ? Pourquoi il ne le fait pas lui-même ? Ce serait plus efficace et surtout plus rapide !

— Je ne sais pas.

Cette simple phrase eut plus d'effet qu'un long discours. Brémont était le premier à se perdre en conjectures s'il pensait pouvoir en tirer un bout de vérité. Son message était clair. Il était trop tôt pour répondre à cette question et Max devait la laisser de côté si elle ne voulait pas ralentir leur enquête.

— Donc, si je reprends, intervint Nguyen pour maintenir l'esprit de cohésion, ces pseudo-justiciers sont sur le point de commettre un nouveau crime et notre messager, qui fait peut-être encore partie de cette bande, nous demande de les stopper. Et pour ce faire, il nous laisse des petits cailloux dont un qui se trouve à Gensac. J'ai bon ?

171

— C'est ce qu'on pense, en tout cas, confirma Max, n'hésitant pas à intégrer Brémont dans sa réponse.

— Très bien ! dit Nguyen en prenant son ordinateur. Alors essayons de trouver quel crime a pu commettre Lorette Angeli dans le passé et surtout pourquoi les justiciers ont considéré qu'elle méritait d'être punie après toutes ces années.

— Je n'ai aucun argument rationnel à vous avancer, précisa Max, mais je reste persuadée que l'irresponsabilité pénale est le lien entre toutes nos victimes. Lorette a dû être relâchée dans la nature sans être inquiétée. Après, pourquoi attendre aussi longtemps pour lui faire payer ce crime ? J'avoue que ça m'intrigue. Les crimes de Baptista et de Péroski remontent à cinq ans au maximum.

Brémont nota cette remarque dans son carnet.

— Ce point mérite effectivement notre attention, dit-il les yeux rivés sur son carnet. Une fois de plus, il faut considérer Lorette Angeli comme notre patient zéro. Notre moteur premier. Toutes les informations la concernant pourront éventuellement nous faire comprendre l'enchaînement des événements.

Brémont cessa de parler pour observer Nguyen. Depuis que Max avait confirmé ses propos, il pianotait frénétiquement sur son clavier.

— Un problème, Nguyen ?

— Laissez-moi un instant, mon capitaine. Je viens d'avoir une idée mais je voudrais la vérifier avant de m'emballer.

Brémont connaissait suffisamment son lieutenant pour savoir qu'il ne servait à rien de le brusquer. Il en profita pour s'adresser à Max un ton en dessous.

— J'ai besoin de savoir une chose.

Max cessa la relecture de ses notes et le regarda droit dans les yeux.

— Je vous écoute.

— J'ai besoin de savoir dans quel état d'esprit vous êtes.

— Je ne comprends pas.

Brémont bascula son corps en avant et posa ses avant-bras sur la table qui les séparait. Il prit un air plus grave pour préciser sa pensée.

— Si votre messager nous dit la vérité, un homme est en train de se faire torturer à l'heure où nous parlons. Il ne lui reste que quelques jours à vivre à moins que nous n'intervenions à temps.

— J'en ai bien conscience, répondit Max sur la défensive.

— Mais tout porte à croire que l'homme que nous devons sauver n'est pas seulement une victime. Il est également un criminel. Un criminel que notre système judiciaire a décidé de laisser en liberté. Alors, ma question est simple, Max. Est-ce que ce point est un problème pour vous ?

Max s'apprêtait à répondre vertement mais Brémont n'était pas homme à provoquer vainement. S'il lui posait cette question, c'est qu'elle méritait qu'elle s'y attarde un instant. Elle prit le temps de sonder sa propre conscience et dut admettre que ses sentiments étaient plus nuancés qu'elle ne l'avait imaginé. Certes, elle condamnait les actes de ces bourreaux, mais était-elle affectée par la mort de Baptista ou de Péroski, si tant est que ce soit bien lui qui venait d'être incinéré ? L'un avait mis le feu à une école, laissant une femme sur le carreau et un enfant défiguré, l'autre avait tué sa belle-fille de onze coups de couteau.

— Je ne peux pas vous dire que les décisions de justice prises à l'encontre de ces individus me plaisent, Antoine. Ma compassion va avant tout aux victimes qu'ils ont laissées derrière eux. Elles méritaient d'obtenir réparation.

— Parce que vous pensez vraiment qu'enfermer un homme ou une femme puisse procurer une quelconque réparation ? Vous pensez que cet enfant défiguré aurait récupéré sa vie d'avant si Baptista avait été emprisonné ?

— À quoi bon faire ce job si c'est ce que vous pensez ?

Le ton de Max était cassant mais ses yeux suppliaient Brémont de lui apporter la réponse qu'elle-même cherchait depuis plusieurs mois.

— Notre job consiste à mettre hors d'état de nuire ceux qui sont un danger pour la société, Max. Nous œuvrons pour le présent, éventuellement le futur, mais on ne peut pas réparer le passé.

— Rien ne nous dit que Baptista n'aurait pas recommencé !

— C'est vrai. Je ne dis pas que notre système est parfait. Mais ce qui est sûr, c'est que ces bourreaux qui se prennent pour des justiciers ne sont, eux, pas près de s'arrêter.

Max était sur le point d'alimenter le débat mais Nguyen l'en empêcha.

— *Yes* ! s'écria-t-il en croisant les mains derrière sa nuque. Qui sait qui va encore faire progresser cette équipe à pas de géant ? C'est Bibi. Ne me remerciez pas, c'est cadeau !

29

Le lieutenant Nguyen tenta de maintenir le suspense quelques minutes de plus, mais il suffit d'un regard de la part Brémont pour qu'il se livre.

Il brandit fièrement le petit carnet noir transmis par le messager avant d'attaquer avec emphase.

— Avant toute chose, je me dois de dire que je n'ai fait que suivre votre instinct ! dit-il en introduction.

— Modeste ? réagit Max. C'est nouveau ?

— J'ai promis à Rocca d'essayer mais je ne suis pas encore très à l'aise. C'était crédible ?

Max sourit franchement mais elle connaissait suffisamment Nguyen pour ne pas le relancer. Il pouvait se perdre des heures en digression.

— Vous avez suivi notre instinct et… ? fit Brémont, le rappelant ainsi à l'ordre.

Nguyen déplia un des battants de la table et posa le carnet de manière à ce que tout le monde puisse le voir. Il l'ouvrit à la première page et pointa du doigt une colonne en particulier.

— Vous voyez ce nombre ? 122. On le retrouve en haut de chaque page avec un chiffre accolé. Regardez.

Nguyen appuya son propos en tournant les feuilles et en posant sur chacune d'elles son index en haut de la deuxième colonne.

— Chaque page est construite de la même façon, continua-t-il. Quatre colonnes titrées Q, A, O ou zéro et V. Et dans chaque colonne A, on retrouve ce numéro. Le 122. 122-1, 122-2, 122-5. Vous voyez ?

Max et Brémont suivaient la démonstration des yeux. Max se fit la réflexion que la numérotation n'était pas linéaire et que la combinaison 122-1 restait majoritaire.

— Et vous avez compris à quoi correspondaient ces chiffres ? conclut Brémont, à bout de patience.

— Une fois de plus, c'est vous qui m'avez mis sur la voie, dit-il à l'intention de ses deux interlocuteurs. J'ai axé mes recherches sur ce que vous pensiez être le lien entre les victimes. Figurez-vous que l'article 122 du code pénal énumère les différentes causes d'irresponsabilité pénale. Il y en a neuf en tout. Ça va de l'abolition du discernement, le 122-1, à la nécessité de divulgation d'un secret, le 122-9. On y trouve également la légitime défense.

Max était sur le point de commenter cette découverte mais l'irruption du contrôleur dans leur voiture la prit de court. Elle ne put s'empêcher de retenir sa respiration quand l'agent de la SNCF se plaça face à elle pour contrôler son billet. Elle n'expulsa l'air de ses poumons que lorsqu'il s'adressa aux voyageurs d'une autre rangée.

— Vous avez menti sur votre âge ? l'interrogea Nguyen.

— Quoi ?

— J'ai l'impression de me revoir quand je resquillais avec ma fausse carte d'étudiant !

Max rougit légèrement.

— J'avoue que je me méfie un peu de tous ceux qui s'approchent de moi en ce moment, se justifia-t-elle.

— Max, reprenez-vous, assena Brémont. Le temps ne joue pas vraiment en notre faveur. Chaque intervention du messager nous permet d'avancer.

— Je sais, Antoine. Ça ne veut pas dire pour autant que je vais réussir à m'y faire.

Nguyen avait profité de cet échange pour récupérer le carnet et se concentrer de nouveau sur la première page. Une ride s'afficha au milieu de son front.

— Vous voyez autre chose ? s'enquit Brémont.

— J'essaie de comprendre la logique de construction. Puisque ce chiffre revient sur chaque page, mais seulement une fois, on peut logiquement penser que les feuilles se lisent de manière indépendante.

— Je ne suis pas sûr de vous suivre.

— Une page représente une fiche complète. Si on arrive à déchiffrer une page, on pourra extrapoler les autres. Les 122 sont dans la colonne A. Si je n'ai pas fait fausse route, j'aurais tendance à penser que ce A correspond à « Article de loi ».

— Ça se défend.

— Il reste encore trois colonnes à identifier. La Q, la O ou zéro, et la V. Pour la première, le Q, je crois que j'ai trouvé.

— On vous écoute, dit Brémont patiemment.

— On est tous d'accord pour dire que Lorette Angeli a été la première victime ?

— C'est notre postulat, en tout cas.

— Très bien, alors regardez, dit-il en reposant le carnet sous leur nez. J'ai l'intime conviction que chaque page est dédiée à une personne en particulier et que le Q correspond à « Qui ».

Nguyen posa son doigt sur la première ligne de la première colonne. Max fut la première à réagir.

— L.A., souffla-t-elle. Lorette Angeli.

— Je m'égare peut-être, continua Nguyen, mais je pense que toutes les annotations inscrites sous ses initiales la concernent. On dirait des dates, mais je ne peux pas encore l'affirmer.

— 88, lut encore Max. Ça pourrait être l'année durant laquelle Lorette a commis son crime.

— Possible, répondit-il. Mais ça peut tout aussi bien désigner un département.

— Les Vosges ? Quel rapport avec Lorette Angeli ?

— Ce que je veux dire, c'est qu'il va falloir me laisser un peu de temps pour recouper les données. Je devrais pouvoir y arriver en étudiant la fiche d'Édouard Baptista. Au final, son dossier est le plus complet. On connaît son crime, le jugement rendu et même l'année de sa mort. En comparant les chiffres avec ceux de Lorette Angeli, je devrais pouvoir y arriver.

— OK, donc on a peut-être trouvé la signification des colonnes Q et A, continua Max qui ne voulait pas lâcher le sujet. Il nous reste quoi ?

— O, à moins que ce ne soit un zéro, une fois de plus, et V.

Brémont prit à son tour le carnet et le consulta. Max ne tenait plus en place. Elle voulait elle aussi revoir les annotations. Décrypter ce carnet et être celle qui apporterait la solution. Brémont dressa un index en

178

l'air. Il lui demandait de patienter un instant comme il l'aurait fait avec une enfant. Max grimaça mais respecta ce choix.

Quand Brémont reposa le carnet, elle sut à son regard qu'il avait trouvé.

— C'est bien un O et non un zéro, dit-il, énigmatique.

Max ouvrit brusquement les deux mains, paumes en l'air, pour lui intimer de s'expliquer. Brémont lui adressa son sourire narquois, sans pour autant s'expliquer, ce qui ne fit qu'accroître son agacement.

— Ce n'est pas bien ce que vous faites, Antoine. Y en a qui sont morts pour moins que ça !

Brémont s'amusa encore quelques secondes à la faire mariner et se tourna vers Nguyen pour exposer sa théorie.

— O comme « ordalie », dit-il. Et j'en déduis que V est pour « verdict ».

Max attrapa le carnet avant que Nguyen ne le fasse et relut une fois de plus la première page en se concentrant sur les deux dernières colonnes.

— F.E.U., dit-elle, et C.O.U. ? Qu'est-ce que ça veut dire ?

— Ce ne sont pas des initiales, répondit Brémont. Il faut lire FEU dans la colonne de l'Ordalie et le COU dans la colonne Verdict est une abréviation.

— COU comme coupable, dit Max d'une voix à peine audible. Lorette Angeli a subi l'épreuve du feu et a été déclarée coupable.

Brémont confirma d'un mouvement de tête. Max ressentit tout à coup une vague de chaleur la parcourir. Elle se passa une main sur le front avant de comprendre d'où lui venait ce malaise. Le carnet toujours dans les mains, elle se mit à tourner les pages frénétiquement.

Les deux hommes l'observèrent sans rien dire, conscients que quelque chose se jouait. Quand Max reposa l'objet, son teint était pâle, tout comme sa voix.

— Douze, bredouilla-t-elle. Il y a douze pages en tout. Douze pages avec la même construction. Dites-moi que je me trompe…

Un silence s'imposa. Personne n'avait envie d'exprimer à voix haute ce qu'ils avaient désormais intégré. Sans jamais l'évoquer, ils avaient espéré que Baptista, Péroski et Angeli étaient les seules victimes de ces pseudo-justiciers. Ils étaient bien loin du compte.

30

Cinq jours plus tôt…

Victor était fier de lui. Pas une seule fois il n'avait pleuré de la journée. Enfin… il estimait que cela devait faire une journée, même s'il ne pouvait pas l'affirmer. Sa notion du temps était de plus en plus confuse. Sans lumière ou repas réguliers, il lui était difficile de se repérer. En tout cas, cela faisait longtemps qu'aucune larme n'avait coulé sur ses joues. Il pourrait s'en vanter auprès de sa mère dès qu'elle viendrait le récupérer. Car elle le ferait, il devait arrêter d'en douter.

Un de ses poignets saignait mais ce n'était pas vraiment la faute des juges. Victor savait depuis la veille que c'était ainsi qu'il devait appeler ceux qui le retenaient. Il avait trop tiré sur les liens qui lui immobilisaient les mains. Les avant-bras rivés aux accoudoirs du fauteuil, il avait vainement tenté de se faire comprendre en agitant ses doigts et ses paumes. Mais ses mouvements étaient trop saccadés. Le stress, la honte, la peur de mal faire mais aussi de se faire mal. Toutes ces raisons l'avaient empêché de s'exprimer correctement quand on lui en avait donné l'occasion. Dès qu'il *essayait de communiquer, il se faisait l'impression d'un chef d'orchestre survolté. À bien y regarder, ce n'était pas plus mal que sa mère ne soit pas présente durant les interrogatoires. Interrogatoires. Ce mot, il ne l'avait pas choisi au hasard. La dernière personne qui était venue le voir le lui avait soufflé. Elle l'avait même clairement dit en lançant l'enregistrement.*

« *Troisième interrogatoire de Victor Melki. Pour mémoire, M. Victor Melki a refusé de nous parler jusqu'ici. L'épreuve de l'*aqua fervens *suit son cours. Les bandages sont propres mais il est encore trop tôt pour en tirer une conclusion. Au regard de la gravité des faits reprochés, nous n'excluons pas une autre séance pour mieux jauger le degré de culpabilité du prévenu. Monsieur Melki, êtes-vous disposé à répondre à nos questions aujourd'hui ?* »

Victor n'avait pas tout saisi de cette introduction mais il avait souri. Sa mère lui répétait sans cesse qu'il ne fallait jamais afficher son incompréhension. C'était malpoli. Et puis il était filmé. Il ne voulait pas qu'on puisse garder une mauvaise image de lui. La suite de l'entretien s'était déroulée comme les fois précédentes. Victor avait tenté de leur faire entendre que leurs questions n'avaient aucun sens, qu'il ne voyait pas de quoi ils parlaient, que leurs affirmations étaient infondées, mais, une fois de plus, il n'avait réussi qu'à gigoter, intensifiant le frottement de ses bandages sur sa peau brûlée. La personne qui l'avait interrogé était partie contrariée.

Victor s'en voulait. Il aurait voulu satisfaire les juges. Il n'aimait pas décevoir qui que ce soit. Mais sa mère avait toujours été claire. Il ne devait pas parler. Il ne savait pas le faire. Si elle apprenait qu'il avait essayé, elle l'abandonnerait ici à coup sûr. Au moins quelque temps. Pour lui apprendre les bonnes manières, comme elle le faisait quand il était enfant. Quand elle l'enfermait dans le placard pour qu'il cesse d'importuner ses invités. Elle disait qu'il ne savait pas se tenir. Qu'il lui faisait honte. Cela avait pris du temps mais il avait fini par retenir la leçon. Il avait appris à se taire, à se faire apprécier. Sa mère lui disait même parfois qu'elle l'aimait. Ces jours-là comptaient parmi les plus heureux de sa vie.

31

Il était vingt heures passées quand Brémont, Nguyen et Max posèrent un pied sur le quai de la gare, à Paris. Max ne s'estimait pas légitime pour imposer le rythme de l'enquête ; ce privilège revenait de droit à Brémont, aussi fut-elle soulagée de l'entendre lui demander si elle avait une idée de restaurant pour continuer l'analyse du carnet.

— J'allais finir par croire que vous vouliez me mettre à la diète, plaisanta Nguyen. Parce que vous êtes bien gentils, tous les deux, mais les sandwichs triangles, ça va un temps !

Max arrêta son choix sur la première brasserie visible du parvis. Ce n'était pas la faim qui l'avait motivée. Elle ne voulait pas que l'énergie qui la galvanisait depuis plus d'une heure s'estompe au cours d'un trajet plus long.

Le retour à la vie parisienne les surprit de plein fouet. Max en était presque à regretter l'espace feutré du TGV. La patronne des lieux demanda que l'on dresse une table pour trois avec autant de discrétion qu'une poissonnière à la criée. Un chef de rang courut jusqu'à eux avant de les précéder à vive allure jusqu'à leur destination finale, une table centrale dans une arrière-salle où les bruits de couverts et les conversations animées se répercutaient sur la charpente en métal. Ils seraient obligés d'élever la voix pour s'entendre. Pas vraiment les conditions idéales pour parler d'une affaire traitant de crimes en série. Brémont prit le chef de rang à part et lui glissa quelques mots à l'oreille. Une minute plus tard, ils s'attablaient dans un box en retrait où les sons leur parvenaient assourdis.

— Vous lui avez dit quoi pour avoir cette table ? s'enquit Max, une fois assise face aux deux hommes.

— Que vous souffriez du syndrome de Gilles de La Tourette et qu'il valait mieux vous isoler, répondit Brémont sérieusement.

Max ne se détendit que lorsqu'elle le vit esquisser un sourire.

Nguyen n'était en rien intéressé par cette conversation. Il se contorsionnait depuis plusieurs secondes pour attraper un menu abandonné sur une desserte derrière lui.

— Relax, Nguyen, le rabroua gentiment Brémont. Ils vont venir nous apporter la carte.

— C'est pour prendre de l'avance, c'est tout !

— Si vous mettiez plutôt le carnet du messager au centre de la table qu'on puisse tous l'étudier ?

Nguyen s'exécuta à contrecœur tout en cherchant un serveur du regard.

— J'ai bien peur qu'on ait du mal à obtenir quoi que ce soit du lieutenant tant qu'il n'aura pas fait son plein de calories, dit Brémont en adressant un clin d'œil à Max. Vous vous sentez d'attaque pour continuer ou, vous aussi, vous avez besoin de vous ravitailler ?

185

Max attrapa un bout de pain dans la corbeille que venait de poser négligemment un commis sur la table et tira le calepin jusqu'à elle.

— Je suis une fille, capitaine ! dit-elle la bouche pleine. J'arrive à faire plusieurs choses en même temps.

— On dit encore une fille à votre âge ? la provoqua Brémont.

Max plissa les yeux et sortit son propre carnet qu'elle ouvrit à la dernière page en guise de réponse. Elle avait recopié à l'identique les indications concernant Édouard Baptista. Il n'avait pas été compliqué d'identifier sa fiche. Comme l'avait pressenti Nguyen, leur connaissance du dossier leur avait permis de décrypter un bon nombre d'informations. Dans la colonne « Qui », les initiales E.B. étaient suivies de deux chiffres, comme pour Lorette Angeli. Il s'agissait de l'année durant laquelle Édouard Baptista avait incendié l'école maternelle. Il était donc logique de penser que le chiffre 88 écrit sous les initiales de Lorette Angeli correspondait de la même manière à l'année de son crime. Max était décidée à comparer chaque donnée même si elle devait y passer la nuit.

— Avant que vous ne vous lanciez, l'interrompit Brémont, j'aimerais jeter un rapide coup d'œil aux douze pages. Ce ne sera pas long.

— Vous cherchez quelque chose en particulier ?

— C'est avant tout la colonne « Verdict » qui m'intéresse.

Le ton de Brémont était suffisamment grave pour que Max accède à sa demande sans discuter. Elle lui tendit le calepin et l'observa attentivement. Elle espérait pouvoir lire sur ses traits le résultat de ses

186

déductions. Ses maxillaires se contractaient régulièrement mais cette manie était presque sa marque de fabrique. Max crut déceler une interrogation à deux ou trois reprises mais ce n'était pas suffisant pour en déduire quoi que ce soit. Elle n'avait pas d'autres choix que d'attendre ses conclusions. Elle maudit le serveur qui s'invita à leur table juste au moment où Brémont reposait le livret.

La commande passée, Max l'interrogea du regard.

— Tous les accusés ont été déclarés coupables, dit-il le visage fermé. Aucun n'a réussi à se disculper. Ils ont tous échoué au test.

— Est-il seulement possible d'y arriver ? demanda Nguyen de nouveau dans la partie maintenant qu'il savait son plat en préparation.

— Tout comme vous, j'en doute. Est-ce que vous avez pu avancer sur le type de punitions qu'appliquait l'ordalie ?

Nguyen le regarda avec des yeux ronds. Il avait passé le plus clair de son temps à décoder le carnet et c'était grâce à lui qu'ils avaient pu dénombrer autant de victimes. Brémont comprit que sa question était déplacée.

— Maintenant que nous avons repéré la fiche de Baptista, Max et moi allons pouvoir analyser les autres pages. J'ai besoin que vous vous penchiez sur l'ordalie en priorité.

— Pourquoi ? voulut savoir Nguyen en attrapant son troisième morceau de pain.

— Les verdicts sont les mêmes sur chaque page mais les punitions, elles, varient. Certains accusés ont d'ailleurs le droit à plusieurs épreuves mais je n'arrive pas à décoder les abréviations. Seul le supplice du feu est inscrit en toutes lettres. Les autres doivent être des initiales, j'imagine.

— Je vois.

— J'ai l'impression que les bourreaux se basent sur plusieurs critères pour infliger leurs tortures. L'article de loi en est un mais il n'est visiblement pas le seul. Je n'ai pas réussi à identifier les autres. Peut-être la nature du crime. Je ne sais pas.

— Vous ne voulez pas que j'essaie plutôt d'identifier ces critères ? s'étonna Nguyen. Je devrais pouvoir trouver un schéma directeur.

— J'aimerais déjà connaître la nature des supplices. Savoir si un des accusés a pu réchapper à ses blessures.

— Vous disiez qu'ils avaient tous échoué.

— Ils ont tous été déclarés coupables, ça ne veut pas dire qu'ils sont forcément morts.

Nguyen hocha la tête sans grande conviction. Max afficha elle aussi une moue dubitative mais vint en aide au lieutenant.

— J'ai déjà relevé pas mal de rituels, dit-elle en consultant son propre cahier. Peut-être que ça pourra nous aider.

— On vous écoute, répondit Brémont en fermant les yeux pour mieux se concentrer.

Max l'avait souvent vu faire, mais elle était chaque fois déstabilisée.

— C'est une première recherche rapide, crut-elle nécessaire de préciser. Je n'ai pas consulté tous les sites qui traitent du sujet mais j'ai noté plusieurs supplices régulièrement évoqués. Je vous passe les jugements qui opposaient deux plaignants. Les duels ou les supplices appliqués aux deux parties jusqu'à ce que l'une d'elles déclare forfait.

— Je ne pense pas que ça nous concerne, en effet, répondit Brémont patiemment.

— Il y en avait un plutôt léger qui consistait à piquer l'accusé avec une aiguille. S'il saignait, le prévenu était déclaré coupable.

— On l'appliquait pour quel type de délit ?

— Aucune idée. De ce que j'ai compris, les juges décidaient de l'épreuve en fonction de la gravité du crime.

— Sans distinction de sexe ? voulut encore savoir Brémont.

— Pensez bien que les femmes avaient droit à leur petit traitement de faveur, railla Max. Elles et parfois même leurs nouveau-nés.

— Des bébés ? s'étrangla Nguyen.

— Ceux qui naissaient de père inconnu, par exemple. Ou dont la paternité était remise en question. En gros, on faisait payer la légèreté de la mère.

— Et on leur faisait quoi, à ces enfants ?

— On les abandonnait en pleine nature, à la merci des intempéries. Si le nourrisson était encore en vie après plusieurs jours, la mère pouvait le récupérer et on déclarait sa faute pardonnée.

— Sympa ! souffla Nguyen avant d'avaler d'une traite la bière que le serveur venait de déposer devant lui.

— Quoi d'autre ? demanda Brémont, les yeux toujours fermés.

— Des supplices plus coriaces, reprit Max, le nez plongé dans ses notes, comme le marquage au fer

189

rouge ou l'épreuve du feu. Le prévenu devait traverser un bûcher sans se brûler.

— Et le fer rouge, ça consistait en quoi ?

— L'accusé devait tenir dans ses mains une barre de fer chauffé à blanc. Ensuite on lui mettait les mains dans des sacs en cuir et on attendait plusieurs jours pour voir comment évoluaient les plaies.

— Laissez-moi deviner. Si les plaies s'infectaient, l'accusé était déclaré coupable, c'est ça ?

— C'est ça.

— Toujours le même principe, en quelque sorte.

Brémont rouvrit les yeux et Max en profita pour confirmer d'un hochement de tête.

— Le fer chauffé à blanc. Ça pourrait correspondre aux initiales F.C. que j'ai vues dans le carnet, dit-il pour lui-même.

Max inclina légèrement la tête, les sourcils froncés, pour finalement lâcher son calepin et lancer une recherche sur son téléphone.

— Qu'est-ce que vous faites ?

— Une intuition. Je vous l'ai dit, j'ai pris des notes rapidement mais la plupart des supplices avaient un nom bien précis. C'est quoi les autres initiales ?

Brémont reprit le carnet du messager et énonça les abréviations au fil de sa lecture.

— On trouve donc un F.C., un A.F. suivi d'un *r* minuscule, un A.F. suivi d'un *e* minuscule…

— C'est ça ! le coupa Max en relevant fièrement la tête. J'étais sûre que c'était ça.

Max but une gorgée de vin blanc alors qu'elle savait pertinemment que ses deux interlocuteurs attendaient qu'elle s'explique. Elle regarda Brémont par-dessus son verre pour le narguer. Brémont, beau joueur, se cala confortablement sur sa chaise pour la laisser savourer sa minute de gloire.

— F.C. signifie *ferrum candens*, dit-elle enfin, et vous aviez raison. Ça correspond effectivement au fer rouge. Nos bourreaux ont décidé de faire dans l'authentique. Ils utilisent le nom des épreuves en latin. Les A.F. désignent *l'aqua frigida* et *l'aqua fervens*. En français, ça donne l'eau froide et l'eau bouillante.

32

Les informations fournies par Max leur avaient permis de dresser la liste des tortures infligées à chaque victime. Ils avaient cependant du mal à saisir les conséquences de l'épreuve de l'eau froide. Nguyen avait parcouru quelques sites pour comprendre en quoi celle-ci consistait, mais ce qu'il avait trouvé n'était pas vraiment concluant. Il était dit que ce test était principalement réservé aux femmes jugées pour sorcellerie. Elles étaient jetées dans une eau froide, généralement au beau milieu d'un lac ou d'une rivière. Si leur corps coulait, elles étaient déclarées innocentes. Si en revanche leur corps restait en surface, la sorcellerie était avérée. Max n'arrivait pas à cerner la logique.

— Arrêtez-moi si je me trompe, mais en coulant, la femme mourait. Donc, l'un dans l'autre, elle n'avait aucune chance de s'en sortir.

— Peut-être que quelqu'un s'occupait de la repêcher si elle se noyait, proposa Nguyen sans aucune certitude.

— Mais pourquoi déclarer coupables celles qui flottaient ? Ça n'a aucun sens.

— D'après ce que j'ai lu, les femmes accusées de sorcellerie étaient souvent frêles, voire squelettiques. Autant dire que leur corps restait un bon bout de temps à la surface.

— En gros les juges étaient sûrs de leur coup ! s'agaça Max.

— Je ne serais pas aussi catégorique, tempéra Brémont. Je ne dis pas qu'ils ne mettaient pas toutes les chances de leur côté pour s'assurer un verdict acceptable par la société, mais leur démarche n'en était pas moins sincère. S'en remettre à Dieu ou au destin, ça s'est toujours fait et c'est encore d'actualité. Le concept d'ordalie est d'ailleurs traité en psychologie pour expliquer certains comportements à risque.

— Pourquoi vous ne nous en avez pas parlé ? s'étonna Max.

— Parce que ça n'a aucun rapport avec notre histoire. En psychologie, on parle de conduites ordaliques pour évoquer les comportements dangereux. Je vous donne un exemple. Un gamin qui marche en équilibre au bord d'une falaise, un jour de tempête, alors qu'il a bu plusieurs verres, sait parfaitement au fond de lui que ce qu'il fait est risqué, voire mortel. Il n'est pas suicidaire, simplement il s'est persuadé que son sort ne lui appartient pas. Que c'est le destin, la chance, ou encore un choix divin qui tient sa vie entre les mains.

— Sauf que ce gamin, c'est son sort qu'il met dans la balance. Pas celui de quelqu'un d'autre.

— Je pourrais vous parler de ces jeunes qui raccompagnent leurs amis en voiture en roulant à cent soixante alors qu'ils ont plusieurs grammes d'alcool dans le sang…

— J'ai compris le principe, s'impatienta Max. Ce que je veux dire, c'est que, là, on parle d'adultes qui s'octroient le droit de torturer des gens et de s'en laver les mains par la suite, sous prétexte qu'ils ne sont pas responsables des conséquences.

— Une fois de plus, Max, vous devez vous mettre dans la tête de ces justiciers si vous voulez les appréhender.

— Je sais, souffla-t-elle ostensiblement, mais j'ai tout de même le droit d'avoir une opinion personnelle, non ?

— Vous avez tous les droits mais, pour ma part, j'ai besoin de savoir si cette opinion sera un frein dans cette enquête.

Max n'appréciait pas que Brémont puisse remettre son professionnalisme en question. Il n'avait pas besoin de lui rappeler que cette enquête était la sienne et qu'il la mènerait avec ou sans elle. Elle prit néanmoins le temps de réfléchir à la question. Cela lui posait-il un problème de devoir traiter avec un messager qui s'était déclaré juge et bourreau et qui lui demandait maintenant son aide pour sauver une victime qui était certainement aussi un criminel ? Cette simple réflexion lui donna le tournis, qu'elle dissipa en finissant d'une traite son verre de blanc.

— Ce ne sera pas un problème, finit-elle par dire en soutenant le regard de Brémont.

Nguyen s'était emparé du carnet durant cette joute afin de se donner une contenance. Il profita de cette trêve pour les ramener à un sujet plus concret.

— Je pensais que vous étiez un peu trop optimiste, mon capitaine, mais vous avez peut-être raison, finalement.

Brémont lui fit un bref signe de tête pour qu'il s'explique.

— Regardez la cinquième page, dit-il en posant le calepin au centre de la table.

Max mit plus de temps à ajuster sa vue qu'à décoder les annotations. Son esprit interprétait désormais les abréviations sans aucune peine.

— Un certain, ou une certaine, M.D., lut-elle à voix haute, a commis un crime en 98. Il ou elle s'en est sorti en invoquant la légitime défense deux ans plus tard et a été jugé au fer rouge par nos justiciers il y a un an. Verdict : coupable. Eh bien ?

— Ils sont quatre dans ce carnet à avoir subi cette épreuve de manière isolée.

Max ne comprenait pas où il voulait en venir. Brémont fut le premier à réagir.

— Si ces quatre prévenus ont été relâchés comme l'a été Lorette Angeli, ils ont dû s'en sortir. On ne meurt pas de brûlures aux mains.

— À condition qu'ils aient pu se faire soigner à temps ! contra Max. Rien ne nous dit qu'ils n'ont pas attendu la septicémie avant de les libérer.

— Je vous l'accorde, mais ça nous laisse un peu d'espoir, persista Nguyen.

— Désolée, mais je ne partage pas votre enthousiasme. Vous partez du point de vue que les bourreaux respectent à la lettre les rites de l'ordalie.

— Qu'est-ce qui vous en fait douter ? l'interrogea le lieutenant.

— Baptista ! Cet homme s'est immolé tout seul comme un grand dans un jardin d'enfants. Rien à voir avec les tortures qu'on a pu répertorier jusqu'ici.

— C'est juste, intervint Brémont, et j'avoue que le suicide de Baptista me laisse perplexe. Je vais demander à récupérer le dossier.

— Je vous ai dit que…

— Je sais ce que vous m'avez dit, l'interrompit Brémont sans agressivité. L'enquête et l'autopsie ont été bâclées. Il n'empêche. Nous trouverons peut-être un détail qui ne pouvait pas avoir de sens pour vos collègues de la PJ de Strasbourg mais qui en aura pour nous. En attendant, je partage l'avis de Nguyen. Il est possible que ces quatre victimes aient pu s'en sortir sans trop de gravité.

— Ce qui signifie que nous avons potentiellement quatre témoins dans la nature ! s'agita Nguyen.

— Je ne voudrais pas jouer une fois de plus les rabat-joie, intervint Max à contrecœur, mais nous n'avons que des initiales et quelques dates. Même si ces victimes sont toujours en vie, je ne vois pas comment on va pouvoir mettre la main dessus.

— Il reste des abréviations qu'on n'a pas encore identifiées, insista Nguyen. Peut-être qu'elles peuvent nous apporter d'autres critères de recherche.

— Comme quoi ? l'interrogea Brémont.

— Je ne sais pas. La nature ou le lieu du crime. Les initiales des victimes des accusés.

Tous avaient conscience de l'infime probabilité d'y arriver, ils se devaient pourtant d'essayer. Max fit signe au serveur de renouveler la commande de boissons et avala deux bouchées de son plat avant de reposer sa fourchette d'un mouvement sec.

— Les hôpitaux, dit-elle plus fort qu'elle ne l'aurait souhaité. Vu qu'on a la date des jugements de l'ordalie, si on arrive à trouver une indication de lieu, on pourra appeler les hôpitaux. Des brûlures aux mains au troisième degré, ça ne doit pas arriver tous les jours !

— Sans aucun nom à leur communiquer ? rappela Nguyen.

Max haussa les épaules pour tout argument.

— Ça se tente ! la rassura-t-il en lui adressant un clin d'œil. Je savais bien que vous finiriez par me trouver un challenge à ma hauteur.

Brémont ne participait plus à la conversation. Le nez plongé dans le carnet et les mâchoires serrées, il tournait les pages dans tous les sens, creusant progressivement une ride entre ses sourcils.

— Un problème ? s'inquiéta Max.

— Plutôt un détail qui ne colle pas. Il n'y a qu'une seule page avec les initiales S.P.

— S.P. pour Simon Péroski, raisonna Max à haute voix. Je ne vois pas où est le souci. On se doutait que c'était lui dans le cercueil de Christian Mallard, à Grenoble.

— Sauf que sa fiche ne se trouve pas à la fin. Ni même à l'avant-dernière place. Si ce carnet a été rédigé de manière chronologique, comme ça a l'air d'être le cas, Simon Péroski était leur dixième victime.

Max se redressa pour mieux se concentrer.

— J'ai reçu ce carnet quatre jours après l'enterrement, dit-elle. Soit les bourreaux ont drastiquement augmenté leur cadence, à raison d'une victime toutes les quarante-huit heures, soit on s'est trompés et ce n'est pas Simon Péroski qui vient d'être incinéré.

33

Le fait que Simon Péroski ne soit pas Christian
Mallard était tout au plus une contrariété. Ils étaient
confrontés à d'autres problèmes plus urgents à régler.
Max avait examiné avec attention les trois dernières
pages et constaté que les dates de jugement remon-
taient toutes à l'année précédente. Elle avait du mal à
croire que six mois aient pu s'écouler sans qu'un jugement de l'Ordalie ait été prononcé.

— Christian Mallard, ou quel que soit son nom,
était forcément une victime de l'ordalie, réfléchit-elle
à voix haute. Notre messager n'aurait pas choisi un
enterrement quelconque pour me mettre sur la piste de
ces justiciers.

— D'autant que cet enterrement n'avait rien de
quelconque, appuya Nguyen. L'acte de décès était tout
de même falsifié.

— Et on sait qu'il y a une autre victime qui est en
train de se faire torturer à l'heure où nous parlons,
continua Max.

— Où vous voulez en venir ? la questionna Brémont.

— Leur rythme s'intensifie. Si on regarde les douze
dates de jugement rapportées dans le carnet, elles sont

espacées en moyenne de trois mois. Et encore… Les quatre dernières le sont plutôt de deux.

— Cette montée en puissance répond à un schéma classique.

— Je sais, dit-elle, un sourire en coin. Je n'ai pas oublié ce que vous m'avez appris.

— Et donc ?

— Et donc cette pause de six mois n'est pas logique.

— Il y a deux explications possibles, poursuivit Brémont d'un ton légèrement professoral. Soit un événement extérieur les a empêchés d'agir durant ce laps de temps, soit notre messager nous indique avec ce carnet à quel moment il s'est désolidarisé de ses acolytes.

— Je pencherais plutôt pour la deuxième solution, grimaça Max. Et vous ?

— Moi aussi. Ce qui veut dire qu'il y a plus de douze victimes à dénombrer. Et comme vous venez de le souligner, le rythme des justiciers s'emballe. Et ça, ça ne laisse rien présager de bon.

Max tentait d'organiser sa pensée mais son esprit recevait trop d'informations pour les ordonner.

— C'est quoi, votre analyse ? abdiqua-t-elle, devinant qu'il avait déjà une idée en tête.

Brémont reposa son dos sur la banquette et ferma les yeux. Max savait qu'à cet instant précis le profileur du DSC n'était déjà plus vraiment dans cette brasserie. Il faisait abstraction de son environnement pour mieux se projeter.

— Lorette Angeli devait mourir, dit-il d'une voix blanche en rouvrant les yeux. La cause était juste. Elle devait répondre de ses actes et payer pour ce qu'elle avait fait. Et l'ordalie leur a donné raison. Lorette est morte de ses blessures. Elle était bien coupable malgré ce qu'en avait décidé notre système judiciaire.

— OK, mais pourquoi s'en prendre à elle après toutes ces années ? Son crime remontait à une trentaine d'années.

— Lorette n'a pas été choisie au hasard, assura Brémont.

Max peinait à suivre le raisonnement de Brémont mais elle refusait de se faire distancer.

— Un de nos justiciers avait un lien avec cette femme, osa-t-elle en se servant un verre d'eau pour se rafraîchir les idées.

— Je ne vois pas d'autre explication. C'est pour ça que nous devons absolument en apprendre plus sur elle.

— Et les autres victimes, vous pensez qu'elles connaissaient elles aussi les justiciers ?

— Je n'ai pas dit que nos justiciers connaissaient Lorette…

— Mais, on vient juste de se dire que…

— Que l'un des justiciers avait un lien avec elle, la coupa-t-il. Ce rapport peut être direct comme indirect. Il est trop tôt pour le dire.

Max se rabattit sur son verre de vin. Quitte à être larguée…

— Soit ! dit-elle d'une voix qui trahissait sa fatigue. Et les autres victimes ?

Brémont prit son temps pour répondre. Il but une gorgée de bière et essuya la mousse qui s'était déposée sur sa lèvre supérieure avant de répondre :

— Lorette a été un déclencheur. Sa mort a conforté nos justiciers dans leur délire. Puisque Lorette n'avait pas survécu à l'épreuve de l'ordalie, c'est qu'elle était coupable et que la justice des hommes s'était fait leurrer. À partir de là, nos individus se sont sentis galvanisés. Lorette était désormais le point de départ d'une croisade. Ils s'étaient trouvé une cause, une mission à accomplir. Démasquer les imposteurs. Traquer ceux qui se jouaient du système. Quels ont été leurs critères de sélection ? Je n'en sais rien. Un lien personnel avec les victimes, l'opinion publique, à moins que ce ne soit tout simplement l'observation d'une sanction trop légère au regard de la gravité des crimes. Combien de justiciers étaient-ils au départ ? Aucune idée. Combien sont-ils aujourd'hui ? Voilà une question déjà plus intéressante. Ce qui est sûr, c'est que notre messager n'en fait plus partie alors qu'il était à l'origine de cette entreprise.

Max avait noté certaines remarques de Brémont sur son carnet. Elle se faisait assez confiance pour ne pas les oublier, mais elle avait besoin de s'occuper les mains et de laisser tranquille ce verre de vin qui commençait à lui embrumer l'esprit. Elle s'attarda sur le dernier point.

— Qu'est-ce qui a bien pu se passer pour que notre messager recouvre la raison ? dit-elle sans s'adresser à qui que ce soit en particulier. Il a dû y avoir un problème avec une des victimes. À moins qu'il ne se soit embrouillé avec un de ses coéquipiers.

— Ce qui expliquerait pourquoi il veut qu'on les arrête, ajouta Nguyen.

— Sauf qu'il ne nous les livre pas sur un plateau, observa Brémont. S'il s'agissait d'une vengeance personnelle, il nous aurait donné le nom de ses acolytes ou il nous aurait dit où les trouver. J'opterais plutôt pour une prise de conscience progressive.

— Dans ce cas, je pense que ça a un rapport avec Simon Péroski, réagit Nguyen en pointant du doigt une abréviation au bas de la page titrée S.P.

Le lieutenant mettait en exergue deux initiales soulignées plusieurs fois et avec une telle conviction que la pointe du stylo-bille avait transpercé le papier par endroits.

— A.M., lut Max à voix haute. Une idée de ce que ça peut être ?

— Aucune, admit Nguyen, mais c'est la seule page qui a cette annotation. Et les lettres se trouvent à cheval sur deux colonnes. C'est une première. Sans dire que notre gars est psychorigide, ça ne lui ressemble pas trop.

Brémont dodelinait lentement de la tête en passant un doigt sur les trois traits.

— Il y a de la rage dans cette inscription, dit-il, à peine audible. Vous avez raison Nguyen. Simon Péroski a eu un impact sur lui. C'est certainement la raison qui l'a poussé à inscrire son nom sur l'acte de décès. Il voulait qu'on s'intéresse à son cas en particulier. J'imagine que notre messager était en désaccord avec le verdict.

— « L'ordalie nous trompe. Elle nous ment », récita Max de mémoire.

Brémont lui confirma d'un regard qu'ils étaient sur la même longueur d'onde.

— Il faut absolument qu'on comprenne ce que ces deux lettres veulent dire pour notre homme, continua-t-il. Vous êtes certain qu'elles ne se trouvent pas sur d'autres fiches ?

— Certain. J'ai vérifié deux fois.

— C'est vraiment si important, Antoine ?

Brémont la regarda sans comprendre.

— Il ne fait plus partie des justiciers, expliqua Max. Ce n'est pas lui notre priorité. Il sera toujours temps de s'y intéresser quand les autres auront été arrêtés, vous ne croyez pas ?

Max s'attendait à un long argument en retour lui expliquant que la psychologie des criminels était primordiale dans ce genre d'enquête. Que le messager était leur clé d'entrée et qu'ils devaient adopter sa logique pour appréhender les autres justiciers.

— Vous avez raison, se limita-t-il à dire.

Max reposa son stylo et s'affaissa sur son dossier.

— Vous êtes en train de me dire que vous êtes d'accord avec moi ?

— Ne vous emballez pas non plus ! s'amusa-t-il. Disons que vous avez raison sur un point. Nous manquons de temps. Ces lettres A.M. pourraient signifier tout et n'importe quoi. Sans autre indication, ce serait quasiment impossible à trouver.

— Je suis content de vous l'entendre dire ! souffla Nguyen qui avait pris cette directive à son compte.

— Mais puisque vous avez l'air en forme, ajouta Brémont en s'adressant à Max, que suggérez-vous qu'on fasse pour avancer ?

Max lui rendit son sourire. Elle aurait dû se douter qu'il ne lui laisserait pas gagner la partie si facilement. Elle n'avait aucune idée de leur prochain mouvement et il le savait parfaitement.

34

Max avait la sensation d'avoir dormi d'une traite mais il lui suffit d'apercevoir son calepin gribouillé de notes sur sa table de nuit pour comprendre qu'il n'en était rien. Le vin lui avait permis d'oublier sa nuit hachée. Toujours allongée, elle tenta de déchiffrer ses propres hiéroglyphes, en vain. La clé de décryptage lui serait délivrée avec son café. Enzo lui avait conseillé cette méthode alors qu'elle n'était encore qu'une adolescente. C'était le seul moyen qu'il avait trouvé pour apaiser ses anxiétés. Et cela fonctionnait. En écrivant ses bribes d'idées, aussi confuses fussent-elles, en plein milieu de la nuit, Max ne craignait pas de les voir s'envoler.

Il lui restait une heure avant de retrouver Brémont et Nguyen. Largement suffisant pour se préparer, nettement moins pour se sentir éveillée. Elle opta pour une méthode plus radicale que le café en décapsulant une canette de Perrier qu'elle but à même le métal. Après trois gorgées, elle éructa sans aucune retenue et se félicita d'être toujours célibataire.

Elle pensait pouvoir relire ses notes tout en choisissant sa tenue, ce qui en soi n'était pas vraiment un exploit. Max avait depuis longtemps évacué cette hésitation quotidienne en faisant du jean et des baskets son uniforme officiel. Lui restait le choix du haut et de sa couleur. Une affaire d'ordinaire pliée en une poignée de secondes. C'est pourquoi elle s'étonna elle-même de rester hagarde aussi longtemps devant sa pile de T-shirts. *Quand tu veux, ma fille !* se pressa-t-elle. *De toute façon, tu vas choisir blanc. Tu choisis toujours blanc !* Mais cette information à elle seule ne suffit pas à la décider. Elle s'assit sur le rebord du lit et s'octroya deux minutes pour être opérationnelle. Elle profita de ce temps pour déchiffrer ses pensées nocturnes. « Brémont » était le premier mot qu'elle avait inscrit. Max fronça les sourcils. Elle savait que son cerveau finirait par lui délivrer l'intégralité du message qu'elle avait cherché à se laisser, mais elle ne voyait aucune raison logique à ce que le nom du capitaine du DSC se retrouve dans ce carnet. Son corps fut le premier à lui donner une indication. Une vague de chaleur la traversa de part en part jusqu'à rosir ses joues. Vinrent ensuite les images. Max les refoula en secouant la tête vigoureusement. Si elle leur laissait libre cours, elle ne pourrait plus jamais fixer l'homme dans les yeux. *Brémont. Sérieux ?!? Tu crois pas que ta vie est assez compliquée comme ça ?* Elle attrapa le stylo laissé sur sa table de nuit et biffa la mention jusqu'à ce qu'aucune lettre ne puisse plus être décelée. Elle se leva et attrapa le premier T-shirt de la pile.

Si les autres mots étaient plus en rapport avec l'enquête, ils restaient tout de même abscons. Péroski, Mallard, église. *Avec ça, je suis bien avancée !*

Max fila sous la douche et répéta les mots plusieurs fois, attendant qu'une étincelle se produise. Péroski.

Il y avait tant à dire sur lui. Ils connaissaient la nature de son crime, le verdict officiel comme celui des justiciers. Il était indiqué sur sa fiche qu'il avait subi la plupart des épreuves de l'ordalie. Il était peu probable qu'il y ait survécu. Qu'y avait-il d'autre à chercher ? Max dirigea le jet de la douche sur son visage et abaissa la température de plusieurs degrés. *Allez, réfléchis ! Pourquoi Péroski ?* À bout de patience, elle s'intéressa à Mallard. L'homme qui avait été officiellement incinéré à Grenoble et dont ils pensaient qu'il était Péroski. Puisque ce n'était pas lui, qui était-ce ? Ils n'avaient recensé aucun Mallard de cet âge dans les registres. Devaient-ils élargir la recherche en omettant la date de naissance ? Ou était-ce la zone géographique qu'il fallait agrandir ? Christian Mallard n'était peut-être pas français, après tout. Grenoble était proche de la Suisse. *Ça vaut le coup de tenter*, se dit-elle sans grande conviction. Mallard était mort et Max n'était pas persuadée qu'en apprendre plus sur lui était une priorité. Restait le mot « église » qui détonnait dans cette liste de noms. Max eut soudain un flash. Une réminiscence. Les vitraux estompés par le soleil, la file silencieuse pour l'aspersion du cercueil. Pourquoi choisir de revivre cette scène ?

La première réponse lui vint alors qu'elle se brossait les dents. Cette église, Christian Mallard n'en était pas un adepte. Tout du moins, pas sous ce nom. Et ce n'était pas lui qui avait rédigé ses dernières volontés. Les instructions avaient été envoyées à la paroisse de façon anonyme. Il y avait fort à parier que les justiciers avaient tout organisé. Alors pourquoi cette église ? Et pourquoi se donner la peine de réclamer une messe en son nom alors que personne ne le connaissait ? Mallard avait forcément un lien avec cet édifice ou avec un de ses paroissiens. « Une paroissienne ! » cria Max la bouche encore pleine de dentifrice. L'image de cette jeune femme en larmes devant le prêtre s'était imposée à elle aussi nettement qu'elle pouvait se voir dans le miroir. Comment s'appelait-elle, déjà ? Max se maudissait de ne pas avoir retenu son nom, tout comme elle pestait de ne pas avoir suivi son intuition le jour de l'enterrement. Elle aurait dû la rattraper, l'empêcher de monter dans cette voiture avant qu'elle ne lui ait expliqué la raison de son émotion. Elle respira un grand coup pour se calmer. Qu'aurait-elle pu faire de toute façon ? À ce moment-là, elle ne savait même pas ce qu'elle cherchait. Il fallait qu'elle contacte le prêtre pour obtenir ses coordonnées. *T'es bonne pour un petit sermon !* grimaça-t-elle en réalisant qu'elle devrait se présenter sous sa véritable identité.

Ne lui restait plus qu'à comprendre pourquoi le nom de Péroski s'était retrouvé dans son carnet. Le messager avait tenu à attirer l'attention sur cet homme en particulier. Si son nom n'avait pas été inscrit sur l'acte de décès, Max n'aurait jamais eu vent de son existence. Simon Péroski avait tué sa belle-fille et son enfant à naître de onze coups de couteau. Il avait été relâché après avoir invoqué une abolition du discernement. En quoi le verdict de l'ordalie avait-il pu gêner le messager ? Selon toute vraisemblance, Simon Péroski remplissait tous les critères du parfait coupable aux yeux de ces justiciers. Max acheva de lacer ses baskets, convaincue qu'ils devaient approfondir leurs recherches sur Péroski. Ils s'étaient contentés jusqu'ici d'informations fournies par un journaliste dont l'objectivité laissait à désirer. Péroski avait autre chose à leur apprendre. Elle en était persuadée. Son instinct le lui dictait. Elle s'ausculta une dernière fois dans le miroir et se retint de jurer. *Bien joué, Max ! Ce petit effet* tie and dye *est de toute beauté !* Elle retira son T-shirt moucheté de dentifrice et prit le premier qui lui tomba sous la main sans s'attarder sur sa couleur. Un blanc, donc.

Max fut surprise de voir Brémont devant l'entrée de son immeuble. Elle pensait le rejoindre, lui et son lieutenant, dans l'arrière-salle du café de Ludo. Elle comprit que le planning établi la veille n'était déjà plus d'actualité quand il lui tendit le casque de moto qu'il tenait à la main.

— On est attendus à Massy, dit-il sans même la saluer.

— À Massy ? Et par qui ?

— Le commandant Noël Rémy. Retraité depuis deux ans.

— Une virée en banlieue pour prendre le café avec un militaire à la retraite… Vous me vendez du rêve, Antoine !

Brémont sourit tout en l'aidant à fixer l'attache du casque. Max baissa instantanément les yeux et régula sa respiration.

— Noël Rémy était basé à Gensac au début de sa carrière, continua Brémont en resserrant légèrement la jugulaire.

Max avait du mal à gérer cette proximité. Elle haussa les épaules pour signifier son incompréhension.

— Gensac. Le village où se sont réfugiés les parents de Lorette Angeli. C'est bon ? Vous êtes avec moi ?

208

Max se recula et donna un petit coup sur son casque pour prouver à Brémont qu'il était bien fixé.

— Gensac. Lorette Angeli. Le gendarme retraité à qui vous avez laissé un message hier alors qu'on était encore à Avignon. Je suis avec vous, Antoine ! Mais honnêtement, on n'aurait pas pu se contenter de lui passer un coup de fil ?

— À vous de voir. Dès que j'ai évoqué le nom de Lorette Angeli, il m'a raccroché au nez.

35

Trois jours plus tôt...

*Victor, qui avait tant espéré la venue de sa mère,
craignait désormais de la voir entrer dans cette pièce.
Ses juges l'avaient abandonné sans se donner la peine
de le détacher. Jusqu'ici, ses geôliers avaient fait
preuve de considération. Ils lui avaient rendu visite
de manière régulière. Pour l'interroger, le nourrir ou
lui permettre de se soulager. Cela faisait maintenant
des heures, peut-être même des jours, qu'il n'avait vu
personne. Il s'était retenu tant qu'il l'avait pu, mais
sa vessie l'avait finalement trahi. Si sa mère le voyait
dans cet état, elle le corrigerait à n'en pas douter. Il
était sale, il sentait mauvais, de la morve lui coulait du
nez... Jamais elle ne lui pardonnerait un tel laisser-
aller.*

*Oui mais là, c'est différent, pensa-t-il avec une
teinte d'espoir. Sa mère verrait ses liens et comprendrait qu'il n'y était pour rien. Des excuses ! Maman
n'aime pas les excuses. Seuls les faibles s'excusent.*

*Victor ne cherchait plus à retenir ses larmes. À quoi
bon ! Il était seul. Il avait mal. Il regrettait d'avoir*

refusé la piqûre qu'ils lui avaient proposée. Ils lui avaient dit que la douleur serait plus supportable mais il n'avait pas voulu rompre la promesse faite à sa mère. Jamais plus il ne se droguerait. Il le lui avait juré. Mais sa mère n'était pas là et elle aurait de toute façon tant de choses à lui reprocher. Un peu plus, un peu moins, cela ne ferait pas une grande différence.

Il aurait dû accepter.

Seules ses plaies sur le torse le faisaient encore souffrir. Il en était en partie responsable. Il n'aurait pas dû solliciter si souvent ses abdominaux en soulevant les jambes. Cela n'avait fait qu'aggraver la situation. C'était cependant le seul moyen qu'il avait trouvé pour soulager ses plantes de pied. Il ne pensait pas que le froid pouvait à ce point brûler. Victor était incapable de dire si le bloc de glace qu'ils avaient placé sous ses pieds avait totalement fondu ou s'il était toujours là. En réalité, il s'en moquait. Il ne sentait même plus ses chevilles, cette information n'avait donc plus aucune importance. Il en était à se demander si les juges ne l'avaient pas amputé alors qu'il était inconscient. Il ne pouvait pas se pencher pour vérifier, mais cette explication était la plus plausible. Si ses pieds étaient toujours là, il les sentirait, forcément. Il pourrait les bouger, replier ses orteils. L'idée d'une amputation ne le dérangeait pas outre mesure. Il en était presque à l'espérer. Sa mère aurait sûrement pitié et surtout elle n'aurait pas d'autre choix que de le laisser revenir vivre avec elle.

Depuis le début, c'est tout ce qu'il demandait. Il ne se serait jamais drogué si elle ne l'avait pas chassé. Il n'oserait jamais le lui dire en face mais, en réalité, tout ce qui lui arrivait aujourd'hui était entièrement sa faute à elle, ce n'était pas la sienne. Si elle ne l'avait pas obligé à quitter la maison, il n'aurait pas rencontré cette femme dans ce bar, il ne l'aurait pas suivie jusqu'à son hôtel et il ne serait pas là, attaché à cette chaise. D'ailleurs, s'il avait suivi cette femme, ce n'était que pour une seule raison. Parce qu'elle ressemblait à sa mère. Peut-être aussi à cause des mots qu'elle avait prononcés. Elle lui avait fait la promesse de le protéger. Comme le lui avait promis sa mère. Tout compte fait, elle aussi lui avait menti.

Victor secoua la tête. Il ne voulait plus penser à cela. C'était encore plus douloureux que ses plaies. Il devait se ressaisir. Préparer sa défense. Il ne laisserait plus les juges l'accuser sans rien dire. Cette fois il s'exprimerait, et tant pis si sa mère l'apprenait. Elle finirait par comprendre quand il lui dirait ce qu'il lui était reproché. Ces gens disaient que seule l'ordalie déciderait de son innocence, mais leurs propos n'avaient aucun sens. Leur chef d'accusation était tout bonnement ridicule. Comment pouvaient-ils croire un seul instant qu'il avait tué sa mère ?

36

L'ancien commandant de la gendarmerie était resté longuement derrière sa porte entrouverte avant de laisser Max et Brémont entrer. Cette visite le contrariait, il n'avait pas cherché à le cacher, mais les arguments du capitaine du DSC, ou son allégeance au corps de l'armée, avaient fini par le convaincre. Il ne s'était pas privé, en revanche, de jeter un regard plein de mépris à l'intention de Max, que Brémont avait pourtant présentée comme commissaire de police.

Max l'avait observé en retour sans ciller, s'autorisant même un petit rictus pour lui signifier à quel point son avis lui importait peu.

Noël Rémy était peut-être à la retraite mais son physique laissait suggérer un entraînement régulier et une hygiène de vie parfaite. Max lui donnait à peine cinquante ans même si Brémont lui avait indiqué en chemin qu'il en avait huit de plus. L'homme les précéda dans un salon dénué de toute décoration où s'empilaient des cartons étiquetés avec précision. Un fauteuil était orienté vers un téléviseur réglé en mode silencieux sur une chaîne d'information. Max leva les yeux au ciel en lisant un bandeau accrocheur décrivant en quelques mots ce qui devait être la polémique du jour. À en croire la gestuelle des différents invités, le débat était animé, et elle s'amusa de voir les experts en tout genre s'agiter muettement comme des poupées articulées.

Noël Rémy s'était assis sans proposer quoi que ce soit à ses visiteurs et attendait manifestement que Brémont lui pose ses questions, les yeux rivés sur l'écran.

Brémont fit un discret signe de tête à Max pour qu'elle profite d'un tabouret posé dans un coin. Elle préféra s'adosser au mur en lui adressant un clin d'œil. Ils avaient suffisamment d'expérience pour savoir que cet entretien se déroulerait plus facilement si elle arrivait à se faire oublier.

Brémont saisit le tabouret et se plaça face au commandant. Noël Rémy souffla ostensiblement avant d'éteindre son téléviseur.

— J'avoue que je ne comprends pas votre attitude, mon commandant, j'ai…

— Ne m'appelez pas comme ça ! le coupa-t-il sèchement. Appelez-moi Noël ou Rémy, ça m'est égal, mais ne m'appelez pas par mon grade.

Brémont fronça les sourcils. Il s'était persuadé que l'attitude hostile de Rémy était due à l'affaire Angeli, il commençait à en douter. Le dossier de Rémy indiquait une retraite volontaire sans préciser les raisons invoquées. À bien observer cet appartement, il était évident que Rémy n'avait pas quitté ses fonctions pour profiter de sa femme et de ses enfants.

— Comme vous voudrez, dit-il, conciliant. Tout ce que nous souhaitons, c'est que vous nous parliez de Lorette Angeli.

Rémy se redressa légèrement et regarda cette fois Brémont dans les yeux.

— Et moi, j'aimerais que vous me disiez pourquoi vous tenez tant à parler d'elle après toute ces années. Lorette, c'est de l'histoire ancienne. Si ça se trouve, elle est morte aujourd'hui.

— Elle l'est, en effet.

Rémy resta stoïque. Si cette nouvelle l'avait affecté, il avait décidé de ne rien en laisser paraître.

— C'est pour ça que vous êtes là ?

— C'est un peu plus compliqué que ça.

— Je ne vois pas bien ce qu'il y a de compliqué dans ma question ! Vous êtes là parce que Lorette vient de mourir ou pas ?

— Lorette est morte il y a trois ans.

Rémy laissa échapper un rire gras.

— Quand je pense qu'on dit que y a pas mieux que le DSC par chez nous ! Je vous pensais un peu plus rapides.

— Je vous l'ai dit, c'est un peu plus compliqué qu'il n'y paraît, répondit Brémont sans entrer dans son jeu. Nous pensons que la mort de Lorette s'inscrit dans une série de meurtres.

— Ah, je comprends mieux, maintenant ! Les profileurs sont à la recherche d'un *serial killer*.

Il avait prononcé ces mots avec un tel mépris que Max s'attendait à une réaction de la part de Brémont. Elle admira sa maîtrise. Certes, ses mâchoires se contractaient, mais son regard restait neutre.

— Je vois bien que vous êtes en colère, reprit Brémont patiemment, mais je ne suis pas venu pour que vous puissiez régler vos comptes. J'ai lu vos états de service. Je sais que vous avez toujours répondu à l'appel du devoir.

— Pour ce que ça m'a rapporté !

— À l'heure où je vous parle, une femme est en train de se faire torturer.

Une femme ? releva Max avant de comprendre la manœuvre de Brémont. *Bien sûr, une femme ! Noël Rémy, c'est un bonhomme ! Un dur à cuire. Mais il a bon cœur. Quelque part, tout au fond. Une femme sans défense, il n'a pas d'autre choix que de la sauver. Misère...*

L'argument avait eu le mérite de désarçonner Rémy. Toute agressivité l'avait quitté.

— Écoutez, Brémont, n'allez pas croire que je ne veux pas vous aider. Vous tombez mal, c'est tout. Et puis, de toute façon, je ne vois vraiment pas en quoi je pourrais vous être utile.

Max sourit discrètement. La partie était gagnée. Rémy avait parlé d'une voix mal assurée, son regard s'était fait fuyant. Il était disposé à parler.

— Tout ce que nous voulons, continua Brémont, c'est que vous nous parliez de Lorette et de ses parents.

Noël Rémy expira tout l'air contenu dans ses poumons et jeta un œil à Max. Elle crut un instant qu'il allait lui demander de sortir.

— Vous devriez aller vous chercher une chaise, dit-il à la place. Y en a une dans la cuisine.

— Je peux rester debout, merci.

— Je dis ça pour vous. Ça pourrait être long.

Max ne voulait pas contrarier leur hôte maintenant qu'il était disposé à l'intégrer à la conversation. Elle se rua dans la cuisine et revint aussi vite que possible, une chaise à la main. Elle avait peur d'avoir manqué l'introduction de Rémy mais l'homme avait décidé d'attendre que son auditoire soit au complet pour commencer.

— C'est une sale histoire que vous me demandez de vous raconter. Le genre de truc qui vous marque à vie. J'étais en poste depuis peu. J'avais quoi… dans les vingt-cinq ans, je dirais. Ouais, à peine plus. Les Angeli ont débarqué dans la région quelques mois après mon affectation. Je me souviens de la première fois où j'ai vu Mme Angeli. Une belle femme, vous pouvez me croire ! Elle avait beau avoir vingt ans de plus que moi, j'aurais facilement pu tomber amoureux. Je ne sais pas pourquoi je vous dis ça. Elle était mariée, de toute façon. Et puis il y avait sa fille, Lorette.

Rémy avait froncé les sourcils en prononçant son prénom.

— Vous n'aimiez pas Lorette ?

Rémy regarda Brémont, interloqué.

— Vous voulez dire au début ?

Brémont hésitait à répondre mais Rémy continua sur sa lancée :

— Je n'avais rien contre elle, si c'est ça que vous voulez dire. Elle était un peu bizarre mais pas bien méchante. Elle était souvent dans les vapes et plutôt amorphe pour une adolescente. Enfin, je dis une adolescente, elle était majeure. C'est juste qu'elle se comportait parfois comme une gamine. Elle n'était pas très vive, quoi !

— Lorette souffrait de schizophrénie, rétorqua Brémont froidement. Elle était sous traitement.

217

— Je sais tout ça ! Enfin, on l'a su qu'après. Ses parents n'avaient rien dit à personne. Comment on aurait pu deviner ?

— Ils n'avaient aucune raison de vous en parler.

— Je vois ! Vous faites partie de ceux qui pensent que ce n'était pas sa faute, c'est ça ? Désolé, mais vous n'étiez pas là ! C'est moi qui suis arrivé en premier à la Cadie.

— La Cadie ?

— La plage du lac, s'énerva Rémy. Vous n'avez pas lu le dossier ou quoi ?

— L'histoire est trop vieille pour être inscrite au TAJ et vos collègues de Gensac nous ont dit qu'ils n'avaient pas de dossier.

Rémy regarda Max et Brémont tour à tour et perdit le peu de hargne qui lui restait.

— C'est vrai que cette histoire est vieille, dit-il d'une voix dépitée. Et pourtant, croyez-moi, je m'en souviens comme si c'était hier. Mais c'est sûr que les collègues sur place n'auraient pas pu vous aider même s'ils l'avaient voulu. Ils sont trop jeunes pour avoir connu les Angeli et les anciens du village ont préféré les oublier. Moi le premier. Quant au dossier, il a dû être transféré aux archives depuis belle lurette et vous savez comme moi qu'on ne numérisait que les affaires non classées à l'époque.

Brémont confirma pour la forme et attendit que Noël Rémy se sente prêt à partager ses souvenirs. Rémy ferma les yeux un court instant avant d'affronter ceux de Brémont.

— Si je comprends bien, vous n'avez aucune idée de ce qui s'est passé, c'est ça ?

Brémont hocha la tête de gauche à droite sans prononcer un mot.

— Je comprends mieux pourquoi vous étiez prêt à prendre la défense de cette fille. Vous n'avez aucune idée de tous les drames qu'elle a causés.

37

Noël Rémy n'était pas directement allé au fait.
Il avait voulu planter un décor, une époque. Max et
Brémont n'étaient pas dupes. Le gendarme retraité
temporisait. Il se conditionnait avant de plonger dans
des souvenirs qu'il avait tenu à laisser de côté ces
trente dernières années.

Il tint à leur préciser en introduction que le couple
Angeli s'était fait rapidement apprécier par la commu-
nauté de Gensac. Serge Angeli était menuisier mais il
s'y connaissait aussi en maçonnerie et en électricité.
Autant dire que chacun avait profité de ses qualités.
Nicole, sa femme, travaillait au Crédit agricole. C'est
elle qui avait choisi cette mutation et qui avait décidé
de leur installation dans la région. Elle en était originaire et, même si sa famille l'avait quittée depuis longtemps, elle vivait cette nouvelle vie comme un retour
aux sources.

— J'entends encore les voisins se moquer gentiment d'elle alors qu'elle nous disait ça avec son
accent du Sud-Est, ajouta Rémy, un sourire nos-
talgique aux lèvres. Personne n'avait jugé utile à
l'époque de demander aux Angeli pourquoi ils avaient

quitté leur Provence. Les villageois l'ont découvert après coup. Peut-être que rien ne serait arrivé s'ils s'étaient montrés plus curieux. Mais à Gensac, on est pas du genre à se mêler des affaires privées ! se justifia Rémy, comme s'il vivait et travaillait encore dans la commune.

— Que s'est-il passé exactement ? demanda Brémont.

Noël Rémy sourit tristement. Il était à court d'échappatoires.

— Il faisait très chaud ce jour-là. Vraiment chaud. Je revenais de Castillon-la-Bataille, c'est à une quinzaine de bornes de Gensac. Ma mission à Castillon m'avait pris moins de temps que prévu et je savais que personne ne m'attendait avant une bonne heure. J'avais tellement chaud. On roulait en 4L à cette époque. Je me demande si ce n'était pas la dernière année. Bref, autant vous dire qu'il n'y avait pas la clim'. J'ai profité de mon avance pour faire un saut au lac de la Cadie. Je pensais me tremper rapide, vous voyez. Il était dix heures, en pleine semaine, je ne m'attendais pas à croiser qui que ce soit.

Rémy fit une pause et se tortilla sur son fauteuil pour prendre quelque chose dans sa poche. Max crut un instant qu'il en sortait une plaquette de médicaments mais elle comprit de quoi il s'agissait en le voyant mâcher rageusement la seconde d'après. Rémy était en manque de nicotine. Son sevrage expliquait en partie ses mouvements d'humeur.

— Je n'ai pas compris tout de suite ce que je voyais, reprit-il après plusieurs mastications. Je voyais bien Lorette mais je n'arrivais pas à analyser la situation. Je ne sais pas si ça vous est déjà arrivé. C'est étrange comme sensation.

Brémont acquiesça pour mettre Rémy en confiance.

— Lorette tenait une pierre à la main. Enfin… je n'ai pas tout de suite identifié l'objet. Il était rouge comme sa main. Lorette était immobile. La petite Émilie se trouvait à ses pieds. Émilie Jolie, qu'on l'appelait. Ses parents lui avaient donné ce prénom à cause de la comédie musicale et ça lui allait bien. Elle était toute mignonne. Blonde, les yeux bleus, avec un nez légèrement en trompette. Elle était rigolote.

— Elle avait quel âge ? demanda Max doucement au risque de perdre le rythme de la confession.

— Huit ans tout juste. C'était le jour de son anniversaire. Sa mère l'avait autorisée pour l'occasion à louper l'école. Elle devait retrouver ses camarades de classe en fin de journée. Elle les avait tous invités. Lorette ne faisait pas partie de la liste. Le psy a dit que ça avait joué. Lorette avait mal vécu le fait de ne pas être conviée.

— Mais vous nous avez dit que Lorette était majeure ! ne put s'empêcher de rétorquer Max.

— Je sais ce que j'ai dit. Et si vous voulez mon avis, ce psy était un beau charlatan. Mais c'est ce qu'il a défendu devant le juge. Lorette s'occupait d'Émilie, la semaine. Elle allait la chercher à l'école, lui faisait faire ses devoirs, l'emmenait se promener dans les environs. C'était sa nounou, en quelque sorte.

— Et elle s'est sentie rejetée, intervint Brémont d'une voix grave.

— J'oubliais que c'est votre truc, les esprits tordus ! railla Rémy. En attendant, la petite Émilie s'est retrouvée avec le crâne défoncé et le visage en bouillie. Lorette s'est acharnée sur elle. Le légiste n'a même pas pu dire combien de coups avaient été portés exactement. Je revois encore la Lorette admirer son œuvre, sans bouger. Parfois je me dis que si j'étais arrivé deux minutes plus tôt, j'aurais pu empêcher ce massacre.

Brémont attendit plusieurs secondes, le temps nécessaire à Noël Rémy de gérer sa culpabilité.

— Vous dites qu'Émilie était défigurée ?

— Il ne restait plus rien de son visage. Je savais que c'était elle parce que ça ne pouvait être personne d'autre, mais la petite était méconnaissable.

— Mais le légiste a bien confirmé son identité ? s'assura Brémont.

— Bien sûr ! Vous croyez quoi ? Parce qu'on est de la campagne, on ne sait pas faire notre boulot ?

— Ce n'est pas du tout ce que je voulais dire, tempéra Brémont. Il n'y avait pas encore d'analyses ADN à l'époque.

Rémy le regarda avec mépris mais répondit tout de même :

— On n'en avait pas besoin. Émilie avait une tache de naissance sur la hanche. Ses parents n'ont eu aucun doute, eux. Et on a fait un relevé d'empreintes pour bétonner le dossier. Vous me croyez maintenant ?

— Je ne cherchais pas à remettre votre parole en question, commandant, je…

— Je vous ai déjà dit de ne pas m'appeler comme ça ! éructa-t-il. Et puis pour être honnête, je m'en contrefous de ce que vous pensez. Émilie Lavergne est morte sur cette plage du lac, c'est tout ce qu'il y a à savoir !

Brémont prit un air contrit que Max tenta d'imiter. Ils avaient encore beaucoup de questions à poser.

— Vous disiez tout à l'heure que Lorette était responsable de beaucoup de drames, reprit Max d'une voix douce. Elle a tué d'autres enfants de la région ?

Noël Rémy tourna son visage vers elle. Ses yeux se mirent à cligner de manière spasmodique et Max crut un instant qu'il était en train de disjoncter.

— Monsieur Rémy, vous vous sentez bien ?

L'homme ne réagissait plus. Brémont posa une main sur son genou, ce qui le fit sursauter.

— C'était quoi, votre question ? dit-il, le regard toujours hagard.

— Vous parliez d'autres drames, répéta Max comme si de rien n'était.

Rémy se frotta le visage des deux mains pour s'éclaircir les idées et prit une posture plus sévère pour continuer.

— Elle n'a tué personne d'autre. Tout du moins, pas directement. Mais elle a brisé un bon nombre de vies. Ça, oui !

— À commencer par qui ? demanda Brémont.

— La mère d'Émilie. Sylviane Lavergne. Elle s'est suicidée peu de temps après le jugement.

— Lorette a été considérée comme irresponsable aux yeux de la loi, n'est-ce pas ?

— C'était la conclusion du juge, en tout cas. Les psys ont fait toutes sortes d'analyses et ont conclu que le traitement de Lorette n'était déjà plus adapté depuis un bon bout de temps. Une histoire de dosage. Ses parents ne s'étaient aperçus de rien.

— Qu'est-ce qui les a poussés à faire ces analyses ?

— Lorette a dit pour sa défense que des voix lui avaient dit de frapper Émilie à la tête parce que la petite avait besoin qu'on lui remette les idées en place.

Qu'Émilie prenait des mauvaises décisions, mais que ce n'était pas vraiment sa faute. Qu'avec quelques coups sur la tête, tout était censé revenir comme avant.

— Comme avant ?

— Oui, comme avant. À l'époque où Émilie ne jurait que par Lorette. Lorette s'en occupait depuis presque deux ans et la petite était toujours collée à elle. Jusqu'à ce qu'elle passe en cours élémentaire. Là-bas, elle s'est fait de nouveaux amis. Elle avait envie de passer plus de temps avec eux. Elle grandissait, quoi !

— Et Lorette le vivait mal. Émilie était la première enfant à lui avoir montré de l'amour.

— Arrêtez ! s'énerva Rémy. J'ai l'impression de les entendre parler.

— Qui ça ?

— Les psys ! Ceux qui ont permis à Lorette de sortir du tribunal comme si rien ne s'était passé.

— Ils ont dû recommander un internement.

— Ils ont dit que tant que Lorette prenait ses médicaments, elle n'était pas un danger pour la société. Lorette a été internée trente mois pour la forme. Puis les parents se sont portés garants de leur enfant.

— Deux ans et demi, ce n'est pas rien à cet âge-là. Et si ça peut vous rassurer, Lorette n'a plus commis aucun crime après cela.

Rémy fixa Brémont avec dégoût. Il ne servait à rien de le raisonner. Cela faisait plus de trente ans que Rémy vivait avec la certitude que justice n'avait pas été rendue. Aucun mot ne pourrait lui faire admettre le contraire.

— Comment s'est suicidée la mère d'Émilie ? demanda Max pour faire dévier la conversation.

— Elle s'est pendue dans le garage qui leur servait de buanderie, répondit-il, abrupt. C'est son mari qui l'a trouvée en rentrant du travail. Ils s'étaient mis d'accord le matin pour donner toutes les affaires d'Émilie aux bonnes œuvres. Ils n'avaient pas d'autre enfant et garder tous ces souvenirs, comment dire… ce n'était pas sain. C'est ce que Sylviane disait, en tout cas. Elle a lavé tous les habits d'Émilie. Elle ne voulait pas les donner alors qu'ils portaient encore son odeur. Elle a pris le soin de les étendre avant de se donner la mort. Ils n'étaient pas encore secs quand le mari est rentré.

Max avait écouté cette partie de l'histoire les yeux fermés. Elle imaginait cette femme la tête enfouie dans les robes de sa fille, respirant à plein nez une odeur qu'elle ne sentirait plus jamais.

— Les parents de Lorette ne méritaient pas pour autant de mourir, ajouta Rémy sur sa lancée. Tout ce qu'on pouvait leur reprocher, c'était de ne pas avoir été plus vigilants. Ils auraient dû se rendre compte que le traitement de leur fille n'était plus adapté.

— Je ne comprends pas, l'arrêta Brémont. Que viennent faire les parents de Lorette dans cette histoire ? Je croyais qu'ils étaient morts dans un accident de voiture.

— C'est le cas, répondit Rémy sur la défensive. Mais disons que l'accident aurait pu être évité.

— Expliquez-vous !

Rémy sortit de nouveau sa plaquette de chewing-gums nicotinés et en mit un autre dans la bouche sans jeter le premier.

— Faut se remettre dans le contexte pour comprendre, dit-il sans oser regarder Brémont. Tout le village était à cran. La petite Émilie était morte, sa mère

226

aussi, et Lorette continuait à déambuler dans les rues comme si de rien n'était. C'était dur à avaler. Je me souviens que mon supérieur est allé voir les Angeli pour leur conseiller de déménager. Il ne pouvait pas les obliger mais il devinait que ça allait s'envenimer. Le père d'Émilie traînait de plus en plus au bar, il échauffait les esprits en parlant d'injustice et de vengeance à mener. On l'avait à l'œil, mais vous savez comment c'est. On l'a coffré trois ou quatre fois en cellule de dégrisement mais on n'avait rien à lui reprocher. Et puis honnêtement, on n'était pas loin de penser comme lui.

— Vous n'aviez rien à lui reprocher jusqu'à l'accident ! abrégea Brémont.

— Il n'y est pour rien, répondit Rémy, un rictus aux lèvres. Il était justement dans nos locaux, quand c'est arrivé. Non, c'est des potes à lui qui sont responsables. Enfin... responsables... de manière indirecte, seulement. Ils ont poursuivi les Angeli en voiture, un soir qu'ils rentraient de Port-Sainte-Foy. Ils ne les ont pas touchés mais toujours est-il que la voiture des Angeli a fini dans un ravin sur la départementale 18. Un virage un peu serré qu'ils ont mal négocié. C'est Nicole qui était au volant. J'imagine qu'elle a eu peur. Elle roulait trop vite et a freiné trop tard. Je vous l'ai dit. C'était juste un tragique accident. Le plus triste dans cette histoire, c'est que les Angeli revenaient d'un hôpital psychiatrique. On n'a jamais su ce qu'ils étaient allés y faire mais si ça se trouve, Lorette aurait été de nouveau enfermée une semaine après. Quoi qu'il en soit, l'accident a changé la donne. On a entamé des démarches pour que les pouvoirs publics se chargent de Lorette mais elle était majeure. Ce n'était pas évident. Et puis finalement, c'est elle qui est partie de son plein gré.

— De son plein gré ? répéta Brémont.

— Vous croyez quoi ? Qu'on l'a virée manu militari ? Oui, capitaine, Lorette Angeli est partie de son plein gré et personne n'a cherché à savoir où elle allait. Maintenant, vous m'excuserez mais j'ai beaucoup de choses à faire. Je vous ai dit tout ce que je savais.

38

Max et Brémont n'avaient quasiment pas échangé un mot depuis qu'ils avaient quitté Noël Rémy. Ils s'étaient installés dans l'arrière-salle du café de Ludo où devait les rejoindre Nguyen. Max ressassait les paroles du gendarme retraité tout en évitant le regard de Brémont. Elle savait à quel point il lui était facile de lire dans ses pensées et elle-même n'était pas sûre de savoir ce qu'elle ressentait. Elle revoyait le visage de Lorette souriant face à ses bourreaux. Elle se souvenait aussi de ses mots : « … maintenant que j'ai réussi, allez savoir ! Les gens vont peut-être m'aimer. » Lorette avait été isolée toute sa vie, elle avait vécu comme une paria de la société. Personne n'avait remarqué son absence, tout comme personne ne s'était ému de sa mort. Elle avait, d'une certaine façon, payé pour son crime. Au quotidien, de manière insidieuse. Mais Max ne pouvait s'empêcher de penser à cette petite fille de huit ans, défigurée à coups de pierre pour avoir voulu jouer avec des enfants de son âge. Elle visualisait Sylviane Lavergne dans sa buanderie et imaginait les pensées qui lui avaient traversé l'esprit avant qu'elle ne décide d'en finir avec la vie.

Sa petite fille était morte et elle n'avait pas su la protéger. Pire, c'était sûrement elle qui l'avait confiée à Lorette, qui lui avait demandé de s'en occuper.

— Elle était malade, Max. Lorette n'était pas elle-même au moment des faits.

Brémont s'était exprimé avec douceur mais son regard ne laissait rien paraître.

— Je sais, répondit-elle sèchement sans s'étonner un instant de cette interférence dans ses pensées. Mais ne me dites pas que cette raison est suffisante pour tout pardonner !

Brémont souffla sur son café qui devait déjà être froid et reposa la tasse sans même l'avoir portée à ses lèvres.

— Qui vous parle de pardon ?

— Vous voyez très bien ce que je veux dire !

— Très bien. Admettons que la maladie de Lorette ne soit pas une excuse. Qu'aurait dû faire le juge ? Je vous écoute ! Selon vous, quel aurait été le bon verdict ? Trente ans de prison ? Vingt ans ?

— Pourquoi pas.

— Lorette n'avait même pas conscience de ce qu'elle faisait. Elle voulait juste faire entendre raison à Émilie. Son intention n'était pas de la tuer.

— Peut-être une peine plus légère alors, commença à négocier Max.

— Avec des détenues de droit commun ? Elle était à peine majeure et fragile émotionnellement. Combien de temps elle aurait tenu dans un établissement pénitentiaire ? Dites un chiffre, comme ça.

— C'est bon, j'ai compris où vous voulez en venir. Il n'empêche. Ça ne m'aurait pas choquée qu'on

230

l'interne une dizaine d'années dans un établissement spécialisé.

— Avec ses médicaments, Lorette pouvait mener une vie normale, comme vous et moi. Sa place n'était pas plus dans ce genre d'institution. La preuve, elle n'a plus jamais commis la moindre infraction.

— OK, donc, en gros, y avait pas de meilleure solution ! s'agaça Max.

Brémont se décida enfin à boire son café et reposa sa tasse en grimaçant.

— Je crois que j'ai besoin de quelque chose de plus fort, dit-il en se levant. Vous m'accompagnez ?

Max fut déstabilisée l'espace d'un instant mais se reprit très vite en réclamant un verre de vin blanc.

Brémont revint avec les boissons, les sourcils froncés.

— Je repensais à votre histoire de paroissienne de Grenoble dont vous m'avez parlé ce matin, en chemin. Vous pensez être en mesure de retrouver sa trace ?

— Le prêtre semblait bien la connaître. Ça ne devrait pas être trop difficile. Va juste falloir que je fasse amende honorable devant lui.

Brémont l'interrogea du regard.

— Je lui ai dit que j'étais de la famille de Mallard, avoua Max, un peu honteuse. Je n'avais aucune raison de me trouver dans cette église et encore moins de poser des questions. J'ai dit le premier truc qui m'est passé par la tête !

— Pas la peine de vous justifier ! s'amusa Brémont. Mais j'aimerais bien être là quand vous passerez à confesse.

— Très drôle !

231

Max avala une rasade comme si elle avait eu un verre d'eau dans la main. Elle avait beau se concentrer, ses rêves de la nuit précédente resurgissaient peu à peu et certaines images devenaient difficiles à refouler. *Focus, Max ! Qu'est-ce qu'on a dit ? On touche pas à Brémont.*

— Mais pourquoi vous me parlez de ça ? dit-elle en tâchant de faire bonne figure. Vous pensez comme moi que cette fille a un rapport avec tout ça ?

— Je n'en sais rien mais je suis d'accord avec vous sur un point. Cette église n'a pas dû être choisie au hasard. Ces justiciers ont besoin de symboliques pour encadrer leur mission. L'ordalie, les tortures en latin. Tout ce décorum n'est qu'un écran de fumée pour cautionner leurs actes.

— Il est tout juste midi, dit Max en jetant un œil sur son téléphone. Il ne doit pas y avoir d'office à cette heure-là. Je devrais pouvoir le joindre facilement.

— Parfait ! Moi, je vais tenter de trouver le numéro du juge d'instruction qui a déclaré Lorette Angeli irresponsable.

— Vous avez son nom ?

— Rémy me l'a donné quand vous vous êtes absentée.

— Oh, ça va ! On dirait que je suis partie me balader pendant une heure. Je suis juste allée aux toilettes.

— Et je ne vous ai fait aucun reproche, s'étonna Brémont. C'est moi ou vous êtes un peu à cran, aujourd'hui ?

Max se maudit de se sentir rougir. Elle n'était pas à cran. Elle tentait tant bien que mal d'avoir une attitude distante, et donc professionnelle.

232

— Désolée, j'ai mal dormi, mentit-elle sans vergogne. Vous disiez que vous vouliez appeler le juge. Pourquoi ?

— Je vous l'ai dit. Nous devons en apprendre un maximum sur Lorette. Cette fille était une gamine quand elle a commis son crime. Pourtant, quelqu'un a cherché à le lui faire payer plus de trente ans après. Il doit y avoir une raison. Une raison personnelle, je veux dire.

— Je comprends. Mais rien ne nous dit que ce juge est toujours en vie.

— Toujours aussi optimiste, à ce que je vois ! Il y a de fortes chances qu'il ne soit plus en fonction, je vous l'accorde, mais il aura d'autant plus de temps à nous accorder.

Max ne voyait pas ce que pouvait leur apprendre de plus un juge qui avait dû échanger avec Lorette à peine quelques heures, le temps de se faire son idée. Elle n'avait cependant aucune raison de s'opposer à cette démarche et elle ne comprenait d'ailleurs même pas pourquoi elle avait interrogé Brémont à ce sujet. *Parce que tu le cherches, voilà pourquoi ! Il a raison, t'es à cran. Donc, maintenant, Maxime Tellier, t'es gentille, tu respires un grand coup et tu te calmes !*

— Ça ne va pas ?

— Si, si, pourquoi ?

— J'ai eu l'impression que vous parliez toute seule.

— Je réfléchissais, c'est tout.

Brémont l'observa plus soigneusement et Max eut la désagréable impression d'être face à un détecteur de mensonges. Elle se pencha pour récupérer son carnet et compulsa les pages jusqu'à tomber sur celle qui l'intéressait.

— Je cherchais ce que j'allais bien pouvoir dire au prêtre pour qu'il accepte de me donner le nom de sa paroissienne, dit-elle d'une traite, le doigt sur un numéro de téléphone.

— Avec le bagou que vous avez ? Je ne suis pas inquiet !

39

Le lieutenant Nguyen avait rejoint l'équipe dans l'arrière-salle du café alors que Max achevait sa conversation avec le prêtre de Grenoble. Comme elle s'y attendait, l'homme d'Église n'avait pas trop apprécié d'avoir été dupé, mais elle avait su trouver les mots pour se faire pardonner. Elle avait d'abord cru que l'annonce d'une ouverture d'enquête par le DSC l'inciterait à coopérer sans réserve. Elle avait sous-estimé le pouvoir du secret de la confession. Le prêtre s'était engagé à contacter sa paroissienne. « Je lui conseillerai de vous appeler », avait-il ajouté d'une voix empreinte de gravité. « C'est tout ce que je peux faire pour vous. Valentine est encore très fragile et c'est à elle de décider si elle souhaite se confier. Je sais qu'il est très difficile pour elle d'en parler. Certains ressentent le besoin de poser des mots sur ce qui leur est arrivé, ce n'est pas son cas. Valentine tente par tous les moyens de chasser ce drame de son esprit. » Max avait évidemment cherché à connaître la nature de ce drame mais le prêtre n'avait pas plié. Elle n'avait eu d'autre choix que de laisser ses coordonnées en espérant que cette Valentine se manifesterait.

Nguyen s'était assis en déposant trois menus sur la table.

— Ludo nous conseille de passer la commande rapidement, dit-il en tamponnant son front humide avec une serviette en papier. Il ne va pas tarder à avoir toutes les sorties de bureau. Vu la chaleur, il est bon pour faire une tonne de salades. Ça prend du temps, ces choses-là.

Brémont regarda sa montre et esquissa un sourire.

— Midi quinze. C'est sûr que ce serait rageant de devoir patienter.

— Moquez-vous, mon capitaine ! On réfléchit moins bien le ventre vide, vous le savez. D'autant que ce que j'ai à vous dire mérite toute votre attention !

Nguyen sourit, fier de son effet, avant de plonger le nez dans son menu sans rien ajouter. Brémont jeta une œillade à Max en posant discrètement un doigt sur ses lèvres. Max accepta de jouer le jeu et se concentra elle aussi sur la carte des en-cas qui étaient proposés. Nguyen commença à montrer des signes d'impatience avant même qu'elle ait fini la lecture des entrées. Elle se mordit l'intérieur des joues pour garder son sérieux ; Brémont, de son côté, restait impassible, comme à son habitude.

— C'est bon ! s'agaça Nguyen. Vous avez gagné. Mais je vous préviens, je vous dis ce que j'ai trouvé et après je commande. Je suis affamé.

— Ça me paraît acceptable, concéda Brémont. Alors, dites-nous tout !

— Pour ce qui est de nos témoins potentiels, pour l'instant je n'ai rien. Et sans les indications qui me permettraient de les situer au moment de leur séquestration, ça va être compliqué. Je me vois mal appeler tous les hôpitaux de France et de Navarre en leur donnant les différentes dates inscrites dans le carnet. Ça prendrait un temps fou ! Ou alors, vous me mettez une vingtaine d'hommes à disposition.

— Jamais on ne nous donnera autant de moyens sur la base d'une telle hypothèse. Parce que, pour l'instant, c'est tout ce que c'est. Une simple hypothèse. Rien ne nous dit que ces personnes sont encore en vie. Comme nous l'a rappelé Max, Baptista n'est pas mort de la main de ses bourreaux. Il s'est immolé alors qu'il avait été relâché. J'ai bien peur que cette piste nous fasse perdre plus de temps qu'autre chose.

— C'est ce que je me disais aussi. Je vais tout de même continuer à décortiquer les abréviations. Peut-être que j'aurai une révélation, même si j'y crois moyen.

— Mais vous avez trouvé autre chose, le relança Max.

— Et comment ! Le capitaine m'a envoyé un SMS ce matin pour me faire part de vos rêves.

Max regarda Brémont, décontenancée. Non seulement elle ne voyait pas à quel moment Brémont avait trouvé le temps d'écrire à Nguyen alors qu'elle ne l'avait pas quitté de la matinée, mais elle n'était pas sûre d'apprécier ce partage d'intimité.

— Vous savez à quel point je me fie à l'instinct, dit Brémont pour devancer ses reproches. Si certains sujets vous empêchent de dormir, je pense qu'ils méritent d'être analysés.

T'as raison ! Je vais demander à Nguyen d'analyser mon fantasme de cette nuit. Je suis sûre que ce sera très instructif pour tout le monde.

— Je pensais que vous partageriez mon avis, répliqua Brémont, étonné de ne pas la voir approuver.

— Si, si, bien sûr. La preuve, j'ai rêvé de la cérémonie d'enterrement de Mallard et j'ai appelé le prêtre. Simplement, je ne suis pas habituée à ce qu'on parle pour moi. Je pensais partager tout ça avec Nguyen de vive voix.

— Je suis désolé. Je ne pensais pas que ce serait un problème. La prochaine fois, je vous consulterai.

Max se sentit tout à coup honteuse. Sa réaction était puérile. Elle ne constituait pas un duo avec Brémont. Elle était une pièce rapportée dans une équipe au fonctionnement bien huilé. La démarche de Brémont n'avait qu'un seul but, leur faire gagner du temps.

— Oubliez ce que j'ai dit. Vous avez bien fait. Et puis, ce n'est pas comme si j'avais fait des rêves inavouables !

Max s'était fendue d'un sourire contrit et Nguyen avait saisi l'occasion pour recentrer la conversation.

— Le capitaine m'a dit que vous aviez également rêvé de Péroski.

— C'est exact, mais je n'en ai rien tiré de bien concret.

— Je ne suis pas tout à fait d'accord, reprit Brémont. Votre remarque était juste. Le messager nous a pointé Péroski du doigt et on s'est contentés d'écouter la version d'un journaliste qui avait clairement pris parti contre lui. On aurait dû approfondir nos recherches.

— Et donc ?

— Et donc, j'ai demandé à Nguyen de contacter l'avocat qui a défendu Péroski durant l'instruction.

— Vous avez pu lui parler ? demanda-t-elle à l'adresse de Nguyen.

— J'ai cru au début qu'il allait me raccrocher au nez. Un vrai roquet. Mais quand je lui ai expliqué l'objet de ma demande, il s'est tout de suite détendu. En réalité, il était étonné qu'on puisse s'intéresser à cette affaire. Pour lui, il n'y avait pas de sujet. Péroski n'avait rien à faire en prison. Le verdict était couru d'avance.

— D'un autre côté, il n'allait pas vous dire que Péroski s'était bien joué de la justice !

— C'est sûr, mais l'avocat savait ce qu'il faisait en axant sa défense sur l'abolition du discernement. D'ailleurs, ce n'est pas pour me vanter mais je pense que j'ai encore décodé un des mystères du carnet !

— Lieutenant ! souffla Brémont.

— Désolé… Vous vous souvenez des deux lettres soulignées par le messager sur la fiche de Péroski ?

— A.M., répondit Max par réflexe mais surtout pour avoir la suite de l'histoire.

— Eh bien, je crois pouvoir dire, sans trop m'avancer, que ces lettres veulent dire « Antécédents Médicaux » !

Brémont n'eut pas besoin qu'il développe davantage pour saisir ce qu'impliquait cette découverte.

— L'avocat a découvert que Péroski avait déjà eu par le passé des troubles psychotiques, avança-t-il. Peut-être même des abolitions du discernement. Avec son dossier médical, il était facile de prouver que Péroski avait souffert d'une bouffée délirante aiguë au moment des faits. Tous les témoignages indiquaient que Péroski avait été un parent idéal, totalement dévoué à sa belle-fille. Sa femme était morte suite à

239

des complications de grossesse et c'est ce que s'apprêtait à vivre l'enfant qu'il avait élevée. Il a sincèrement cru sauver Julia en la poignardant.

— Impressionnant ! réagit Nguyen. C'est à peu près mot pour mot ce que m'a dit l'avocat.

— Mais les justiciers ne l'ont pas vu de cet œil, continua Brémont, totalement absorbé par son raisonnement. Ils ont voulu démontrer que la justice s'était trompée. Ils ont torturé Péroski jusqu'à ce qu'il meure de ses plaies.

— Avec la complicité du messager ! rappela Max.

— Absolument. Sauf que je suis prêt à parier que notre messager n'était pas au courant des antécédents médicaux de Péroski. Il a dû les découvrir après.

— Et comprendre par là même que l'ordalie n'était qu'un leurre.

— C'est ce que je crois, en tout cas.

— C'est moi ou vous n'avez pas l'air pleinement satisfait de votre théorie ?

Brémont la regarda d'un air content. Elle avait su lire en lui et, contrairement à ce qu'elle aurait pu croire, il semblait apprécier cette complicité.

— Je suis convaincu que ce n'est pas la seule raison de sa défection, dit-il pour répondre à sa question. S'il a cherché à mettre la main sur ce dossier médical, c'est qu'il devait déjà avoir des doutes sur la légitimité de sa mission. Il n'avait plus confiance en ses acolytes. Souvenez-vous : « Mais maintenant l'ordalie nous trompe. Elle nous ment. »

— Et alors ? Ça ne fait qu'appuyer ce que vous venez de démontrer.

— « Elle nous ment », répéta Brémont. Et si ce « elle » ne désignait pas l'ordalie ?

40

Brémont aurait préféré avoir plus d'éléments en main pour étayer sa théorie, mais Max ne l'entendait pas de cette oreille-là. Elle voulait comprendre pourquoi il en était arrivé à la conclusion qu'une femme était mêlée à toute cette histoire.

— Qu'est-ce qui vous ennuie, Max ? Que je ne vous dise pas tout ce que j'ai en tête ou bien qu'une femme puisse être le bourreau ?

— Dit comme ça, je vous répondrais bien les deux, mon capitaine. Je vous connais suffisamment, Antoine, pour savoir que cette idée vous trotte dans la tête depuis déjà un petit bout de temps. Vous n'êtes pas du genre à lâcher ce genre de suggestion sans avoir déjà tout un raisonnement.

Brémont allait lui répondre quand Ludovic fit son apparition, un carnet à la main et le stylo déjà prêt à prendre la commande. Nguyen ne fit même pas semblant d'être dérangé par cette interruption et annonça le choix qu'il avait dû faire depuis longtemps. Max calqua sa commande sur celle du lieutenant pour gagner du temps et Brémont déclina tout bonnement la proposition.

— Un ascète, souffla Nguyen. Voilà ce que vous êtes !

Brémont ne releva pas et attendit que le patron du café s'éclipse pour développer sa pensée.

— Une association de malfaiteurs n'a rien d'exceptionnel dans notre métier. Tant que le crime profite à chacun, il n'y a rien de bien compliqué à comprendre. En revanche, cela devient déjà plus complexe quand on parle de meurtres en série.

— Sauf qu'ils ne considèrent pas leurs actes comme des meurtres, se permit Nguyen. Ils pensent mener une croisade. Rendre justice. C'est vous-même qui l'avez dit.

— J'ai dit ce qu'ils avaient en tête, lieutenant. Dans les faits, nous avons affaire à des criminels, rien d'autre.

Max avait déjà assisté à ce genre d'échanges entre les deux hommes. Brémont donnait l'axe de réflexion et attendait des suggestions. Il n'y avait aucune condescendance dans la démarche. Le capitaine du DSC se nourrissait des idées de chacun pour parfaire sa théorie. Il était d'ailleurs prêt à revenir en arrière si l'un de ses hommes arrivait à le faire douter. Max savait que Brémont l'intégrait totalement à ce mécanisme, mais c'était à elle de s'imposer.

— Ils ont été endoctrinés par une sorte de gourou, proposa-t-elle du bout des lèvres.

Brémont hocha lentement la tête pour acquiescer.

— Et vous pensez que ce gourou est une femme, continua Max.

— En réalité, ce n'est pas à un gourou que je pense mais plutôt à une personnalité dominante.

— Parce qu'il y a une différence ?

Brémont ne releva pas et continua sur sa lancée.

— Vous avez déjà entendu parler du principe de « folie à deux » ?

Max et Nguyen ne cherchèrent même pas à lui faire croire le contraire. Tels deux élèves avides de connaissances, ils se redressèrent sur leur chaise pour écouter la suite.

— « La folie à deux » est un trouble psychotique partagé. Un délire vécu par plusieurs personnes, si vous préférez.

— Quand vous dites à plusieurs, vous voulez dire à deux ? vérifia Nguyen.

— Pas forcément. La « folie à deux » est le principe premier, mais il a été revu au fil du temps. Selon les cas, il arrive qu'on parle de « folie familiale » ou de « folie à plusieurs », justement.

— Comme les sectes, insista Max.

— Les sectes sont fondées sur une croyance, répondit patiemment Brémont. On ne peut pas vraiment parler de délire.

Max se fendit d'une moue dubitative, ce qui ne manqua pas d'amuser Brémont.

— Si je suivais votre raisonnement, toutes les religions seraient considérées comme des psychoses collectives.

— Et ?

— Et on parle ici de troubles réels, Max. Les sœurs Papin sont souvent citées en exemple pour appuyer ce principe.

Max grimaça pour indiquer son ignorance.

— Deux sœurs considérées comme des domestiques modèles ont décidé un beau jour de tuer leurs deux patronnes. Au moment du procès, les experts ont insisté sur l'effet d'entraînement du crime à deux pour soulever la thèse d'anomalie mentale. Cela étant, une des deux sœurs a été considérée plus folle que l'autre, si on peut parler ainsi. L'autre a été jugée responsable de ses actes malgré l'emprise de la première. Le procès avait fait grand bruit à l'époque.

— Je ne m'en souviens pas.

— Peut-être parce que ça s'est passé dans les années trente, dit-il en lui adressant un clin d'œil. Je vous épargnerai le cours d'histoire, mais toujours est-il que leur cas a intéressé de nombreux psychiatres.

— Très bien, abdiqua-t-elle. Je laisse les sectes de côté, en tout cas pour l'instant. Il n'empêche que je ne vois toujours pas sur quoi vous vous appuyez pour dire qu'un des justiciers pourrait être une femme.

— Comme toujours, Max, ce n'est qu'une théorie. Je ne suis sûr de rien. Je pense néanmoins que nous sommes face à ce syndrome de « folie à deux », voire de « folie à plusieurs ». Et si c'est le cas, je suis persuadé qu'il s'agit d'une folie imposée.

Max se sentait à nouveau dépassée et le fit savoir en haussant les sourcils.

— On distingue deux types de psychose partagée. Celle imposée ou celle simultanée. Bien sûr, nos individus auraient pu se rencontrer et s'apercevoir qu'ils avaient en commun une soif de justice absolue, pour ne pas dire de vengeance. Ils auraient pu échafauder leur plan ensemble et se proclamer justiciers du jour au lendemain.

— Mais vous n'y croyez pas.

— Vous vous souvenez de ce « nous » utilisé par le messager ? Je vous ai dit qu'il cherchait à se dédouaner. Même s'il était convaincu du bien-fondé de sa démarche, il ne voulait pas en assumer seul la paternité.

— Il obéissait à son « gourou », dit Nguyen en mimant maladroitement les guillemets. Désolé, j'ai oublié le mot que vous avez utilisé.

— Il obéissait à une personnalité dominante, rectifia Brémont calmement. C'est là qu'intervient la notion de folie imposée. Et avant que vous me demandiez pourquoi cette personnalité serait incarnée par une femme, demandez-vous plutôt qui notre messager aurait été prêt à suivre dans sa folie. Un homme ou une femme ?

— Si je peux me permettre, mon capitaine, c'est très hétéronormé, comme remarque.

— Je vous l'accorde, lieutenant, mais vous savez quoi ? Je suis prêt à l'assumer. Vous mettrez ça sur mon côté boomer. Ou alors, vous noterez comme moi que notre messager a choisi une femme pour lui venir en aide. Max en l'occurrence. Ce n'est pas anodin. Si son gourou avait été un homme, à mon avis il aurait fait appel à une personne du même sexe pour l'arrêter. De plus, cette théorie pourrait expliquer beaucoup de choses. Pourquoi le messager n'a pas cherché lui-même à arrêter ses acolytes ? Pourquoi il a laissé cette tâche à Max sans pour autant lui donner toutes les clés ?

Brémont fit une pause et fixa Max sans rien dire. Il attendait qu'elle se lance, mais elle n'était pas sûre d'avoir envie de relever le défi. *Il te fait confiance, Max ! Prouve-lui qu'il a raison.*

Elle ferma les yeux pour se concentrer et respira lentement comme Brémont le lui avait appris. Elle oublia son environnement et laissa son esprit se fondre avec celui du messager. Elle se visualisa en train de préparer le paquet qu'il lui avait fait remettre dans le train. Elle se voyait plaçant la clé USB et le carnet dans la boîte en carton. Il s'agissait maintenant de replier le papier argenté avec soin et de nouer le ruban. Voilà, le colis était prêt. Il était temps de passer la main. Sa mission s'achevait. Bientôt d'autres prendraient le relais et stopperaient cette folie. Max rouvrit les yeux. Elle était prête à essayer.

— Notre messager a fini par comprendre que cette femme souffrait d'une psychose, dit-elle à mi-voix. Il pensait certainement rendre justice jusqu'à ce qu'il prenne pleinement conscience de la situation. Cette femme l'avait embringué dans son délire. Il avait partagé sa folie et ne pouvait plus faire machine arrière. Le mal était fait. Mais il pouvait encore la stopper. Arrêter ce massacre qui n'avait aucune raison d'être. Sauf qu'il ne l'a pas fait. Il a préféré nous confier cette tâche et je ne vois qu'une seule explication à cela. Il était incapable de le faire. S'il a suivi cette femme, c'est parce qu'il l'aimait aveuglément et je pense qu'il l'aime encore aujourd'hui.

Max savait qu'elle avait visé juste sans même jeter un œil à Brémont.

41

Deux jours plus tôt...

Victor souriait. Depuis plusieurs heures, les dou-leurs s'étaient estompées et il était à nouveau en mesure de rêver. Son esprit divaguait vers toutes sortes de pensées. S'agissait-il de souvenirs ou plutôt de souhaits, Victor s'en moquait. Il ne cherchait pas à les analyser, il préférait les savourer.

Les yeux mi-clos, il observait sa mère enfiler son tablier avant de sortir la grande jatte. C'était jour de crêpes et ils allaient passer les trois prochaines heures ensemble à les préparer. Elle se moquerait de son manque de dextérité quand serait venu le temps de les faire sauter dans la poêle, mais elle ne le gron-derait pas parce qu'elle était toujours gentille ces après-midi-là. Le goûter achevé, elle irait se préparer, mais Victor ne voulait pas y penser. Il savait qu'elle ressortirait de la salle de bains légèrement vêtue et très maquillée, et son sourire ne lui serait plus destiné. Un homme sonnerait à la porte peu de temps après et lui, Victor, irait se cacher. Il avait bien tenté une fois de s'imposer mais la punition avait été telle qu'il n'avait plus jamais recommencé.

Victor secoua la tête pour chasser ces dernières images. Il ne voulait pas penser à cela. Pas maintenant qu'il pouvait enfin se détendre. Il voulait se souvenir des jours heureux. Il y en avait eu. Il n'avait qu'à se concentrer.

Son septième anniversaire. Voilà. C'est ce souvenir qu'il voulait revivre. Ce jour-là avait été merveilleux. Étrange au départ, mais, avec le recul, il aurait aimé qu'il s'éternise à jamais. Sa mère lui avait expliqué qu'il avait atteint l'âge de raison. Que, sans être un homme, il n'était plus un petit garçon. Victor avait d'abord eu peur. Il craignait que sa mère ne lui annonce qu'elle allait s'éloigner sous prétexte qu'il avait grandi. Il n'était pas prêt. Il avait encore besoin d'elle. Elle avait ri quand il lui avait expliqué pourquoi cette nouvelle l'attristait. Un rire cristallin, une cascade de perles qu'il n'oublierait jamais. Et pour cause.

Sa mère avait pris sa tête entre ses mains et avait posé ses lèvres sur les siennes. Elle l'avait déjà fait, bien sûr, mais jamais de cette manière. Victor avait amorcé un mouvement de recul quand il avait senti la langue de sa mère s'enfoncer dans sa bouche. Elle lui avait souri tendrement et lui avait dit que c'était ainsi que s'embrassaient les gens une fois qu'ils n'étaient plus des enfants. Victor avait alors fermé les yeux et attendu que sa mère réitère son geste. Il l'avait entendue respirer plus fort, si fort qu'il avait cru un instant qu'elle ne se sentait pas bien. Elle avait ri de nouveau et il s'était senti fier de la rendre d'aussi *bonne humeur. Il avait refermé les yeux et tendu ses lèvres en avant.*

Il faisait chaud ce jour-là. Si chaud que sa mère l'avait autorisé à rester en sous-vêtements. Il n'avait jamais le droit de le faire, d'ordinaire. Est-ce que tout cela serait arrivé s'il s'était habillé comme d'habitude ? Victor grimaça. Il ne devait pas remettre en question les choix de sa mère. Elle n'aimait pas cela. Tout ce qu'elle avait fait, elle l'avait fait pour lui. Pour qu'il soit heureux.

Il expira lentement pour retrouver un peu de sérénité. Il ne voulait se concentrer que sur les beaux moments de sa vie. Eh oui, le jour de ses sept ans en faisait incontestablement partie. C'était même l'un des plus beaux puisque sa mère lui avait dit pour la première fois qu'elle l'aimait.

Victor tenta de ressentir ce qu'il avait vécu ce jour-là. Il le faisait régulièrement, surtout ces derniers temps. Il ne lui fallut pas plus de vingt secondes pour que sa salive prenne le goût de sa mère. La suite était gravée dans sa mémoire et dans sa chair.

À l'époque, il n'avait pas bougé. Il s'était laissé faire. Aujourd'hui, il bandait. Elle aurait été tellement fière.

Les mains toujours attachées aux accoudoirs, Victor ne pouvait pas se soulager. Il devait accepter ce supplice qu'il s'était lui-même imposé. Ce n'était pas cher payé. Il avait la sensation que sa mère se trouvait à ses côtés. Il l'entendait lui susurrer des mots doux qu'il n'arrivait pas à identifier. Ce n'était pas bien grave. Elle était là. C'était tout ce qui comptait.

La décharge qu'il ressentit le fit hurler de douleur. Son cerveau n'avait pas encore analysé ce qui lui arrivait mais le reste de son corps le faisait pour lui. Tous ses muscles s'étaient raidis, son estomac s'était contracté. Victor ouvrit alors les yeux et recracha de la bile aussi loin qu'il le put. Le liquide atterrit sur ses genoux mais il avait trop mal pour s'en inquiéter. Il lui fallut encore quelques secondes pour comprendre ce qu'il venait de se passer.

Ce n'était pas sa mère qui se trouvait à ses côtés mais la femme qu'il avait suivie ce soir-là dans cet hôtel. Cette femme qui avait promis de prendre soin de lui et qui s'était révélée la plus impitoyable de tous ses bourreaux. Elle tenait une barre de fer rougie par le feu. La même qu'elle l'avait obligé à tenir dans ses mains à plusieurs reprises.

La juge avait décidé que cette peine n'était plus suffisante.

Victor baissa les yeux vers son entrejambe. Il doutait de pouvoir un jour bander de nouveau.

42

Max s'était étonnée de voir Brémont et Nguyen quitter la table juste après le déjeuner. Elle s'était retenue de demander des explications mais son visage avait dû s'exprimer pour elle, car Nguyen l'avait prise à part alors que Brémont s'acquittait de la note. Ils devaient se rendre à un enterrement. Un de leurs collègues venait de mourir d'un cancer. L'unité du DSC serait présente au complet, même Rocca et son ventre de huit mois. Max avait affiché un air de circonstance mais Nguyen l'avait rassurée. Tout le monde s'attendait à cette fin et chacun avait pris le temps de faire ses adieux correctement. Cet enterrement était l'occasion de lui rendre un dernier hommage, mais Brémont et lui ne comptaient pas s'attarder. Ils seraient de retour d'ici à deux ou trois heures.

Max était remontée chez elle légèrement abattue. Elle s'était tout à coup sentie exclue de la vie de Brémont pour se reprendre aussi vite. *C'est quoi, ton problème ?* s'agaça-t-elle en ouvrant la porte de son appartement *À quel titre il devrait te parler de sa vie privée ! Il ne te doit rien. Et puis ce n'est pas le genre d'homme à se confier, quel que soit le sujet. Alors, encore une fois, c'est quoi, ton problème ?*

Son problème, elle était tout à fait en mesure de l'identifier sans faire appel à un psy. Que ce soit à titre personnel ou professionnel, Brémont était hors de sa portée. Max était rarement confrontée à ce genre de situation. Dans son travail, elle était habituée à diriger, à prendre les choses en main ou à déléguer. C'était une meneuse d'hommes, elle n'avait jamais eu de comptes à rendre à personne, en dehors de sa hiérarchie. Quant à sa vie privée, seul Enzo pouvait se targuer d'avoir eu un tant soit peu d'ascendant sur elle. Il s'amuserait d'ailleurs certainement de la voir aussi démunie.

Max s'affala dans son fauteuil en cuir et profita de cette pause imposée pour l'appeler. Elle s'étonnait qu'il ne soit pas venu de lui-même aux nouvelles alors que la dernière fois qu'elle lui avait parlé c'était pour lui dire que Brémont avait accepté de l'aider. Il s'était passé tellement de choses depuis qu'elle ne voyait même pas comment lui résumer leurs avancées. Elle s'était habituée à ce que leurs échanges ne soient plus quotidiens, mais elle avait noté qu'ils s'espaçaient de plus en plus avec le temps. Enzo profitait de sa retraite, elle tentait tant bien que mal de gérer sa vie sans lui. Pour la première fois, leurs centres d'intérêt divergeaient. Max composa le numéro et se racla la gorge pour chasser toute nostalgie.

— J'allais justement t'appeler ! attaqua Enzo d'une voix chantante.

— Tu dis ça parce que je t'ai pris de court ! Tu culpabilises, avoue-le.

— Et pourquoi je ferais une chose pareille ? Je te connais, si tu ne m'appelles pas c'est que tu dois être débordée et si tu es débordée, c'est que tu es en bonne santé !

Max se fendit d'un léger sourire. Enzo n'avait pas tout à fait tort.

— Alors, comment ça se passe avec le capitaine Brémont ?

— Pourquoi tu me demandes ça ? réagit-elle d'une voix aiguë.

— Aïe...

— Quoi aïe ?

— Généralement, quand tu m'agresses, c'est que je touche un point sensible.

— Alors premièrement, je ne t'ai pas du tout agressé et deuxièmement...

— Oui ?

— Deuxièmement, rien. Ça se passe très bien avec Antoine.

— Tant mieux !

— Quoi ? Ça se passe très bien, je ne vois pas ce que tu veux que je te dise de plus !

— Et moi, j'ai dit tant mieux, mais ce n'était visiblement pas la bonne réponse.

Max se mordit les lèvres. *Bien joué ! S'il n'a pas compris, il te reste toujours les signaux de fumée !* Mais Max n'avait pas envie d'aborder le sujet Brémont. Pas maintenant. Et pas avec lui.

— Si tu me racontais plutôt comment avance ton enquête, dit alors Enzo comme s'il avait pu lire dans ses pensées.

Max le remercia intérieurement, comme elle le faisait si souvent, et lui débita d'une traite toute l'histoire sans s'inquiéter de savoir si ce qu'elle disait pouvait avoir la moindre signification pour une personne extérieure. Elle espérait qu'Enzo était assez concentré pour qu'il ne lui fasse pas tout répéter.

À bout de souffle, elle attendit qu'il prenne la parole et s'inquiéta de ne rien l'entendre dire.

— Je sais que c'est un peu dense comme résumé, s'excusa-t-elle, mais entre les indices du messager et toutes les victimes dénombrées, on a eu pas mal de sujets à traiter.

— Je vois ça. Et donc Brémont pense qu'il y a une femme derrière tout ça.

— C'est tout ce que tu as retenu ?

Enzo rit de bon cœur et reprit d'un ton léger :

— Pas du tout ! J'essaie juste de me figurer après qui vous en avez.

— Pour être honnête, ça reste flou. En admettant que ce soit bien une femme aux commandes, on n'a aucune info sur elle. Donc autant dire aucun moyen pour la trouver. Et on ne sait même pas combien de personnes elle a entraînées dans sa folie.

— Au moins deux.

— Même ça, on ne peut pas l'affirmer.

— C'est toi-même qui m'as dit que le messager vous avait demandé de « les » arrêter.

— C'est vrai, mais je ne sais pas à quel point on peut se fier à lui.

— C'est sûr, mais tu dis qu'elle détient quelqu'un en ce moment même. Je la vois mal orchestrer un kidnapping toute seule. Sans parler de la logistique que demande une séquestration.

— Ce serait compliqué, je te l'accorde, mais pas impossible. Elle se sert de drogues pour assommer ses victimes.

254

— Je croyais que c'était pour atténuer leurs souffrances.

— Tu ne m'as pas écoutée. Elle les torture, Enzo !

— Elle applique les peines de l'ordalie, Max. Je pense que Brémont serait d'accord avec moi pour dire que le but de ces sévices n'est pas de les faire souffrir. C'est le moyen qu'elle a trouvé pour établir son verdict.

— On dirait que tu cherches à lui trouver des excuses.

— C'est étonnant que ce soit toi qui me dises ça. D'ordinaire, c'est toi qui fais montre d'empathie.

Max ne répondit pas tout de suite. Enzo avait raison. Elle manquait de recul.

— J'avoue que j'ai du mal à me situer dans cette histoire. J'ai vu les tortures que cette pseudo-justicière a infligées à Lorette Angeli. C'était insoutenable, tu peux me croire. Mais j'ai aussi parlé à un homme ce matin qui avait du mal à cacher sa colère alors que trente ans s'étaient écoulés. Lorette s'est acharnée avec une pierre sur une petite fille de huit ans, Enzo. Elle l'a rouée de coups jusqu'à ce que son visage ne soit plus qu'une bouillie, et la justice n'a rien fait. Alors oui, je sais ce que tu vas me dire. Ce n'était pas de son ressort. Il n'empêche. Ça ne m'aide pas à me faire mon propre jugement.

— Parce que tu es face à deux folies qui s'affrontent, Max. Tu ne dois même pas chercher à comprendre. Tu dois avant tout arrêter ce massacre. Il sera toujours temps de te faire ta propre idée une fois cette affaire bouclée. Un peu comme dans l'affaire Voldoire.

— L'affaire Voldoire ? répéta Max. Quel rapport ?

— Quand il a fallu mettre la main sur ce dingue, tu ne t'es pas posé de questions. Tu n'as pas cherché à savoir si sa cause était juste ou pas.

— Il n'était pas malade, Enzo. Il jouait la comédie.

— Ça, tu ne l'as su qu'après. Et encore. Il a bien failli s'en tirer.

— Le juge était prêt à le relâcher pour irresponsabilité, se souvint Max.

— Il l'aurait fait si tu n'étais pas intervenue.

Max avait presque oublié cette histoire. Comme tout ce qui se rapportait à cette période. Le jour où elle aurait dû fêter l'arrestation de Voldoire, elle et toute la brigade apprenaient le suicide d'un de leurs lieutenants. Max avait eu une brève aventure avec lui et n'avait pourtant rien vu venir. La pression, l'usure, la peur. Personne n'avait jamais su pourquoi il avait décidé d'en finir. Les jours qui avaient suivi s'étaient écoulés au ralenti. Tout le service était en état de choc, comme groggy. Chacun avait repris son quotidien sans vraiment s'investir.

Max avait remis son rapport sur Voldoire au juge d'instruction et avait attendu qu'une autre enquête lui occupe l'esprit. Elle avait néanmoins suivi l'évolution de l'affaire sur le plan juridique. Voldoire lui avait laissé un goût amer. Son filon était d'agresser des vieilles femmes pour leur voler leur argent. La dernière ne s'était malheureusement pas laissé faire. Il l'avait frappée violemment. L'octogénaire était morte un matin d'hiver alors qu'elle allait faire son marché. Des larmes plein les yeux, Voldoire avait avoué son crime tout en jurant n'en avoir aucun souvenir. Un black-out, le trou noir. Certainement un usage trop intensif de cannabis. Autant de mots qui allaient être retenus le jour de son procès. Son avocat clamait haut et fort l'altération du discernement. Voldoire ne pouvait donc pas être tenu pour responsable de ses actes. Le juge était disposé à prendre en considération cette défense. Voldoire ne ferait qu'un tiers de sa peine. Max, pour sa part, était sceptique. Elle avait pris sur son temps libre pour récolter plus d'informations sur le prévenu, notamment sur son passé. Ce qu'elle avait trouvé le dépeignait sous un tout autre jour. Voldoire était un affabulateur depuis sa plus tendre enfance. Au cours de sa longue carrière d'escroc, il s'était fait passer pour un orphelin, un sans-abri et même un déficient mental. Il avait trompé son monde en fonction de ses besoins. Le juge avait lu les conclusions de Max et n'avait pas eu d'autre choix que de changer d'avis.

— Tu es toujours là ? s'inquiéta Enzo.

— Toujours, oui. Je me demandais comment j'ai fait pour oublier cette histoire.

— Ma foi, ça date un peu… Cela dit, je suis persuadé qu'au Palais ils s'en souviennent encore.

— Pourquoi tu dis ça ?

— Tu n'étais pas trop dans ton assiette à l'époque, alors j'avais préféré garder ça pour moi, mais ton complément d'enquête en avait impressionné plus d'un. Sauf le juge, forcément. Il t'en a longtemps voulu de l'avoir désavoué publiquement.

Max se redressa dans son fauteuil. Elle ne s'était pas attardée sur le picotement dans la nuque qui avait été pourtant plus intense au fur et à mesure de la conversation. Maintenant que tous ses sens étaient en alerte, il lui était impossible d'ignorer la raison de son implication dans cette affaire. Enzo venait de lui apporter la clé qui lui manquait.

43

— Le messager est un juge. Ou tout du moins quelqu'un qui travaille au Palais. Ou qui y a travaillé.

— Ce qui commence à faire beaucoup de monde, répliqua calmement Brémont tandis que Max faisait les cent pas dans son petit appartement.

Nguyen et lui s'étaient invités après l'enterrement. Brémont estimait avoir suffisamment traîné dans les cafés pour la journée après avoir dû faire acte de présence au verre d'adieu organisé après la cérémonie. Max n'aimait pas particulièrement recevoir chez elle mais son esprit était trop accaparé pour qu'elle s'inquiète de l'état de propreté de son salon.

— Désolé, osa Nguyen, mais je ne suis pas sûr de suivre votre raisonnement.

Max le regarda, interloquée. Elle leur avait résumé sa conversation avec Enzo et elle s'était imaginé que les deux hommes en étaient arrivés à la même conclusion qu'elle. Elle ne doutait pas un instant que c'était le cas de Brémont mais elle prit le temps de développer ses arguments pour le lieutenant.

— Voldoire aurait purgé une peine ridicule si je n'étais pas intervenue. Il avait réussi à manipuler tout le monde. Il pleurait à volonté et disait ne se souvenir de rien. Durant sa première audition, il a parlé d'un trou noir. Et le psy qui s'est entretenu avec lui a confirmé cette version en parlant de chambre noire. Voldoire avait bossé sa ligne de défense au cordeau. Il savait quels termes utiliser et à quel moment. Quand son avocat a lu mon complément d'enquête, j'ai cru qu'il allait s'évanouir. Il était le premier à être tombé dans le panneau.

— Et donc vous pensez que le messager a fait appel à vous parce que vous n'avez pas lâché cette affaire ?

— Quelque chose dans ce genre. Peut-être qu'il s'est dit que je ne me fierais pas aux conclusions de la justice les yeux fermés. Que je serais plus impartiale qu'un autre enquêteur. Ou même que je serais plus clémente avec ces pseudo-justiciers. Je n'en sais rien, à vrai dire, mais je suis convaincue que cette histoire a un rapport avec tout ça.

Nguyen grimaça.

— Ça se tient, mais je partage l'avis du capitaine. En imaginant que vous ayez raison, la liste de suspects vient de croître de manière exponentielle. Si cette histoire a fait le tour du Palais, comme semble le penser votre ancien collègue, vous imaginez un peu ce que ça signifie ? Ça revient à soupçonner tous les juges, les avocats, les greffiers, les assistants, et j'en passe... Vous dites que ça remonte à quand ?

— Cinq ou six ans, je dirais.

— Vous pouvez donc prendre ma première liste et la multiplier à l'infini. Les bruits de couloir ont la vie longue. Même un juge fraîchement débarqué pourrait en avoir entendu parler.

— J'ai conscience que ça fait un paquet de monde à interroger.

— Ça nous ferait surtout perdre un temps précieux, intervint Brémont d'un ton péremptoire.

Max le regarda comme s'il venait de le gifler.

— Je m'explique, dit-il en levant les paumes en gage de paix. Qui s'apprête à tuer une nouvelle victime ? Le messager ? Non. Est-ce qu'il nous a aidés jusqu'ici à progresser dans notre enquête ? Il me semble.

— Pas depuis un bout de temps, rétorqua Max vertement.

— On est sans nouvelles de lui depuis seulement vingt-quatre heures.

— Autant dire une éternité, vu les circonstances !

— Peut-être qu'il nous a dit tout ce qu'il était en mesure de nous dire.

— Ou peut-être qu'il sent qu'on se rapproche et qu'il ralentit délibérément la cadence.

— Il ne vous aurait pas demandé de les arrêter, dans ce cas.

— Il aime toujours son ancienne complice. Il doit être tiraillé.

Brémont s'apprêtait à répondre mais il préféra s'installer confortablement dans son fauteuil avant de sourire franchement.

— Quoi ?

— J'avais oublié à quel point vous pouviez être rude en négociation !

— Perso, j'ai compté les points, ajouta Nguyen en se servant une poignée de cacahouètes, et je dois dire que le score est serré.

Max les regarda tour à tour et se sentit ridicule de s'être aussi facilement emportée.

— Alors quoi ? dit-elle d'un air boudeur mais déjà résignée. On le remercie et on le laisse tranquille ?

— Je ne serais pas allé jusque-là. Je vous propose juste de parer au plus pressé.

Max accepta la défaite d'un bref mouvement de tête et passa derrière le comptoir de sa cuisine.

— Vous m'accompagnez ou je bois toute seule ? dit-elle en sortant une bouteille de vin blanc de son réfrigérateur. Notez que je m'assume très bien toute seule donc ne vous sentez pas obligés !

— Je ne dirais pas non à une bière, répondit Nguyen après avoir jeté un œil à sa montre.

— Pareil pour moi, s'accorda Brémont.

Max revint avec les trois boissons qu'elle posa sur la table basse et s'assit en tailleur à même le sol. Elle but une gorgée, les yeux rivés sur une miette de chips que le lieutenant s'apprêtait à broyer du pied.

— En attendant, dit-elle sans bouger, si on ne se met pas en quête du messager, on fait quoi ? Parce que, moi, je suis à court d'idées.

— J'imagine que vous n'avez pas de nouvelles de votre paroissienne de Grenoble ?

— Aucune. Et je ne connais que son prénom. Le prêtre n'a rien voulu lâcher. Alors, à part retourner sur place et faire le pied de grue devant l'église, je ne vois pas trop ce que je peux faire de plus.

— De mon côté, j'ai pu récupérer les coordonnées du juge qui s'est chargé du dossier Angeli.

— Il est toujours en activité ?

— Non, il est à la retraite depuis une dizaine d'années. Il s'est installé dans le sud de la France. On n'a pu me fournir qu'un numéro de ligne fixe. J'ai laissé un message sur le répondeur. Avec un peu de chance, il nous rappellera en début de soirée.

Ils avaient passé l'heure suivante à étudier le carnet transmis par le messager. Il leur restait de nombreuses abréviations à décrypter. L'une d'elles pouvait peut-être leur apporter un nouvel élément de réponse mais deux ou trois lettres accolées pouvaient surtout offrir une multitude de solutions.

Max avait relevé trois pages avec l'annotation 122-5 dans la deuxième colonne. Cet article du code pénal définissait les conditions de la légitime défense. Ces personnes n'avaient pas dû être tenues pour responsables de leur acte aux yeux de la loi, mais l'ordalie avait conduit les justiciers vers un autre verdict.

— À votre avis, sur quoi ils se basent ? demanda-t-elle à la cantonade.

Les deux hommes la regardèrent sans comprendre.

— Nos justiciers se basent sur quoi, selon vous, pour dire que la justice s'est trompée ? Pour l'abolition du discernement, ou même l'altération, je peux comprendre. Ça relève du domaine psychiatrique, et même les experts se contredisent souvent, mais la légitime défense ! Elle est généralement démontrée par des faits. Les résultats de l'enquête, les restitutions, les témoignages. Donc à quel moment ils décident que tout ça n'est que du flan ?

— Peut-être qu'ils s'appuient sur l'arbitrage populaire, proposa Nguyen.

— C'est-à-dire ?

— Les réseaux sociaux, et même les médias, sont devenus les antichambres de la justice. Le verdict est annoncé avant même le début du procès.

— Il n'a pas tort, poursuivit Brémont. Nos bourreaux se prennent pour des justiciers. Peut-être qu'ils ont l'impression d'être le bras armé de la société. La justice ne se plie pas à ce que le peuple attend d'elle. Elle évolue dans un cadre normé où l'affect n'est pas censé être pris en compte. Prenez le cas de Jacqueline Sauvage. Le verdict était loin de faire l'unanimité.

— Sauf que, pour cette femme, c'est l'inverse qui s'est passé. Elle a fini par tuer un mari qui l'avait battue toute sa vie, or la légitime défense n'a pas été retenue. D'ailleurs, la majorité de la population réclamait sa libération.

— Et elle a fini par l'avoir. L'opinion publique a réussi à court-circuiter le système judiciaire.

Max but une nouvelle gorgée de vin et reposa son verre, une étincelle dans les yeux.

— Si c'est la société qui influence leur choix, alors on devrait pouvoir trouver nos victimes en cherchant les verdicts qui ont fait scandale ces dernières années.

Nguyen n'avait pas attendu la fin de la phrase pour pianoter sur le clavier de son ordinateur.

44

Il avait été convenu que Nguyen répertorierait tous les articles traitant d'une vive polémique au sujet d'un verdict tandis que Max et Brémont creuseraient les pistes les plus prometteuses. Il y avait une telle masse d'informations qu'ils devaient éliminer rapidement toutes celles qui étaient susceptibles de les diriger vers une impasse.

Les affaires qui avaient pu soulever l'indignation nationale ces vingt dernières années étaient finalement assez rares. Il en allait différemment à l'échelon régional. Il était fréquent que le jugement d'un fait divers devienne en soi un sujet d'actualité. La quasi-totalité des décisions de justice invoquant l'irresponsabilité pénale était controversée mais il y avait beaucoup d'autres jugements remis en question. Max lisait un article relatant la colère exprimée par son propre syndicat au sujet d'une remise en liberté. Celle d'une conductrice qui avait percuté un policier alors qu'elle roulait sans permis, sous stupéfiants et alcoolisée. La femme avait été relâchée dans l'attente de son procès car la justice avait considéré l'homicide comme involontaire et avait donc estimé que l'accident constituait un délit et non un crime.

— Je ne pense pas que ce soit ce genre d'affaires qui nous intéresse, l'arrêta Brémont alors qu'elle partageait tout haut sa lecture.

— Pourquoi pas ? Cette décision en a choqué plus d'un. Et pas seulement chez les forces de l'ordre.

— Nos pseudo-justiciers souffrent d'un délire paranoïaque, Max. Ils croient être au-dessus des lois parce qu'ils ont une mission. Les remises en liberté ne sont qu'une étape de procédure. On doit se focaliser sur les peines prononcées. Dites-moi que cette conductrice a été relaxée et là je vous dirai de vous y intéresser.

Max ne chercha pas à batailler. Elle n'était pas loin de partager cet avis et voyait surtout les articles sélectionnés par Nguyen s'accumuler.

— Béatrice Calmant, cria-t-elle, surprenant son entourage. Béatrice Calmant est la troisième victime.

Le premier résultat était tombé bien plus tard alors qu'il ne restait plus qu'une part de pizza dans l'un des trois cartons qu'ils s'étaient fait livrer. Max avait vérifié plusieurs fois la concordance de ses données avant de lever les bras en signe de victoire. Tout correspondait. Les dates, les initiales, le verdict. Elle n'avait pas le moindre doute sur le fait d'avoir identifié la troisième victime du carnet.

Nguyen relut rapidement l'article auquel elle faisait référence, les sourcils froncés.

— Vous êtes sûre ? Perso, j'ai failli le laisser de côté. Il est écrit que, prise de remords, la femme s'est suicidée plusieurs années après son crime.

— Tout comme Édouard Baptista. Il s'est immolé bien après son jugement. Et on sait qu'il était passé entre les mains de nos justiciers.

— Faites-nous le topo, trancha Brémont.

Max s'exécuta, une note d'excitation dans la voix.

— Béatrice Calmant a fait plusieurs séjours en hôpital psychiatrique avant même d'atteindre ses trente ans. L'article ne dit pas pour quelle raison mais précise que chaque internement avait été fait à sa demande. Puis Béatrice se marie et vit heureuse pendant cinq ans, jusqu'au jour où son mari la quitte. Un mois plus tard, elle s'acharne sur une postière à coups de binette.

— Pardon ?

— De binette, vous avez bien entendu ! Béatrice Calmant faisait du jardinage quand la postière est venue lui livrer un colis. Les deux femmes se connaissaient depuis une dizaine d'années mais Béatrice a dit ne pas l'avoir reconnue ce jour-là. Elle a cru que c'était, je cite : « une sorcière qui était venue boire son sang ».

— Trouble psychotique bref ? vérifia Brémont.

— Dans le mille ! Enfin, l'article parle de bouffée délirante aiguë. La postière est morte sur le trajet de l'hôpital et, de ce que j'arrive à lire entre les lignes, ce n'était peut-être pas plus mal. Elle aurait eu des séquelles considérables. Le verdict a été très mal accepté dans la région. Calmant s'en est sortie avec une peine ridiculement légère qui a été en plus écourtée pour cause de bonne conduite. Peu de temps avant le drame, le bruit avait couru que la postière avait une aventure avec le mari de Béatrice, donc personne n'a cru à cette histoire d'altération du discernement.

— La jalousie a peut-être été un élément perturbateur de son inconscient, mais ça ne veut pas dire que Béatrice Calmant était consciente de ce qu'elle faisait au moment des faits.

— Je ne fais que lire l'article, Antoine. Quoi qu'il en soit, tout concorde avec ce qu'il y a dans ce carnet. L'année du crime, le verdict et, surtout, la date à laquelle Béatrice Calmant s'est tuée.

— Elle s'est suicidée comment ?

— Elle s'est jetée d'un pont au-dessus de la Loire, à Tours. C'était l'année dernière, pendant la grande vague de froid de février. Elle a fait ça de nuit, autant dire qu'elle n'avait aucune chance de s'en sortir.

— On est sûr qu'elle n'a pas été poussée ?

— Sûr. Il y avait un témoin oculaire. Un sans-abri qui a attendu trois jours avant d'en parler.

— Et qu'a donné l'autopsie ?

— Ce n'est pas précisé dans l'article mais il est dit que le corps a été retrouvé seulement une semaine après. Il devait être dans un sale état. Je serais étonnée que le légiste ait pu distinguer des traces de brûlures ou d'autres sévices. En tout cas, il n'y a pas eu d'enquête approfondie. Béatrice avait pris la peine d'écrire une lettre d'adieu et de la sceller sous plastique.

— Elle disait quoi, cette lettre ?

— Je ne sais pas. Il faudrait récupérer le dossier d'enquête pour en savoir plus, mais je suis prête à parier que ça devait ressembler aux derniers mots de Baptista. Un truc du genre : « J'ai essayé mais j'ai échoué. »

267

Brémont ferma les yeux et Max en profita pour terminer son verre de vin. L'excitation qu'elle avait éprouvée quelques minutes plus tôt était déjà retombée. Cette découverte ne faisait que confirmer un schéma qu'ils avaient déjà établi. Elle n'allait pas leur permettre d'enrayer la machine, ni d'éviter à une nouvelle victime d'être torturée.

— Comment font-ils pour les pousser au suicide ? la surprit Brémont, alors que ses paupières étaient toujours baissées.

— C'est important ?

— Quoi ? Ne me dites pas que ça ne vous interpelle pas ! Que Lorette ne soit pas allée porter plainte après que les justiciers l'ont libérée, je peux le comprendre. Elle était fragile, isolée. Ses kidnappeurs avaient fait preuve d'attention à son égard. Et puis, elle ne pensait pas mourir.

— Syndrome de Stockholm ? proposa Nguyen.

— Pour elle, sans aucun doute. Lorette Angeli s'était toujours sentie bannie de la société et l'ordalie venait de l'absoudre de ses péchés. Souvenez-vous de ses dernières paroles : « Dites-leur que j'ai réussi. J'ai passé le test et j'ai réussi. » Lorette n'avait aucune raison de porter plainte. Au contraire. Elle pensait que les justiciers venaient de lui rendre service. Mais Édouard Baptista et Béatrice Calmant, c'est autre chose. Ils ont été libérés et pourtant ils ont choisi de se suicider. Pourquoi ?

— Un lavage de cerveau ? osa de nouveau le lieutenant.

— Possible, mais c'est plus facile à dire qu'à faire. Béatrice Calmant a fait plusieurs séjours en hôpital psychiatrique, on peut imaginer qu'elle était facilement manipulable. Concernant Baptista, j'ai des doutes. J'ai vu le reportage et je me suis un peu renseigné sur lui depuis. L'homme ne pouvait pas être décrit comme une personne fragile. Si le verdict a été aussi controversé, c'est justement parce que Baptista donnait l'impression de s'être joué de la justice.

— Pardon, intervint Max, mais n'importe qui deviendrait fragile avec le traitement infligé par ces bourreaux ! Les victimes se font torturer pendant plusieurs jours. Vous avez vu la vidéo comme moi. Lorette avait complètement perdu pied. Alors OK, elle était un sujet facile, mais même un surhomme aurait du mal à résister. Et puis il y a aussi le PCP. Je ne m'y connais pas trop mais ça doit aussi agir sur la volonté.

— Mais bien sûr ! s'écria Nguyen. Attendez une minute.

Brémont fit signe à Max de ne pas intervenir. Le lieutenant leur dirait en temps voulu la raison de cette interruption.

Les doigts de Nguyen se mirent à virevolter sur son clavier. Même ses yeux semblaient avoir du mal à suivre ses manipulations. Quand il trouva enfin ce qu'il cherchait, il tourna l'écran de son ordinateur d'un air triomphant.

— Voilà, un article dans *La Voix du Nord* ! Je ne l'avais pas mis de côté parce que je ne voyais pas de rapport avec notre affaire mais j'avais tort. Je vous présente Georges Fallois. Un homme de soixante-seize ans qui s'est noyé dans la Lawe, une rivière qui traverse Vieille-Chapelle, une commune de l'agglomération de Béthune. Je me dois de vous préciser que l'eau lui arrivait à peine à mi-cuisses. Le pauvre vieux était en sous-vêtements, par une eau à huit degrés, et bien sûr, aucun papier d'identité sur lui. Les gendarmes ont pu l'identifier grâce à ses empreintes digitales. Georges Fallois avait eu des démêlés avec la justice avant d'être relaxé. Il a tué sa femme de six coups de couteau mais la cour a retenu la légitime défense.

Max avait commencé à chercher des concordances dans le carnet dès qu'elle avait entendu le nom de la victime.

— Je l'ai ! dit-elle. G.F., 122-5, mort y a huit mois, c'est bien ça ?

— Oui, c'est ça.

— Pourquoi vous ne l'aviez pas sélectionné ? voulut savoir Brémont.

— Cette affaire n'a pas fait grand bruit. Le journaliste parle d'une polémique à propos du verdict mais elle est plus d'ordre général. Georges Fallois a plaidé la légitime défense en précisant que sa femme le battait depuis des années. Vous savez ce que c'est ! Quand ça se passe dans ce sens, on a tendance à douter.

— Et pourquoi vous êtes revenu dessus ? insista Brémont.

— Le PCP. L'autopsie a montré que notre homme en avait consommé une forte dose quelques heures avant de se jeter à l'eau. Le journaliste a tenu à rappeler dans son article que le PCP est aussi appelé la drogue des zombies et qu'avec ce qu'il avait dans le sang, Georges Fallois ne pouvait pas avoir conscience de ce qu'il faisait.

45

Trente-six heures plus tôt...

Victor écoutait attentivement la femme qui lui parlait tout en ayant du mal à retenir ce qu'elle lui disait. Elle faisait des efforts, il en avait conscience, elle prenait le temps de bien articuler, mais le débit de ses mots restait trop intense pour qu'il puisse tout assimiler. D'ordinaire, il n'avait pas de souci de concentration. Il fallait croire que la fatigue et la douleur ralentissaient son cerveau.

Victor avait tenté de prononcer quelques mots, à la demande de cette femme. Elle espérait d'ailleurs l'entendre dire « madame la juge ».

Aucun son n'était sorti de sa bouche alors qu'il le souhaitait. Les conditions n'étaient pas optimales pour se lancer. Le manque de pratique, sa gorge sèche, les crampes qui le tiraillaient. Un docteur l'avait ausculté cinq minutes plus tôt et avait dit que le problème n'était définitivement pas mécanique mais psychologique. Victor était sûr d'avoir déjà vu cet homme. Où et dans quelles circonstances, il était incapable de s'en souvenir. Ce discours, en revanche, il avait eu

271

l'occasion de l'entendre à plusieurs reprises depuis qu'il était enfant : « Victor ne souffre pas d'aphasie, il s'agit d'un mutisme sélectif. »

La femme s'était alors énervée. Elle avait crié à l'attention du docteur qu'elle avait été très patiente jusqu'ici mais qu'elle commençait à douter de son diagnostic. « Vous m'avez assuré que Victor jouait la comédie ! » avait-elle dit, remontée. « C'est sur vos recommandations que j'ai convoqué l'Ordalie ! » Le docteur s'était défendu tant bien que mal, assurant qu'il n'avait jamais parlé de comédie au sujet du mutisme. « Victor est incapable de parler parce que sa mère l'en a toujours empêché ! » avait-il déclaré sur la défensive. « Je vous ai toujours dit que c'était un enfant maltraité. Ce blocage en est une conséquence. Avec un bon accompagnement et aussi un peu de temps, Victor pourrait être en mesure de parler ! » Cet argument n'avait pas suffi à calmer la juge. Elle jetait des regards noirs à l'attention du médecin, les mains sur les hanches et les joues rougies de colère. « Alors que fait-il ici ? » avait-elle demandé, acerbe. Le toubib avait donc rappelé que c'était la conclusion des experts qui avait fait basculer le verdict. Victor s'était moqué d'eux en affirmant ne se souvenir de rien. « Amnésie traumatique ! » avait craché le médecin. « Quelle vaste blague ! Victor sait très bien ce qu'il a fait. »

Mais Victor n'en savait rien et avait de toute façon fini par perdre le fil de la conversation faute de compréhension. Des mots tels que dissociation ou encore BDA avaient été prononcés sans qu'il en comprenne la signification. Il avait fermé les yeux et attendu que l'orage passe. Il n'aimait pas quand les gens élevaient la voix. Surtout s'il était le sujet de la discorde. Sa mère avait au moins la gentillesse de l'enfermer dans sa chambre quand elle se disputait avec un de ses invités. Elle savait comment le protéger.

La femme avait fini par se calmer et s'était agenouillée devant lui pour lui parler. Elle avait dit vouloir entendre sa version, juste une fois. Victor ne savait pas ce qu'il était censé dire mais il avait essayé de toutes ses forces d'aligner des mots, rien que pour lui faire plaisir. Elle n'avait pas caché sa déception quand Victor avait éructé trois onomatopées que lui-même aurait eu du mal à définir. D'un air dégoûté, elle lui avait intimé l'ordre d'arrêter.

Il avait cru un moment qu'elle allait repartir, l'abandonner encore, comme elle l'avait fait ces derniers jours, mais la femme s'était relevée avant de se mettre à tourner en rond dans la pièce. Une chambre nettement plus agréable que la cave où ils l'avaient enfermé au début. Ils s'y étaient pris à plusieurs pour le déplacer. Ils avaient même dû le porter car Victor n'arrivait plus à marcher. Il avait cependant pu se rendre compte, au cours de cette manipulation, que ce n'était pas dû à une amputation. Ses deux pieds étaient toujours là, emmaillotés dans des sortes de chiffons.

Victor observait les gens qui l'entouraient. Quelque chose dans l'atmosphère avait changé depuis que le jour s'était levé. Les juges paraissaient plus nerveux qu'à l'accoutumée. Ils s'agressaient plus qu'ils ne se parlaient, même si Victor ne pouvait pas entendre ce qu'ils se disaient. Ils étaient aussi nettement plus nombreux. Peut-être était-ce la raison de cette tension. Sa mère lui disait souvent que la foule pouvait rendre fou et que c'était pour cela qu'elle avait choisi de vivre isolée, juste avec lui. Tant qu'ils restaient tous les deux, disait-elle, rien de mal ne pouvait leur arriver. Alors pourquoi avait-elle changé d'avis ? Pourquoi avait-elle tout à coup décidé de le chasser de la maison et de mettre un autre homme dans son lit ? Ils étaient pourtant heureux, tous les deux. Ils auraient pu l'être jusqu'à la fin de leur vie.

Victor secoua la tête, ce qui déclencha une douleur vive dans son dos. Il avait envie de pleurer mais ce n'était pas le moment. Tout le monde le regardait. De toute façon, il ne ressentirait bientôt plus rien. La juge le lui avait promis.

Elle lui avait proposé une piqûre et il avait cette fois accepté. Sa décision l'avait surprise mais elle avait paru soulagée. Elle lui avait dit qu'il y aurait droit dès qu'il aurait avoué. Victor avait acquiescé une fois de plus de la tête, comprenant que c'était le seul geste qu'elle attendait de lui. Mais c'est à partir de cet instant qu'elle lui avait demandé de s'exprimer. Est-ce que cette femme allait finalement revenir sur sa parole vu qu'il n'arrivait pas à parler ?

Victor se sentit tout à coup démuni, à bout de forces. Il émit un son guttural qui trahissait parfaitement son désespoir. La juge cessa ses va-et-vient pour le regarder. Victor espéra lire dans ses yeux de la pitié mais elle ordonna à un autre juge d'allumer la caméra et s'empara d'une chaise pour s'asseoir en face de lui. Victor eut un geste de recul quand elle s'empara de ses mains. Ses plaies le faisaient terriblement souffrir. D'un autre côté, c'était le premier geste doux qu'on lui accordait depuis qu'il avait été enlevé. Il se laissa donc faire et étira tant bien que mal ses lèvres dans la longueur. La juge dut apprécier car elle lui sourit en

retour. Quand elle se mit à parler, sa voix était toute-
fois beaucoup plus solennelle. Victor redoubla d'at-
tention. Il devinait que ce qu'elle s'apprêtait à dire
était important. Il ne voulait pas la décevoir encore
une fois.

46

Les membres du DSC avaient quitté l'appartement de Max vers minuit alors qu'elle était sur le point de s'endormir à même le parquet. Leurs recherches étaient arrivées au point mort et aucun d'entre eux n'était encore en mesure de cogiter.

En se réveillant, Max avait été désolée de voir son carnet vierge de toute pensée nocturne. Elle avait compté sur son subconscient pour avoir de nouvelles pistes à creuser. L'enquête avançait, c'était indéniable, mais pas assez pour stopper les justiciers dans les temps. Sans un coup de pouce du messager, une nouvelle victime serait bientôt à déplorer. Pourquoi ne donnait-il plus signe de vie ? Max s'était attendue à recevoir des indices de plus en plus fréquemment. Elle pensait que les premiers avaient été espacés pour lui laisser le temps de s'adapter. Pourquoi ce silence ? Pour jouer avec ses nerfs ? *Arrête un peu ta parano ! Où serait son intérêt ? Il a décidé de te confier cette mission, ce n'est pas pour te lâcher en route ! À moins qu'il n'ait pas eu le choix. Il a peut-être été obligé de s'enfuir. Ou alors les justiciers l'ont rattrapé. Ou peut-être que...* Max renversa la tasse de café qu'elle venait de se servir, ce qui eut le mérite de la réveiller plus rapidement que n'importe quelle dose de caféine. Elle pesta en jetant plusieurs feuilles de Sopalin par terre qu'elle manœuvra du pied. *De toute façon, t'as aucun moyen de le contacter. Donc pars du principe qu'il n'appellera pas !*

Max relisait les différentes notes prises la veille, affalée dans son fauteuil, quand son téléphone se mit à vibrer sur le comptoir. Elle s'extirpa sans grande motivation avant de voir que le numéro de son correspondant était masqué. *Il suffisait juste d'être patiente, Max !*

Elle décrocha sans prendre la peine de dire un mot. Elle était prête à recevoir les prochaines instructions.

Le « allô » hésitant et surtout féminin qu'elle entendit la déstabilisa un instant.

— C'est pour quoi ? s'enquit-elle froidement.

N'ayant aucune réponse, elle s'impatienta.

— Si vous ne voulez pas me parler, autant raccrocher !

La technique fut stérile et Max se fit encore plus directive.

— Très bien, si vous n'avez rien à dire…

— Attendez !

La voix était presque suppliante. Max redescendit aussitôt d'un cran.

— Très bien, j'attends. Qui est à l'appareil ?

— Quelqu'un m'a conseillé de vous appeler. Mais je ne sais pas si j'ai bien fait. Je ne vois pas ce que vous pourriez faire pour moi.

— Ce que je pourrais faire pour vous ? répéta Max, interloquée. Et si vous me disiez votre nom, pour commencer.

277

— Oui, bien sûr. Je m'appelle Valentine. Valentine Audinet.

Max comprit alors sa méprise. Ce n'était ni le messager ni même un de ses émissaires. Contre toute attente, le prêtre de Grenoble avait su trouver les mots pour convaincre sa paroissienne.

Max s'installa sur le tabouret haut et prit machinalement de quoi noter.

— Bonjour, madame Audinet, merci d'avoir accepté de prendre contact avec nous.

— Vous pouvez m'appeler Valentine. Mais je ne sais pas qui est ce « nous » dont vous parlez. Le père Benoît n'a pas été très clair dans ses explications.

— Je travaille avec les gendarmes du DSC, basés en région parisienne. Nous enquêtons sur des morts suspectes qui ont eu lieu ces trois dernières années et nous pensons que vous êtes peut-être en mesure de nous aider.

— Des morts suspectes, vous dites ? Je ne vois pas trop ce que je viens faire là-dedans. À mon avis, il y a erreur sur la personne. Je ne travaille plus depuis six ans et je ne sors quasiment jamais de chez moi. Je ne vois vraiment pas en quoi je pourrais vous être utile.

— Peut-être que vous ne le pourrez pas mais laissez-moi tout de même vous poser quelques questions.

— Comme vous voudrez, abdiqua la jeune femme.

— Connaissiez-vous une personne du nom de Christian Mallard ?

Valentine Audinet prit quelques secondes pour répondre.

278

— Ce nom me dit quelque chose mais je ne pourrais pas vous dire pourquoi.

— Il y a eu une cérémonie en hommage à sa mémoire, la semaine dernière. Vous étiez présente.

— Bien sûr ! Suis-je bête ! Pardonnez-moi, vous devez me trouver sans cœur. Vous avez raison, j'étais présente, mais je ne connaissais pas du tout cette personne. J'étais venue me recueillir. Je le fais trois ou quatre fois par semaine.

— Vous êtes sûre que vous n'aviez jamais entendu ce nom auparavant ?

— Je ne crois pas, non. C'est à son sujet que vous vouliez me parler ?

— Pas tout à fait. Tout du moins, pas seulement.

— Ah !

Max cherchait ses mots. Elle ne voulait surtout pas que son interlocutrice lui raccroche au nez.

— Ma question risque de vous paraître étrange, et surtout très indiscrète, mais puis-je vous demander pourquoi vous ne travaillez plus depuis six ans et surtout pourquoi vous ne sortez plus de chez vous ?

— C'est effectivement indiscret et je ne crois pas être obligée de vous répondre.

— Vous ne l'êtes pas, je vous rassure.

— Mais vous allez me dire que c'est important, c'est ça, je me trompe ?

Valentine Audinet avait tenté d'adopter un ton sarcastique sans vraiment y arriver.

— J'ai bien peur que ça le soit, oui.

— Et vous vous basez sur quoi pour avancer une chose pareille ?

La jeune femme se montrait maintenant un peu plus agressive.

— C'est un peu compliqué, éluda Max, et je ne peux malheureusement pas vous en dire beaucoup plus tant que l'instruction est en cours, mais nous pensons que ce Christian Mallard avait un rapport avec vous.

— Mais je viens de vous dire que…

— Que vous ne connaissiez pas cet homme, la coupa Max, et je vous crois. Nous pensons cependant que la cérémonie en hommage à Christian Mallard s'est déroulée dans cette église parce que vous la fréquentez assidûment et qu'il y avait de fortes chances pour que vous vous y trouviez ce jour-là.

— Ce que vous dites n'a pas de sens !

— J'en ai bien conscience. Une fois de plus, tout cela est un peu compliqué. Mais si vous acceptiez de me raconter votre histoire, peut-être que je pourrais être en mesure de vous apporter quelques explications.

Max laissa cette fois le silence s'installer. Elle ne voulait surtout pas brusquer cette femme qui était peut-être la seule à pouvoir les renseigner sur la dernière victime avérée des justiciers.

N'entendant plus le moindre bruit, Max crut un instant que Valentine avait raccroché. Elle expira de soulagement quand elle entendit la paroissienne s'exprimer.

— Mon histoire est somme toute assez banale, dit-elle d'une voix atone. Je fais partie de ces statistiques accablantes dont on entend de plus en plus parler.

— Vous avez été violée, c'est ça ?

— C'est ça. Je dois vous paraître pathétique, non ?

— Pourquoi dites-vous ça ?

— Je vois toutes ces femmes étaler leur histoire au grand jour, libérer leur parole, comme on dit maintenant, et moi je me cache depuis six ans. Je pleure tous les jours alors qu'elles ressemblent toutes à des guerrières plus fortes que jamais.

— Aucune femme n'est la même, répondit Max d'une voix douce. Et dites-vous que beaucoup de ces guerrières pleurent encore la nuit.

— Je sais. Le père Benoît me tient à peu près les mêmes propos. Moi, je ne m'en suis pas remise en tout cas. J'ai peur de sortir de chez moi, je refuse d'ouvrir la porte si je vois un homme par le judas. Ma sœur est obligée de venir chez moi quand j'attends un livreur ou un réparateur. Je vous l'ai dit, je suis pathétique.

— Vous n'êtes en rien pathétique, Valentine. Vous êtes une victime. Vous êtes meurtrie. Alors ne vous souciez surtout pas de l'image que vous pouvez renvoyer. Personne n'est à votre place. Personne ne vit ce que vous vivez.

Ces mots durent apaiser la paroissienne car elle commença à se livrer sans que Max ait besoin de la pousser.

Six ans plus tôt, Valentine Audinet rentrait de son travail. Il n'était pas très tard, à peine vingt et une heures, mais il faisait nuit et il pleuvait. Elle s'était arrêtée acheter de quoi dîner en chemin et n'avait plus un seul doigt disponible pour composer le code de son immeuble. Le sol était trempé et ses provisions étaient tassées dans des sacs en papier. Un homme s'était alors approché et lui avait proposé son aide. Il était attendu au troisième étage pour un dîner entre amis. Il tenait une bouteille de vin à la main pour le prouver. Le code était dans son téléphone, mais si elle avait la gentillesse de patienter, le temps qu'il trouve ce maudit appareil et sa paire de lunettes, il allait le composer pour elle. Valentine était fatiguée. Elle s'était tout de même fendue d'un sourire et lui avait tendu un de ses sacs pour composer le code. L'homme avait tenu la porte vitrée et s'était engouffré dans l'immeuble à sa suite. Ils s'étaient dirigés vers l'ascenseur en échangeant des banalités. Valentine avait profité d'être à l'abri pour observer d'un peu plus près son bon samaritain. Un homme qui aurait pu être son père, souriant, avec un léger accent et vêtu élégamment. Elle s'était étonnée de voir qu'il avait laissé le prix sur la bouteille qu'il comptait offrir. Elle n'avait pu retenir une grimace en lisant que le vin lui avait coûté six euros. Était-ce cette mimique de dégoût qui avait mis l'homme en colère ? Valentine s'était posé mille fois cette question. Si elle ne s'était pas montrée aussi snob, est-ce qu'il l'aurait laissée tranquille ? Valentine savait pertinemment que toutes ces questions étaient infondées et qu'elles ne faisaient qu'alimenter sa culpabilité, mais elle ne pouvait pas s'en empêcher. Comme elle ne pouvait pas se pardonner d'avoir ouvert la porte à ce prédateur. On pouvait lui dire tout ce qu'on voulait, elle se sentait en partie responsable.

Cette bouteille de vin lui valut douze points de suture. L'homme l'avait assommée avec violence avant de la traîner dans le local à vélos. C'est là qu'il lui avait arraché ses vêtements avant de la violer. Valentine demanda d'une voix blanche si elle devait entrer dans les détails.

— Ce ne sera pas nécessaire, répondit Max la gorge serrée. Je ne cherche pas à vous faire revivre ce cauchemar, Valentine, en aucune façon. J'aimerais, en revanche, que vous me parliez de ce qu'il s'est passé après. Est-ce que votre violeur a été arrêté ?

— Jamais, répondit la jeune femme froidement. Et pourtant la police savait qui il était.

— Vous voulez dire qu'il a été relâché ?

— Comment disiez-vous déjà ? C'est un peu compliqué.

Valentine avait dit cela d'un rire sardonique.

— Mon violeur a facilement été identifié. Son ADN était dans votre base de données.

— Un récidiviste.

— Exact. Un récidiviste qui n'a jamais fait aucune peine de prison. Cinq ans plus tôt, il avait été arrêté mais son avocat avait réussi à plaider la démence passagère. L'homme avait soi-disant des antécédents psychiatriques.

— Ce n'était pas vrai ?

— Pour tout vous dire, je n'en sais rien et ça m'est bien égal. Tout ce que je sais, c'est que le juge l'a relâché et a juste suggéré au préfet un internement.

— C'est la procédure qui veut ça, précisa Max du bout des lèvres.

— Peut-être bien. En attendant, le préfet n'a pas eu l'air de prendre cette histoire au sérieux puisque Reinhardt s'est retrouvé libre à peine quelques semaines après.

— Reinhardt, c'est le nom de votre agresseur ?

— Oui. Albert Reinhardt.

— Il y a tout de même un point que je ne comprends pas. Avec cette récidive, l'irresponsabilité ne pouvait plus être prise en compte. Au contraire. Le juge avait de quoi l'emprisonner ferme.

— Encore aurait-il fallu que vos collègues mettent la main dessus ! Reinhardt a disparu de la circulation. Ça fait maintenant six ans que j'attends patiemment dans mon appartement qu'on m'appelle pour me dire qu'il a été retrouvé. Tant que cet homme ne sera pas derrière les barreaux, je ne pourrai jamais reprendre une vie normale. J'ai essayé, croyez-moi, mais c'est au-dessus de mes forces.

Max savait qu'il était inutile de la raisonner, de lui dire que ce prédateur devait être loin maintenant et qu'elle devait tout faire pour l'oublier. D'autres avant elle avaient dû essayer. Max était mal à l'aise, mais elle se devait de poursuivre l'entretien, elle restait persuadée que Valentine détenait malgré elle une clé de cette énigme.

— Vous me disiez que Reinhardt aurait pu être votre père. Vous dites ça par rapport à son âge ?

— C'est ce que j'ai pensé à ce moment-là et je ne pouvais pas être plus près de la vérité. Reinhardt avait cinquante-cinq ans au moment des faits. Exactement comme mon père.

Max ne mit pas longtemps à faire le calcul. Cette histoire s'était déroulée six ans plus tôt, ce qui signifiait que Reinhardt avait aujourd'hui soixante et un ans. Le même âge que Christian Mallard. Et le même âge que Péroski ! se remémora-t-elle. *Tu t'es déjà fait avoir une fois ! Il doit y avoir autre chose.*

— Maintenant, ajouta Valentine, si c'est Reinhardt qui vous intéresse, vous feriez mieux de vous rapprocher de Christina. Elle pourra vous en dire plus que moi.

— Christina ?

— Christina Almard. La première victime de Reinhardt.

Max ferma les yeux et respira profondément. *Christina Almard... Christian Mallard... Une anagramme. Depuis le début, Christian Mallard n'était qu'une anagramme !*

47

Max s'était attendue à un peu plus d'entrain de la part de Brémont. Il l'avait rejointe au café de Ludo et prenait des notes depuis plus de cinq minutes sans afficher la moindre réaction.

— Je sais que cette découverte ne nous permettra pas d'arrêter les justiciers, mais vous pourriez au moins faire semblant d'être content !

Brémont posa son stylo sur la table et la regarda très sérieusement.

— Content ?

— OK, content n'est peut-être pas le bon mot mais on a enfin trouvé le rapport entre Mallard et cette église. Et, de fait, on a certainement identifié le corps qui se trouvait dans le cercueil. Ce n'est pas rien, tout de même !

— Et quand vous dites « on », vous pensez « je », j'imagine. Je ne savais pas que vous étiez une adepte des lauriers !

— Je ne le suis pas ! s'empourpra Max. Et ce n'est même pas ce que je pensais en disant ça !

— Alors où est le problème ?

C'est vrai, ça ! Il est où, ton problème ? Tu t'atten-
dais à une bonne note ou qu'il te remette une image ?

— Pour être tout à fait sincère avec vous, Max, cette nouvelle m'attriste plus qu'autre chose.

— Elle vous attriste ?

— J'imagine que vous n'avez pas dit à cette jeune femme… Valentine…

— Valentine Audinet.

— J'imagine que vous ne lui avez pas dit que vous pensiez que son violeur venait d'être incinéré.

— Impossible. J'ai cru au départ que c'était Péroski dans ce cercueil. Imaginez que je me trompe une fois de plus !

— Je partageais votre avis au sujet de Péroski, dit-il pour la rassurer. Et je suis intimement convaincu, tout comme vous, que c'est en réalité ce Reinhardt qui a été incinéré. Mais nous n'avons aucune preuve et nous n'en aurons sans doute jamais, à moins qu'un de nos justiciers ne nous l'avoue.

— Et donc ?

— Valentine vous l'a dit. Tant qu'on ne lui aura pas assuré que son agresseur est hors d'état de nuire, elle ne pourra pas reprendre une vie normale. Elle restera cloîtrée chez elle, sursautera au moindre bruit et pleurera toutes les nuits.

— J'aurais dû lui dire ?

— Lui dire quoi ? Que nous sommes persuadés que cet homme est mort mais que nous ne pouvons pas le prouver ? Que nous ne pouvons même pas exhumer le corps pour qu'elle puisse l'identifier ?

Max saisissait pleinement le dilemme.

— Si c'est la justice qui motive ces bourreaux, pourquoi ne s'en vantent-ils pas ?

287

— Je ne vous suis pas, admit Brémont.

— S'ils voulaient venger Valentine, ils auraient dû lui dire que son agresseur avait payé pour son crime. La laisser dans l'ignorance relèverait presque du sadisme, or je peux vous assurer qu'elle n'était au courant de rien quand je lui ai parlé ce matin. Ça n'a pas de sens. Ou alors quelque chose nous échappe.

— Peut-être qu'ils ne l'ont pas fait pour elle.

— Vous pensez à Christina Almard, la première victime ?

— C'est à partir de son nom qu'ils ont créé le patronyme de Christian Mallard.

— Vous avez raison. Il faut absolument qu'on ait une conversation avec elle.

— J'ai déjà demandé à Nguyen de nous trouver ses coordonnées.

— Quand ça ?

— Quand vous êtes allée au bar renouveler la commande, pourquoi ?

— Pour rien.

Max s'était retenue de grimacer. Brémont semblait toujours attendre qu'elle s'absente pour donner ses directives. Comme s'il voulait lui rappeler qu'elle n'était pas aux commandes.

Ou alors, il optimise son temps, se rattrapa Max. *Est-ce que tu pourrais deux secondes arrêter de disséquer tout ce qu'il fait !*

— Je m'attendais à ce que Nguyen soit avec vous, dit-elle pour changer de sujet.

— Il voulait recouper certaines informations avec nos fichiers. Sans parler du fait qu'il a accumulé pas mal de retard dans ses rapports. Il a un peu de mal à suivre le rythme administratif depuis que Rocca est en congé.

— Vous êtes en train de dire que c'est elle qui fait tout le boulot d'ordinaire ?

— Honnêtement, je ne sais pas comment ces deux-là s'organisent et ça m'est complètement égal. Du moment que le travail est fait. Mon seul problème, c'est que je dois maintenant composer avec le côté tatillon de Nguyen. Et je suis loin d'avoir la patience de Rocca.

— Je suis sûre que vous exagérez.

— Il m'a fallu m'y reprendre à trois fois pour le convaincre que Christian Mallard était bien l'anagramme de Christina Almard.

— Pourquoi ça ?

— Parce qu'il manque un « l » et Nguyen n'aime pas quand une pièce ne rentre pas parfaitement dans une case.

— J'avoue que j'y ai pensé aussi, sourit Max. J'ai même cherché une raison avant que vous arriviez.

— Et vous en avez trouvé une ?

— Possible. Il existe un Christian Malard dont le nom de famille s'écrit avec un seul « l ». C'est une personnalité publique. Un journaliste qui a le droit à une page Wikipédia. J'imagine que les justiciers ne voulaient pas qu'il y ait confusion. S'ils avaient mis ce nom sur le faire-part de décès, peut-être que quelqu'un aurait réagi.

— Probablement. Quoi qu'il en soit, je suis convaincu que vous avez vu juste et que le violeur de Valentine Audinet n'est plus de ce monde à l'heure qu'il est. Nguyen va tenter de remonter sa trace mais si la police n'a pas pu mettre la main dessus depuis toutes ces années, j'ai tendance à croire que nous ne ferons pas mieux. L'homme avait réussi à disparaître des radars. Il a dû le regretter amèrement. Il a été torturé plusieurs jours avant de mourir et personne ne s'en est inquiété.

— C'est le cas de toutes nos victimes. À croire que ça fait partie des critères de sélection.

— Ce n'est pas impossible. En s'attaquant à des parias, ils ont le loisir d'agir librement. Aucun proche ne risque de donner l'alerte. Ce qui veut dire que nos justiciers n'agissent pas sur un coup de tête. Ils mènent une enquête approfondie avant de partir en croisade.

— Vous dites ça sur un ton de respect !

— Du tout. J'ajoute une donnée au mode opératoire. Arrivera bien un moment où tout ça débouchera sur quelque chose.

— Sauf que je ne vois pas comment on va pouvoir empêcher le prochain meurtre. On manque d'éléments.

Brémont but son café d'une traite et répondit très sérieusement :

— Il faut vous y préparer, Max.

— À quoi ?

— À déplorer une nouvelle victime. Ça ne veut pas dire que nous devons nous relâcher. Leur rythme s'accélère. Si nous ne pouvons pas sauver leur prochain supplicié, nous devons nous concentrer sur la prochaine cible.

Max encaissa cette réalité sans ciller. Cela faisait déjà quelque temps qu'elle s'était faite à cette idée.

— Aucun problème pour me concentrer sur la prochaine cible, dit-elle sèchement, mais comment on fait pour l'identifier ?

— Comme nous l'avons fait jusqu'ici pour les autres victimes. En nous mettant dans la tête de ces justiciers. En trouvant un verdict que nous sommes les premiers à estimer à première vue révoltant.

— On pourrait y passer des semaines.

— Je vous trouve dure. On a réussi à mettre un nom sur la moitié des victimes du carnet en moins de vingt-quatre heures.

— Mais on avait le carnet, justement. Il nous a permis de confirmer nos doutes. Sans lui, on aurait recensé une trentaine de noms supplémentaires, si ce n'est plus.

— J'en ai conscience.

— Et donc ?

— Et donc on poursuit notre enquête méthodiquement avec les éléments à notre disposition. On se concentre sur l'instruction du dossier de Lorette Angeli et on rappelle le juge.

48

Ce ne fut pas le juge Réquier qui décrocha mais sa femme. Plus précisément sa veuve. Le juge Réquier était mort six mois plus tôt d'une crise cardiaque alors qu'il prenait son premier cours de golf. « C'est moi qui l'y ai poussé », avait éprouvé le besoin de préciser Mme Réquier. « Je ne supportais plus de le voir tourner en rond dans la maison. » Brémont avait bafouillé quelques mots de circonstance avant de s'excuser pour cet appel inapproprié. Il était prêt à raccrocher mais la femme l'entendait différemment.

— Ne vous excusez pas, dit-elle d'une voix assurée. C'est ma faute. J'aurais dû prévenir ses anciens collègues, ou au moins son assistante. Ça leur aurait permis de mettre leur fichier à jour.

— Vous voulez dire qu'aucun d'eux n'est au courant ? s'étonna Brémont.

— Quarante-cinq ans de carrière et vous pensez que certaines relations sont acquises, continua-t-elle d'un ton narquois. Je suis au regret de vous dire, capitaine, qu'il n'en est rien. Les premiers temps, quelques-uns viennent aux nouvelles ou appellent pour demander conseil, mais la réalité vous rattrape vite. Mon mari n'était plus de la partie. Ainsi va la vie. Je ne peux que vous conseiller de vous y préparer. La transition peut paraître brutale. Un beau matin, vous vous levez et vous constatez que le monde entier vous a oublié.

Brémont s'abstint de tout commentaire et Max se demanda si ce discours l'agaçait ou faisait au contraire écho.

— J'ai écouté le message que vous avez laissé hier à l'attention de mon mari, reprit l'épouse d'une voix nettement plus légère. Je suis désolée. J'aurais dû prendre le temps de vous rappeler, mais vous savez ce que c'est ! Je me suis dit que, puisque mon mari était mort, ça ne pouvait pas être bien urgent. Je pensais vous téléphoner en fin d'après-midi. Je suis attendue à la bibliothèque de ma commune où je fais du béné-volat trois fois par semaine. Il faut bien que j'occupe mes journées, maintenant que je suis seule.

— Vous n'avez pas à vous justifier, madame Réquier. D'ailleurs je ne vais pas vous retenir plus longtemps.

Brémont pensait, cette fois, avoir mis un terme à la conversation, mais Mme Réquier ne semblait pas pressée de se rendre à ses activités.

— Vous disiez que vous vouliez échanger avec mon mari au sujet d'une vieille affaire, c'est ça ?

— C'est ça. Une affaire qui remonte à plus de trente ans, à l'époque où il était en poste à Bordeaux. J'espérais gagner un peu de temps en m'entretenant directement avec lui mais ce n'est pas grave. Je vais faire une demande officielle pour récupérer le dossier aux archives. Cela étant, vous pouvez peut-être nous aider. Vous souvenez-vous du nom de l'assistante de votre mari en 1988 ?

— En 88, vous dites ? Je dois pouvoir vous retrouver ça. Ma mémoire des noms commence à me faire défaut mais si vous me laissez un instant, je devrais réussir à m'en souvenir. Maintenant, même si mon mari respectait scrupuleusement le secret de l'instruction, il nous arrivait d'échanger nos points de vue sur certains dossiers. Vous savez comment fonctionnent les couples. Peut-être que si vous me disiez de quoi il s'agit exactement…

Mme Réquier laissa sa phrase en suspens pour ne pas donner l'impression d'insister, mais Max la devinait l'oreille collée au combiné, impatiente de savoir de quoi il retournait.

Brémont n'avait pas grand-chose à perdre. Il était d'ailleurs persuadé que s'il y avait une affaire que le juge d'instruction avait eu besoin de partager avec quelqu'un dans sa carrière, c'était bien celle qui les intéressait.

— Nous enquêtons sur une série de meurtres et l'une des victimes se nommait Lorette Angeli. Est-ce que ce nom vous dit quelque chose ?

Un silence s'imposa.

— Madame Réquier, vous êtes toujours là ?

— Désolée, dit-elle d'une voix confuse. Vous venez de me faire faire un sacré bond en arrière. Bien sûr. Lorette Angeli. Voilà un nom que je ne pourrai jamais oublier. Elle a causé plus d'une nuit blanche à mon mari, et à moi aussi par la même occasion.

— Est-ce que vous accepteriez d'évoquer vos souvenirs ?

— Que voulez-vous savoir exactement ?

— Difficile à dire, précisément. Nous cherchons à connaître un peu mieux Lorette Angeli. Savoir si les ennemis qu'elle s'est faits à l'époque pouvaient encore lui en vouloir aujourd'hui.

— Mon mari aurait certainement trouvé des mots pondérés pour vous répondre, mais il n'est plus là alors je peux bien être franche avec vous. Si vous voulez mon avis, tout Gensac doit encore avoir une dent contre elle. Même après toutes ces années. Je ne serais d'ailleurs pas étonnée que cette haine se soit transmise de génération en génération. Lorette a apporté beaucoup de malheur sur cette petite commune et personne n'était prêt à le lui pardonner.

— Le temps atténue les rancœurs, tempéra Brémont par principe.

— Il y a trois ans de ça, dit-elle pour couper court à tout scepticisme, mon mari et moi sommes allés au bord du lac où s'est déroulé ce drame. Je ne connaissais pas cet endroit mais Daniel, mon mari, m'en avait dit beaucoup de bien. Et il avait raison. C'est un coin magnifique aux premiers jours du printemps. Nous nous sommes installés un peu en retrait des familles venues profiter de la fraîcheur de l'eau. J'ai posé notre serviette près d'un rocher sur lequel avait été déposé un bouquet de fleurs. Elles étaient encore fraîches alors, par curiosité, je me suis rapprochée. Là, j'ai pu lire le nom d'Émilie Lavergne soigneusement gravé dans la pierre. La date de sa mort était inscrite juste en dessous. Cette stèle n'avait rien d'officiel mais croyez-moi, capitaine, elle faisait froid dans le dos.

— Vous avez une idée de qui a pu déposer ces fleurs ? intervint Max.

— Aucune. Mais ça prouve bien que la petite Émilie n'a pas été oubliée.

— Il peut s'agir de son père, proposa Brémont.

— C'est ce que j'ai pensé sur l'instant. Mon mari m'a dit qu'il était mort depuis une dizaine d'années.

— Je vois. Savez-vous si votre mari avait hésité dans ses conclusions ? demanda alors Brémont sans aucune transition.

— Vous voulez dire s'il pensait que Lorette était responsable de ses actes au moment des faits ? Non. Mon mari était intimement persuadé que cette fille n'avait aucune idée de ce qu'elle faisait. Je crois qu'il éprouvait même un peu de pitié pour elle. Avant cette terrible histoire, Lorette était une jeune fille fragile qui avait du mal à s'intégrer dans la société. Son geste l'en a bannie à tout jamais.

— Donc, pour lui, le verdict d'irresponsabilité ne faisait aucun doute ?

— Aucun. Ça ne veut pas dire que cette décision a été facile à prendre.

— Qu'est-ce que vous insinuez par là ?

— Il savait que ses conclusions soulèveraient de nombreuses colères. Contrairement à Lorette Angeli, tout le monde aimait la petite Émilie. Mon mari a subi de nombreuses pressions. Les notables de la région ont tout fait pour influencer le parquet. Daniel a travaillé de longs mois sur ce dossier. Il a ficelé chaque détail, interrogé de nombreux experts, demandé plusieurs reconstitutions. Il voulait qu'aucun doute ne subsiste. Mon mari connaissait bien le juge Lambert. Ils avaient suivi leurs études de magistrature ensemble. Daniel avait pu voir comment son ami s'était retrouvé enlisé dans son affaire. Il ne voulait surtout pas qu'il lui arrive la même chose.

— Le juge Lambert. Vous parlez du juge d'instruction de l'affaire du petit Grégory ? réagit Max.

— Lui-même. Émilie a été tuée quatre ans après cette sombre histoire. Le fiasco de l'instruction était encore dans toutes les têtes.

— Pourtant vous n'avez bénéficié d'aucune presse, s'étonna Brémont. Je n'ai lu aucun article au sujet de l'affaire Angeli.

— Il y en a eu, bien sûr. La presse locale a relayé les avancées de l'enquête. Mais la presse nationale a préféré rester en retrait. Je vous ai parlé du fiasco de l'instruction mais il en allait de même pour la presse. Nous avons clairement bénéficié d'un excès de prudence. C'est en tout cas ce que nous avons pensé à l'époque.

Max esquissa un sourire en entendant ce « nous ». Mme Réquier avait été nettement plus qu'une confidente pour son mari. Certes, c'était lui qui instruisait les enquêtes, mais c'est à deux qu'ils les menaient.

— Bien sûr, continua la veuve, si nous n'avions pas retrouvé la petite, toute cette affaire aurait pris une autre tournure. Nous aurions fait la une de tous les journaux télévisés.

Max pensait avoir mal compris, mais le regard de Brémont lui confirma que quelque chose leur échappait.

— Quand vous dites « la petite », s'enquit Brémont, vous voulez parler d'Émilie ?

— Émilie ? Non, bien sûr que non ! Émilie avait déjà été identifiée, malheureusement. Non, je parle de l'autre enfant.

— L'autre enfant ?

— La meilleure amie d'Émilie. Je pensais que vous étiez au courant. Émilie avait fait des pieds et des mains pour que Lorette les emmène toutes les deux ce jour-là. Le psychiatre a d'ailleurs émis l'hypothèse que c'est la présence de cette petite qui a dû déclencher la crise psychotique de Lorette. Mince, son nom m'échappe. Comment s'appelait-elle, déjà ?

49

Mme Réquier ne s'était souvenue que d'un prénom. Justine.

Justine, la meilleure amie d'Émilie, avait-elle répété plusieurs fois avant de raconter ses autres souvenirs.

La disparition de Justine avait été déclarée trois heures après la découverte du corps d'Émilie par le gendarme Noël Rémy.

Les parents de Justine s'étaient manifestés dès qu'ils avaient appris la nouvelle. Les deux filles étaient supposées être ensemble, ce jour-là, au bord du lac.

Le lac de la Cadie est un plan d'eau de près de quarante hectares, et la surface à couvrir s'annonçait colossale. Les gendarmes tentèrent de faire parler Lorette mais l'adolescente de dix-huit ans était en état de choc, incapable de formuler la moindre phrase.

Une battue s'organisa en un temps record tandis que des plongeurs draguaient déjà le lac. Les gendarmes furent contraints de refuser des bénévoles. Certains esprits étaient trop échauffés pour mener sereinement les recherches. Les parents de Lorette durent être placés sous protection. En à peine quelques heures, l'atmosphère de Gensac était devenue irrespirable.

Tout comme Émilie, Justine venait de fêter ses huit ans et était fille unique. Les deux fillettes s'étaient retrouvées dans la même classe au début de l'année scolaire et ne se quittaient plus depuis. Sans l'avoir jamais désiré, Lorette s'était retrouvée, de fait, à devoir garder Justine tout autant qu'Émilie. Ce trio, Lorette l'avait très mal vécu. La complicité qu'elle avait jusqu'alors partagée avec Émilie avait fini par se déliter.

Durant l'instruction, les psychiatres avaient émis l'hypothèse que le traitement de Lorette n'était déjà plus adapté quand Justine a fait irruption dans ce nouveau quotidien. Lorette avait dû penser que cette petite était la raison de son malaise grandissant. Qu'elle était un élément perturbateur qui l'éloignait d'Émilie.

Ces informations étaient arrivées cependant bien plus tard dans l'enquête. Lorsque la battue s'était mise en place, tout ce que les gendarmes savaient, c'est qu'une jeune fille de dix-huit ans avait violemment tué une gamine de huit ans et qu'une autre, du même âge, avait disparu.

Justine fut retrouvée seize heures plus tard, recroquevillée au pied d'un arbre, transie de froid et déshydratée. Il fallut attendre trois jours avant d'entendre le son de sa voix. Justine raconta qu'elle s'était enfuie en courant au premier coup de pierre asséné par Lorette sur son amie Émilie. Les psychiatres se montrèrent confiants quant à son rétablissement psychologique. Justine n'avait pas assisté au massacre et son traumatisme finirait par être évacué. Le fait est que la petite Justine reprit le cours de sa vie assez rapidement, et trois mois après le drame on entendait à nouveau son rire à la sortie des classes.

Max et Brémont avaient écouté ce pan de l'histoire sans jamais interrompre Mme Réquier. Elle se souvenait que son mari avait entendu plusieurs fois Justine, mais son témoignage n'avait finalement pas pu être ajouté au dossier.

— Pourquoi ça ? demanda Max.

— La petite n'arrêtait pas de changer de version. Plus le temps passait, plus Justine accablait Lorette, utilisant des mots qui n'étaient clairement pas ceux d'une enfant. Mon mari a fini par comprendre que des adultes dans son entourage lui dictaient ses propos.

— Vous pourriez être plus précise ? s'enquit Brémont.

— Je n'étais pas dans la pièce, capitaine, mais, de ce que j'ai compris, Justine tenait absolument à préciser que Lorette était responsable de ses actes, qu'elle savait pertinemment ce qu'elle faisait.

— Je vois. Et Lorette ? Elle a dit quelque chose pour sa défense ?

— Rien. Lorette s'est laissé porter comme si toute cette histoire ne la concernait pas réellement. On a ajusté son traitement et elle a été internée le temps de l'instruction.

Max et Brémont tentèrent d'obtenir plus d'informations sur la tenue de l'enquête, mais la veuve du juge leur avait dit tout ce qu'elle savait. Ils trouveraient certainement plus de réponses dans le dossier d'instruction.

Brémont avait à peine raccroché que Max lui tomba dessus.

— Vous pensez comme moi ?

— Je ne sais pas, nous ne sommes pas encore assez intimes pour ça, dit-il sans même relever la tête de son carnet.

Max se sentit rougir bien malgré elle et se racla la gorge pour assurer sa voix.

— Votre copain le gendarme, là, celui qui a découvert le corps d'Émilie ?

— Oui, eh bien ?

— Vous ne trouvez pas étonnant qu'il ne nous ait pas parlé de Justine ?

Brémont esquissa un sourire et tourna son calepin de manière qu'elle puisse lire ce qu'il avait écrit au cours de la conversation téléphonique. Le nom de Noël Rémy était souligné trois fois.

— Je crois effectivement qu'une petite discussion s'impose, dit-il en composant le numéro du gendarme.

Les mâchoires de Brémont se contractèrent dès qu'il entendit la voix métallique d'une opératrice lui indiquer que la ligne n'était pas attribuée.

Moins de vingt minutes plus tard, Max et Brémont se trouvaient devant la porte de Noël Rémy, à Massy, mais il était déjà trop tard. Une voisine de palier leur apprit que l'homme avait déménagé la veille en fin de journée.

— Je croyais qu'il allait mieux ! se contenta-t-elle de dire comme si cette explication se suffisait à elle-même.

— Il était malade ? s'enquit Brémont.

— Ça ressemblait plus à une dépression. Mais il l'aimait bien, ce quartier. Je sais qu'il n'avait pas vraiment envie de le quitter. Après, vous savez ce qu'on dit. Un seul être vous manque…

— Vous voulez parler de sa femme ? tenta Max sur un coup de bluff.

— Ça doit faire six mois qu'elle est partie, confirma la voisine. Je me souviens encore de leur dispute. Ça a bardé, vous pouvez me croire. Cela dit, c'est la seule fois que je les ai entendus crier. D'habitude, jamais un mot au-dessus de l'autre. J'ai été surprise de la voir partir. On ne s'en va pas après la première engueulade, vous ne croyez pas ? Moi, j'étais persuadée qu'elle allait revenir. J'arrêtais pas de le lui dire. D'autant qu'ils avaient l'air sacrément amoureux, ces deux-là. Comme quoi…

— Vous connaissez le nom de sa femme ? insista Brémont.

— Non. Pour moi c'était M. et Mme Rémy. On n'était pas plus proches que ça, non plus.

— Vous dites que vous les avez entendus se disputer. Vous vous souvenez des mots qu'ils se sont dits ?

— Ah non, je ne suis pas du genre à écouter aux portes, vous croyez quoi ?!

— Bien sûr. Et j'imagine que vous ne savez pas où M. Rémy est parti ?

— Aucune idée. Allez voir à La Poste. Il a peut-être fait suivre son courrier.

— C'est ce que nous allons faire. Merci pour votre aide.

Max et Brémont restèrent un moment en bas de l'immeuble de Noël Rémy, le temps de tirer les conclusions qui s'imposaient. Max revoyait les cartons dans l'appartement de l'ancien gendarme. Elle aurait dû comprendre qu'il s'apprêtait à disparaître.

— Nous n'avions aucune raison de douter de lui, l'arrêta Brémont. Et nous n'avons d'ailleurs rien de concret pour lancer un avis de recherche.

— Vous êtes sérieux ? Cet homme omet de nous dévoiler une partie essentielle dans l'affaire Lorette Angeli, il fait couper sa ligne téléphonique le lendemain de notre visite et il met les voiles. Parce que de vous à moi, je veux bien me fader d'aller faire un tour à La Poste, mais je suis prête à parier un billet que personne ne nous fournira sa nouvelle adresse.

— J'ai dit que nous n'avions pas de quoi lancer une requête officielle, Max, je n'ai pas dit que nous laissions tomber.

Max expira lentement en faisant quelques pas sur place pour se calmer. Une tonne d'informations venaient se bousculer dans son esprit.

— Il ne nous a pas parlé de Justine, réfléchit-elle à voix haute. Il était sacrément amoureux, a dit sa voisine. Sa femme l'a quitté il y a six mois. Six mois, Antoine.

— Je sais. Ça correspond au moment où le messager a cessé de recenser ses crimes dans son carnet.

50

Vingt-quatre heures plus tôt...

Victor regardait la fenêtre située à trois mètres de lui et observait avec désespoir la luminosité qui filtrait au travers des arbres. La juge lui avait dit qu'elle viendrait le revoir à la tombée de la nuit, mais ce moment semblait ne jamais vouloir arriver. Victor avait oublié la longueur des journées du mois de juin. Enfant, il s'en régalait. Il était rare que sa mère l'enferme avant le déclin du soleil. Les invités attendaient toujours la pénombre avant de sonner.

Si Victor attendait avec impatience le retour de la juge, c'est parce que cette femme lui avait fait une promesse. Celle de ne plus souffrir. Elle avait parlé de piqûres, au pluriel, de ça Victor en était sûr. Il aurait droit à plusieurs injections, à intervalles réguliers, et ce jusqu'au grand final. Ce grand final, elle lui avait expliqué en quoi il consistait, mais à peine avait-elle commencé son discours qu'une image était venue troubler sa concentration. Son esprit s'était figé. Il avait vu les lèvres de la juge bouger sans être en mesure d'entendre le son qui en sortait.

Cette image était arrivée comme un flash, un souvenir qu'il avait jusqu'ici refoulé.

Victor avait mis du temps à le reconnaître mais il n'avait plus de doute à présent. Le médecin qui l'avait ausculté quelques heures plus tôt faisait partie des invités de sa mère. Il était même le dernier que Victor avait croisé. Celui par qui tout son malheur était arrivé. Ce pseudo-médecin lui avait fait quitter le nid familial, soi-disant pour son bien. Il avait dit à sa mère qu'il était temps que son fils apprenne à vivre normalement et qu'il devienne indépendant. Victor avait tout de suite compris la manœuvre. Il avait tenté de prévenir sa mère, de la convaincre que ce médecin était le mal incarné, mais Victor n'avait pas su trouver les bons mots. À vouloir plaider sa cause, il n'avait fait qu'attiser la colère de sa mère. En moins de vingt-quatre heures, Victor s'était retrouvé à la rue sans même avoir une chance de lui dire adieu. Il avait trouvé mille euros dans son sac, comme si l'argent pouvait remplacer un dernier baiser. Sans aucune expérience du monde extérieur, Victor avait rapidement connu une descente aux enfers.

À l'instant même où il avait reconnu le médecin manipulateur, Victor avait arrêté d'écouter la juge. Une bouffée de haine avait empoisonné son oxygène. Il avait cependant canalisé toute son énergie pour cacher son malaise. La juge venait de lui promettre de mettre fin à ses supplices, il ne devait surtout pas lui offrir une raison de changer d'avis.

Depuis, Victor attendait que le soleil daigne se coucher. Son regard passait de la fenêtre à la porte, de la porte à la fenêtre, inlassablement. Bien sûr, il avait hâte de ne plus ressentir les élancements de ses plaies mais il était surtout impatient d'affronter celui qui lui injecterait son anesthésiant. Car il n'en doutait pas. Il avait largement eu le temps d'y réfléchir. Cette piqûre, ce serait cet homme qui la lui ferait.

Victor ne distinguait plus grand-chose dans la pièce. Les contrastes s'atténuaient, la couleur des murs, comme celle du mobilier, s'étiolait. Cette heure, Victor l'avait toujours détestée. Entre chien et loup. Jamais Victor n'avait trouvé expression plus adaptée. À la nuit tombée, sa mère se transformait en une bête parfois câline, parfois féroce. Victor ne connaissait jamais son sort à l'avance. Mais cette fois, il en allait autrement. Cette heure, il l'avait attendue avec impatience.

Quand il vit la poignée de la porte tourner sur elle-même, il retint tout de même sa respiration. Un réflexe, certainement. Ses yeux mirent plusieurs secondes à s'habituer à la lumière artificielle qui venait d'être activée. Son corps se raidit mais ses lèvres se retroussèrent. Il ne s'était pas trompé. Le médecin avait bien été missionné pour lui administrer sa première dose de bonheur.

Victor attendit que l'homme soit proche de lui pour émettre un son étouffé par son bâillon. Il y mit toutes ses forces, si bien que le tissu, imbibé de sa propre salive, laissa échapper quelques postillons. Le médecin ne réagit pas tout de suite et Victor réitéra son effort en contractant ses sourcils jusqu'à ce qu'ils forment un accent circonflexe. Cette mimique était la seule qu'il connaissait pour implorer la pitié.

307

Il crut un instant que la technique avait fonctionné quand l'homme s'agenouilla face à lui. Mais le médecin ne toucha pas au bâillon. Il inspira profondément avant de s'exprimer.

— *Je sais que tu m'as reconnu, Victor. Je l'ai vu à ton regard. Ça ne me dérange pas. Je n'ai jamais cherché à te cacher qui j'étais. Je pensais d'ailleurs que tu te jouais de moi en faisant mine que nous ne nous étions jamais croisés. Mais quand j'ai vu tes yeux s'allumer, ce matin, j'ai compris. Cette amnésie traumatique n'était pas du flan, tout compte fait.*

Le médecin fit une courte pause pour mieux poser ses mots.

— *Tu ne peux pas imaginer comme j'en suis désolé...*

Mais Victor ne comprenait pas les propos de cet homme. Et par-dessus tout, il n'aimait pas son regard compatissant. Il ne voulait pas que ce médecin lui parle gentiment. Il ne voulait pas de son humanité. Non, Victor voulait qu'il le traite mal comme il l'avait toujours fait. Il voulait voir son vrai visage maintenant qu'il n'y avait plus de témoin. Mais l'homme continua sur le même ton.

— *Si tu savais comme je m'en veux, Victor. Je pensais sincèrement te sauver la vie en te retirant des griffes de ta mère. J'aurais dû la dénoncer, j'en ai conscience, mais que veux-tu que je te dise ? Je l'aimais tellement ! Oui, malgré sa folie, je l'aimais. Je ne pouvais cependant pas la laisser te maltraiter comme elle le faisait. Je suis médecin, bordel ! J'ai prêté serment.*

Victor tourna la tête pour ne plus voir cet homme qui s'obstinait à lui parler tendrement. La nausée lui retournait l'estomac. Cette confrontation ne devait pas se passer comme cela. Le médecin était censé lui retirer son bâillon et Victor aurait enfin réussi à expulser des mots. Il lui aurait craché sa haine à la figure avant de réunir ses dernières forces pour se ruer sur lui. Il aurait emporté la chaise avec lui et se serait laissé tomber de tout son poids sur son corps. L'affrontement n'aurait peut-être pas été fatal mais il aurait fait des dégâts.

— Je désirais plus que tout vivre avec ta mère, continua le médecin, loin des pensées qui traversaient l'esprit de Victor. Mais je ne pouvais pas vivre sous votre toit en sachant ce qu'elle te faisait subir. Ça faisait de moi son complice, tu comprends ? J'ai vraiment cru que tu t'en sortirais mieux en la quittant. Je me doutais bien que ces mille euros ne te permettraient pas de vivre bien longtemps, mais j'étais persuadé que tu viendrais en demander davantage. Ça m'aurait permis de voir de quelle façon tu t'en sortais. C'était un moyen comme un autre de te suivre, de ne pas te perdre totalement de vue. J'avais promis à ta mère que tu reviendrais. Mais tu ne l'as pas fait. Pas jusqu'au drame, en tout cas.

Le médecin se passa une main sur le visage comme s'il voulait effacer un souvenir de sa mémoire.

— J'aurais dû être là, ce soir-là, tu sais ? Mais j'ai été appelé pour une urgence. Une urgence qui n'en était pas une, d'ailleurs. Ironique quand on y pense, non ? J'aurais pu sauver la femme de ma vie, mais je me suis plutôt rué au chevet d'un enfant feignant un mal de ventre pour échapper à son contrôle de maths du lendemain. Je me souviens encore m'en être amusé. C'est la dernière fois que j'ai éprouvé *une telle légèreté. Quand je suis rentré à la maison, la police était déjà là. J'ai tout de suite su. Avant même de passer la porte, je savais que tu étais revenu. Peut-être parce que je suis médecin, la police m'a laissé passer. J'aurais préféré qu'elle n'en fasse rien. Jamais je n'ai ressenti une telle haine que ce jour-là. Tu lui as arraché la jugulaire, Victor ! Avec tes dents, nom de Dieu ! Et puis tu t'es assis sur le canapé et tu as regardé ta mère se vider de son sang. Je n'arrive pas à croire que tu aies pu oublier ça ! Je sais ce que les psychiatres ont dit mais je ne pouvais pas y croire. Je ne voulais pas y croire ! Il fallait un responsable ! Si je ne t'avais pas fait partir de cette maison, rien de tout ça ne serait arrivé. Je l'avais fait pour ton bien, Victor, tu dois me croire !*

Les yeux de Victor se révulsaient depuis de longues secondes. Il ne voulait plus entendre un seul mot de la bouche de cet homme. Il voulait qu'il s'en aille, qu'il le laisse seul. Il voulait refouler les images qui l'assaillaient depuis que ce diable s'était mis à parler. Ce qu'il voyait ne pouvait pas être des souvenirs. Ce n'était pas possible. Cet homme avait dû lui mettre ces idées dans la tête, lui faire un lavage de cerveau. Victor ne pouvait pas avoir fait cela.

Sa mère, ses baisers tendres puis son geste de recul quand Victor était devenu trop pressant. Il avait voulu l'attirer à lui mais elle l'avait repoussé. Elle avait tout à coup tenu des propos qui n'avaient aucun sens. Comme quoi une mère et un fils ne pouvaient pas s'aimer comme ils l'avaient toujours fait. Qu'elle avait compris son erreur et qu'il devait lui aussi l'accepter. Plus elle parlait, plus le champ de vision de Victor se rétrécissait. Il n'avait eu d'autre choix que de se focaliser sur un point pour ne pas défaillir. Victor avait alors scruté une veine du cou de sa mère et compté en silence les pulsations qui la faisaient vibrer.

Victor ferma subitement les yeux et hurla de toutes ses forces, mais seul un râle traversa le bâillon. Victor avait envie de vomir. Il devait absolument expulser tout le fiel qu'il avait en lui.

— J'ai compris ce matin que les psychiatres ne s'étaient pas trompés, reprit le médecin d'une voix lasse en sortant une seringue de la poche intérieure de sa veste. Quand tu m'as reconnu, j'ai enfin accepté l'idée que tu avais toujours dit la vérité. Je pensais que tu faisais semblant de ne pas me reconnaître, que c'était ta façon à toi de te venger. J'ai eu tort. J'en ai conscience à présent, mais il est trop tard. J'ai fait appel à l'Ordalie et je ne peux plus faire machine arrière. La juge ne le permettra pas. Je suis tellement désolé, Victor. Tellement désolé.

51

Noël Rémy avait assez de métier pour se volatiliser dans la nature. Sa voiture avait été retrouvée sur le parking de la gare TGV de Massy, mais les caméras de vidéosurveillance n'avaient rien révélé. Que ce soit à l'extérieur ou à l'intérieur de la station, rien ni personne ne pouvait affirmer que l'ancien gendarme était réellement passé par cet endroit. Sa carte de crédit n'avait pas été utilisée depuis plus de vingt-quatre heures, et sans un téléphone portable à borner, le lieutenant Nguyen, malgré tous ses logiciels, n'avait aucun moyen de le géolocaliser.

Brémont avait réussi à faire exhumer des archives le dossier d'instruction de l'affaire Lorette Angeli. Il l'avait fait déposer au café de Ludo, où Max et lui s'étaient installés. Ils compulsaient depuis presque une heure chaque pièce qui constituait ce dossier. Le nom de la meilleure amie d'Émilie, qui avait dû fuir la folie de Lorette Angeli, revenait régulièrement. Elle s'appelait Justine Rocancourt.

Comme le leur avait indiqué la veuve du juge Réquier, le témoignage de Justine n'avait pas été instruit au dossier. Deux rapports de psychiatres, qui s'étaient entretenus avec l'enfant plusieurs semaines après sa sortie de l'hôpital, avaient en revanche été enregistrés. Max avait pris sur elle pour ne pas s'énerver à la lecture des comptes rendus. Les deux médecins avaient tenu à souligner l'importance du rôle de Justine dans cette histoire. La gamine n'était bien évidemment pas tenue pour responsable du drame mais sa relation exclusive avec Émilie expliquait, selon eux, la crise psychotique de Lorette.

— J'espère sincèrement que ces rapports n'ont été lus que par le juge d'instruction ! finit-elle par dire, passablement agacée. Parce que faut quand même avoir le cœur bien accroché pour l'entendre, celle-là ! Justine a vu sa meilleure amie se faire lapider sous ses yeux et, à en croire ces deux psys, on pourrait presque en conclure que c'est sa faute !

— Ce n'est absolument pas ce qui est écrit, lui opposa Brémont d'une voix grave.

— Peut-être, mais c'est ce qui se comprend !

— Une enquête était menée pour décider du sort de Lorette, Max. Pas de celui de Justine.

— Je sais. Je dis juste que si Justine avait eu vent de ces conclusions, elle n'aurait jamais pu s'en remettre.

— Et c'est malheureusement ce qui est arrivé…

Brémont n'avait pas pris la peine de développer. Il tenait son téléphone d'une main tout en faisant défiler de l'autre le mail qu'il venait de recevoir. Les sourcils froncés et les mâchoires serrées, le capitaine du DSC était si absorbé par sa lecture qu'il semblait avoir oublié la présence de Max.

— Vous m'expliquez ou je spécule toute seule ? le relança-t-elle.

Brémont prit le temps d'aller jusqu'au bout du message avant de s'expliquer.

— Nguyen a retrouvé la trace de Justine Rocancourt.

— Et ?

— Justine est greffière depuis une quinzaine d'années. Je devrais dire était. Elle a quitté ses fonctions il y a environ quatre ans. Nguyen nous a devancés en rappelant les archives. Justine a eu accès à ce dossier au milieu de sa carrière.

Max n'avait pas besoin que Brémont lui fasse un dessin pour comprendre ce que cette révélation impliquait. Justine avait pu constater que son témoignage n'avait pas été retenu, que ses propos avaient au contraire servi la cause de Lorette Angeli. Personne n'avait cru à sa version quand elle affirmait que Lorette savait ce qu'elle faisait au moment des faits. La meurtrière de son amie Émilie n'avait pas été punie par sa faute. C'est en tout cas la conclusion qu'elle avait dû en tirer.

— Justine était en poste à Paris quand vous avez remué ciel et terre pour faire accuser Voldoire, continua Brémont.

— Vous voulez dire que c'est elle qui a donné mon nom au messager ? Enfin, je veux dire à Noël Rémy ? Ça n'a pas de sens. Pourquoi aurait-elle voulu me mettre sur sa propre piste ?

— Je n'ai pas fini. Justine a épousé Noël Rémy alors qu'elle n'avait que dix-huit ans.

— Il avait quel âge à l'époque ?

— Je dirais dans les trente-cinq ans.

Max souffla ostensiblement. Ce n'était pas la différence d'âge qui la gênait mais plutôt la relation qu'elle entrevoyait. Noël Rémy avait connu Justine

314

alors qu'elle n'était qu'une enfant. Il avait dû être un des premiers à partir à sa recherche, peut-être même était-ce lui qui l'avait trouvée. Rémy était la figure du sauveur. Quant à Justine, contrairement à ce que les psychiatres avaient présagé, elle n'avait aucunement évacué son traumatisme. Bien au contraire. Elle l'avait cultivé, s'était certainement fait la promesse de ne jamais oublier. Épouser le gendarme qui avait découvert la scène de crime était un moyen comme un autre de faire perdurer cette histoire.

— Elle a parlé de moi à son mari, réfléchit Max à voix haute. Elle a dû lui dire que si j'avais été sur cette enquête, trente ans plus tôt, Lorette Angeli n'aurait jamais été libérée.

— C'est ce que je pense, en effet.

— Donc, quand Noël Rémy a senti qu'il devait mettre fin à cette histoire d'ordalie, il a pensé que je serais la seule personne capable de faire entendre raison à sa femme.

— Il se devait d'essayer, en tout cas.

— Alors il n'y a plus aucun doute ? Justine est l'instigatrice de toute cette affaire ?

— Nguyen a retracé son parcours. Après Paris, elle a demandé à être mutée à Avignon.

— Pour se rapprocher de Lorette Angeli…

— Justine devait être obsédée par son besoin de justice depuis de nombreuses années. Peut-être même depuis l'enfance. J'imagine que greffière n'était pas son ambition première. Elle devait viser la magistrature et ainsi obtenir le pouvoir de faire une différence. Pourquoi n'est-elle pas devenue juge ? Je n'en sais rien ; toujours est-il qu'elle s'est rabattue sur le métier qui lui permettait d'être au plus proche des magistrats.

Mais en tant que greffière, son pouvoir était limité et son influence, négligeable. En lisant les conclusions du juge Réquier sur l'affaire Angeli, la culpabilité a dû s'ajouter à sa frustration et à son traumatisme. Un cocktail détonant pour une âme fragile.

— Sauf que Rémy l'a suivie dans son délire.

— Il l'aimait et avait pu voir les dégâts qu'avait faits cette histoire. Il devait estimer lui aussi que le verdict de l'époque était inadmissible. N'oublions pas que c'est lui qui a trouvé le corps de la petite Émilie. Ensuite, j'imagine qu'il voulait que sa femme trouve un semblant d'équilibre, quelle que soit la méthode employée.

— Très bien, j'entends tout ce que vous me dites, et je suis même prête à comprendre l'acharnement de Justine envers Lorette Angeli. Mais les autres ?

— Justine devait croire qu'en jugeant Lorette sa vie pourrait enfin commencer. Mais c'était trop tard. Le mal était fait. En goûtant à sa version de la justice, elle mettait le doigt dans un engrenage. Elle devait réparer toutes les erreurs de jugement pour avoir une chance de se pardonner.

— Réparer les erreurs de jugement et offrir réparation aux victimes, ajouta Max.

— Vous pensez à votre paroissienne ?

— Valentine ? Non. Si Valentine avait obtenu justice grâce à l'ordalie, je pense qu'elle en aurait été avertie, or je reste persuadée qu'elle ne savait pas que Reinhardt, son violeur, venait de mourir. Non, je pense plutôt à la première victime de cet homme.

— Christina Almard ?

Max confirma d'un hochement de tête.

— Nguyen lui a parlé brièvement au téléphone quand nous étions à Massy. La conversation ne s'est pas vraiment bien déroulée. Christina Almard en veut toujours à la justice d'avoir laissé ressortir son violeur et on ne peut pas vraiment lui en vouloir. Elle l'a donc gentiment rembarré en lui faisant comprendre que, sans une convocation officielle de notre part, il pouvait se brosser.

— Vous citez Nguyen, j'imagine ?

— On ne peut rien vous cacher !

Max grimaça pour exprimer sa frustration. Ils avaient des noms, un mobile, et ils étaient malgré cela à l'arrêt.

— Il faut qu'on aille voir cette Christina ! dit-elle tout de go. Valentine ne savait rien, je ne peux pas me tromper. Qui plus est, c'est l'anagramme de Christina Almard qui était inscrite sur ce cercueil à Grenoble. Ça veut forcément dire quelque chose. Et puis, de toute façon, je suppose que nous n'avons aucune piste pour mettre la main sur Justine, sinon vous me l'auriez déjà dit, je me trompe ?

Brémont se tut pour lui donner raison.

— Alors il faut y aller, Antoine ! C'est notre meilleure piste.

— Elle habite à deux heures de Paris.

— Et donc ? Vous aviez mieux à faire de votre soirée ?

52

Christina Almard s'était installée depuis une dizaine d'années à Villerbon, un village du Loir-et-Cher. Nguyen avait trouvé cette information ainsi que beaucoup d'autres dans le dossier de jugement de son affaire. Max avait pu y lire que Christina Almard vivait à Paris, avant de se faire violer par Reinhardt, et qu'elle était alors attachée de presse pour une prestigieuse maison de couture. Christina avait dû croire un temps qu'elle pourrait reprendre sa vie d'avant, pensa Max un pincement au cœur, mais cet éloignement tendait à démontrer qu'elle n'y était pas parvenue.

La maison de Christina se trouvait à l'extérieur du village. Pour parfaire son image de recluse, elle avait accroché plusieurs pancartes à son portail ajouré. Chacune d'elles portait un message qui ne laissait aucun doute quant à la qualité de l'accueil que recevrait un quelconque démarcheur.

Brémont secoua une cloche énergiquement avant que Max ne remarque un interphone dernier cri, doté d'une caméra, dissimulé sous le lierre.

N'ayant plus de carte de police à présenter, Max laissa Brémont entamer les négociations avec la voix sèche émise par le haut-parleur. Cinq longues minutes plus tard, ils s'installaient dans un jardin depuis long-temps livré à lui-même, autour d'une table au métal rouillé et sur des chaises à la peinture écaillée.

La luminosité de cette fin de journée de juin était encore assez forte pour que Max puisse étudier atten-tivement le visage de la femme assise face à eux. Le regard éteint et les traits avachis, Christina Almard était le reflet de son environnement et n'avait plus grand-chose en commun avec la femme active au port altier de la photo jointe au dossier.

Max et Brémont n'étaient pas les bienvenus, sur ce point Christina s'était montrée très claire, mais Max n'arrivait pas à cerner la raison de cette animo-sité. Bien sûr, entendre le nom de son violeur après toutes ces années ne devait pas la mettre dans les meilleures dispositions, mais Max était persuadée que cet accueil était surtout dû à leur métier et à ce que Brémont et elle représentaient. Max se racla la gorge pour faire comprendre à Brémont qu'elle débuterait la discussion.

— Nous sommes désolés de vous déranger à cette heure tardive, attaqua-t-elle, affable.

— Vous seriez venus ce matin que ça n'aurait rien changé, rétorqua Christina. J'ai déjà dit à votre col-lègue au téléphone que je ne voulais plus parler de Reinhardt.

— Je me doute que ce souvenir doit être doulou-reux…

— Vous ne savez rien du tout ! la coupa brutale-ment Christina.

Brémont se redressa sur sa chaise et posa une main bien à plat sur la table avant de s'exprimer.

— Si c'est une convocation que vous souhaitez, madame Almard, dites-vous que je peux l'obtenir dans l'heure. C'est à vous de voir. Soit vous acceptez de répondre à nos questions, soit je demande à mes collègues de la gendarmerie locale de venir vous chercher. Dites-nous ce que vous préférez.

Christina Almard plissa les yeux et ses pensées étaient assez criantes pour qu'elle n'ait pas à les exprimer.

— Ce n'est pas tant de Reinhardt que nous sommes venus vous parler, reprit Max d'une voix posée. Nous aimerions savoir si vous connaissez une certaine Justine Rocancourt.

Christina se tourna vers Max, interloquée.

— Rocancourt, vous dites ? Non, ça ne me dit rien.

— Elle se fait également appeler Justine Rémy.

— Jamais entendu parler. Il semblerait que vous vous soyez déplacés pour rien !

Max crut déceler une lueur de victoire dans les yeux de son interlocutrice. Cela ne pouvait signifier qu'une chose. Cette femme avait quelque chose à cacher et Max venait de passer à côté. Elle repassa mentalement en revue toutes les raisons qui l'avaient incitée à venir ici et changea radicalement de position.

— Savez-vous où se trouve Reinhardt, actuellement ?

— Comment le saurais-je ? se braqua la femme. Vous avez été incapables de mettre la main dessus ! Et je croyais que vous n'étiez pas venus pour me parler de lui, de toute façon.

— Disons que nous ne sommes pas là pour évoquer votre affaire.

— Mon viol, vous voulez dire ? C'est fou comme les gens ont du mal avec ce mot !

— Je n'ai aucun souci avec ce mot, madame Almard, répondit Max, compréhensive, ce que j'essaie de vous dire, c'est que votre viol n'est pas l'objet de notre enquête.

— Ça ne servirait à rien, de toute façon ! Cette histoire a été jugée, au cas où vous ne le sauriez pas. Quand bien même cet homme violerait une vingtaine d'autres femmes, mon dossier ne serait pas rouvert.

Christina Almard crachait ses mots plus qu'elle ne les prononçait.

— Connaissez-vous Valentine Audinet ? continua Max, indifférente aux attaques.

— Pas que je sache, non. Vous avez encore beaucoup de noms à me sortir comme ça ?

Cette fois, Max ne chercha pas à masquer son agacement.

— Concentrez-vous, madame Almard. Êtes-vous sûre de ne pas connaître Valentine Audinet ? Je vous conseille de bien réfléchir avant de répondre.

— Je vous ai dit que je ne la connaissais pas !

— Pourtant vous devriez. Valentine Audinet a elle aussi été agressée par Reinhardt. Nous savons que la police vous a entendue à l'époque pour les besoins de l'enquête.

Christina remua sur sa chaise et dévia son regard un instant avant de fixer de nouveau Max avec morgue.

— Maintenant que vous m'en parlez, ça me revient. J'avoue que j'avais oublié son nom. Mais je ne l'ai jamais rencontrée.

— Vraiment ?

321

— Vraiment ! s'emporta-t-elle. Qu'est-ce que vous imaginez ? Qu'on se retrouvait tous les mercredis autour d'une tasse de thé pour parler de notre violeur ? Très peu pour moi, désolée !

Cette agression en règle masquait autre chose, Max en était persuadée.

— Il nous suffit d'appeler Valentine Audinet pour vérifier vos propos…

— Eh bien, faites-le ! Je vous dis que je n'ai rien à voir avec cette femme. Je ne suis pas du genre à copiner avec la première personne qui a pu vivre la même chose que moi.

— Vous n'avez pas l'air du genre à copiner tout court ! ne put s'empêcher de rétorquer Max.

— Très drôle ! Je ne suis pas sociable, et alors ? Ce n'est pas interdit par la loi que je sache. Au moins ici je suis tranquille.

— C'est pour fuir la société que vous êtes venue là ?

— J'en avais marre de Paris, c'est tout.

Max hocha lentement la tête de bas en haut, mais ses yeux durent trahir sa pensée.

— Quoi ? Vous croyez que je me raconte des histoires, c'est ça ? Que je suis venue ici pour échapper à Reinhardt ? Vous pensez que je suis dans le déni, comme tous ces abrutis de psys ? Vous vous trompez !

Christina était maintenant animée par la rage.

— Je ne suis pas une victime, moi ! Je ne pleure pas toutes les nuits dans mon lit en craignant de voir débarquer ce salaud. Je ne tremble pas à la moindre sonnerie !

— Qui vous a dit que Valentine pleurait toutes les nuits ? la coupa Max.

Christina la regarda comme si sa question n'avait aucun sens.

— Je vous ai demandé comment vous saviez que Valentine pleurait toutes les nuits ! répéta Max plus durement.

— Je n'en sais rien, bafouilla Christina. J'ai dit ça comme ça. J'imagine que c'est ce qu'elle fait, c'est tout.

— Vous venez de répéter mot pour mot ce qu'elle m'a avoué vivre depuis son viol. Non seulement elle ne dort pas la nuit mais elle n'ose même plus ouvrir sa porte.

— Et alors ?! Ce comportement est fréquent chez les victimes de viol. J'ai dû entendre ces mots dans la bouche des enquêteurs. Je n'en sais rien. Je vous l'ai dit, je n'ai jamais parlé à cette femme, et vous venez de me confirmer que nous n'avons rien en commun. Je n'ai pas peur de Reinhardt, moi !

— En plus du visiophone, intervint Brémont avec un calme olympien, j'ai remarqué la caméra située sous votre gouttière ainsi que les trois verrous qui ferment votre porte. Et, arrêtez-moi si je me trompe, mais je suis prêt à parier que ces trois spots répartis à chaque angle du jardin se déclenchent grâce à un détecteur de mouvement. Vous vivez dans un village où le taux de criminalité doit être proche de zéro, or cette installation a dû vous coûter une petite fortune. Nous faire croire que vous n'aviez pas peur de voir débarquer Reinhardt en vous installant ici pourrait me faire rire en d'autres circonstances. Mais vous m'excuserez si je n'ai pas l'esprit à ça. À l'heure où nous parlons, un homme est en train de se faire torturer et nos chances de le retrouver en vie s'amenuisent à chaque instant. Alors je vous conseille d'arrêter votre numéro et de jouer franc-jeu avec nous ! Que s'est-il passé pour que vous n'ayez plus peur de lui aujourd'hui ?

53

Les bras croisés sur la poitrine, Christina Almard narguait maintenant Max et Brémont du regard, un sourire sardonique en coin. Elle ne cherchait plus à feindre quoi que ce soit. Il n'était plus question d'incompréhension ou de l'agacement d'avoir vu débarquer deux agents des forces de l'ordre dans son jardin. Cette visite, elle s'y attendait manifestement et semblait même s'en amuser.

— Une fois de plus, madame Almard, ce ne sera pas bien compliqué d'obtenir...

— Gardez votre salive, capitaine, le coupa Christina. Vos menaces ne m'intimident pas. La justice, on la craint tant qu'on la respecte !

— Et ce n'est plus votre cas ? intervint Max pour désamorcer la situation.

— Cette blague ! Pendant des années, j'ai rêvé que des gens comme vous viennent me parler de Reinhardt. Me dire que la justice s'était trompée et que mon dossier allait être réétudié. Je n'attendais pas d'excuses ni aucune compensation financière. Je voulais seulement qu'on me dise que celui qui avait ruiné ma vie allait finir la sienne en prison. Ça ne me paraissait pas si énorme comme demande. Mais non ! Personne n'est venu. Enfin si, mais je me demande si ce n'était pas pire. La seule fois où on m'a reparlé de ce salaud, c'était pour me dire qu'il avait recommencé et que mon témoignage pourrait aider à ficeler le dossier de sa nouvelle victime. J'ai joué le jeu et j'ai déballé une fois de plus mon traumatisme sur la place publique. Je l'ai fait parce que j'espérais pouvoir obtenir réparation, même par procuration. Mais vous n'avez même pas été capables de mettre la main dessus. Vous l'avez laissé s'évaporer dans la nature et vous m'avez une fois de plus laissée sur le carreau.

Max et Brémont n'avaient rien à dire pour leur défense, même si cette attaque ne s'adressait pas directement à eux. La colère de Christina Almard était légitime et personne n'aurait eu l'audace de lui dire le contraire.

— C'est là que Justine Rocancourt vous a contactée ? avança Max.

— Je vous ai déjà dit que je ne connaissais personne de ce nom.

— Mais vous nous avez aussi dit que vous ne saviez pas où se trouvait Reinhardt et quelque chose me dit que ce n'est pas la vérité.

— Ce n'est pas faux pour autant, s'amusa Christina. Je ne sais pas où il se trouve exactement. Je veux dire, physiquement. Je sais simplement que je n'ai plus à craindre de le voir débarquer.

— Vous savez donc qu'il est mort.

— Je l'ai appris récemment, oui.

— Qui vous l'a dit ?

— Une personne bien intentionnée.

— Son nom, madame Almard, s'impatienta Brémont.

— Pourquoi je vous le dirais ? Cette personne m'a rendu service.

— C'est vous qui avez commandité ce crime ?

Christina le regarda, interloquée.

— Regardez-moi ! Regardez où je vis. Je ne vois plus personne depuis des années, je ne réponds même plus au téléphone. Je vis cloîtrée dans un patelin que personne ne connaît. Vous croyez vraiment que j'ai le numéro d'un tueur à gages dans mon répertoire ? Qu'il me suffit de claquer des doigts pour mettre la main sur un homme que vos services n'ont jamais réussi à retrouver ? Ne dites pas n'importe quoi, capitaine !

— Alors je vous le redemande, qui vous a dit que Reinhardt était mort ?

Christina Almard gigota sur sa chaise, mal à l'aise. Ses yeux virevoltaient de droite à gauche de peur d'accrocher ceux de ses interlocuteurs.

— Christina, tenta Max d'une voix douce, si vous n'avez pas commandité le meurtre de Reinhardt, vous n'avez rien à craindre.

Brémont lui jeta un regard noir car Max ne pouvait pas avancer une telle affirmation et elle le savait pertinemment. En fonction de son degré de connaissance et d'implication, Christina Almard pouvait être accusée de complicité.

— Ce que dit ma collègue n'est pas tout à fait exact...

— Je sais très bien ce que je risque, intervint Christina, coupant court à toute discussion, et je m'en fous éperdument. Mais au risque de vous décevoir, je ne sais pas qui l'a tué, ni même comment c'est arrivé. Je n'aurais pas pu empêcher ce meurtre quand bien même je l'aurais souhaité. J'ai reçu l'appel d'une femme, il y a environ trois semaines. Comme je vous l'ai dit, je ne réponds plus au téléphone mais elle a laissé un message sur mon répondeur. Elle me disait que si j'avais des questions à poser à Reinhardt, il suffisait que je la rappelle. Je n'avais qu'à lui transmettre ma liste et elle les poserait pour moi. J'ai d'abord cru à un mauvais canular mais le ton employé était trop grave pour que je ne prenne pas cet appel au sérieux. Alors j'ai rappelé.

— Comment s'appelait cette femme ?

Christina n'était pas encore décidée à parler et Max y alla à l'instinct.

— Si vous ne le faites pas pour nous, faites-le pour Valentine Audinet. Cette jeune femme vit barricadée chez elle, encore aujourd'hui. Elle mérite elle aussi d'être délivrée, sauf que jamais nous ne pourrons lui dire que son violeur est mort si nous ne pouvons pas le prouver.

— Je suis sûre qu'elle le sait déjà, répondit Christina d'un haussement d'épaules.

— Croyez-moi, je lui ai parlé hier et elle ne se doute de rien.

— Ça n'a pas de sens. Elle doit forcément être au courant.

Cette phrase avait dû lui échapper car Christina se redressa, le regard paniqué.

— Ce que je voulais dire, c'est que si je le sais, elle doit le savoir, elle aussi. Ça paraît logique, non ?

— Non, ce n'est pas ce que vous vouliez dire ! intervint Brémont, qui avait remarqué le changement d'attitude. Pourquoi Valentine doit-elle forcément être au courant ?

328

Christina Almard avait totalement perdu de son assurance. Elle semblait tiraillée entre deux sentiments. Brémont profita de cette faiblesse pour hausser le ton.

— Vous vouliez réparation, dit-il en abaissant violemment une main sur la table, vous l'avez eue ! Il s'agit de savoir ce que vous allez faire maintenant ! Un homme est entre la vie et la mort, à l'heure où nous parlons, mais nous avons peut-être encore une chance de le sauver. Vous dites que vous n'étiez pas en mesure d'empêcher le meurtre de Reinhardt et je suis prêt à vous croire, mais vous pouvez éviter celui-ci. C'est à vous de décider. En vous taisant, vous devenez la complice d'un meurtre. Le meurtre d'une personne que vous ne connaissez sûrement pas et qui ne vous a absolument rien fait !

Christina donna tout à coup l'impression de prendre pleinement conscience de la situation. Elle se tourna vers Max dans l'espoir d'un soutien mais elle comprit qu'elle était acculée.

— C'est la sœur de Valentine qui m'a contactée.

— La sœur de Valentine ? répéta Max.

— Elle m'a dit que Valentine n'était plus que l'ombre d'elle-même depuis qu'elle avait été violée et qu'elle devait faire quelque chose pour la sauver.

Max se souvint alors des paroles de Valentine. Sa sœur l'aidait au quotidien à garder un semblant de vie. Valentine était par exemple incapable d'ouvrir sa porte à un inconnu et elle faisait appel à sa sœur dès qu'elle attendait une livraison ou un réparateur.

— Ça n'a effectivement pas de sens, continua Max. Pourquoi la sœur de Valentine s'est-elle adressée à vous en premier ?

— Alexandra, c'est son nom, ne supportait plus de voir Valentine dans cet état. Elle voulait que sa petite sœur reprenne une vie normale. Elle a bien tenté de lui parler mais Valentine perd tous ses moyens dès qu'elle entend le nom de Reinhardt. Alors Alexandra m'a appelée et elle m'a demandé ce que je pensais de sa solution.

— Quelle était cette solution exactement ? voulut savoir Brémont.

— Alexandra m'a dit qu'elle était en contact avec une sorte d'organisation qui se chargeait de retrouver les criminels en fuite et surtout de les rejuger si le procès avait été bâclé. C'était tout ce que je voulais !

— Et cette organisation, elle vous a dit son nom ?

— Non, et je n'ai pas demandé. Elle m'a expliqué qu'ils étaient plusieurs, répartis dans toute la France, et qu'ils œuvraient dans l'ombre depuis quelques années. Tout ce qu'elle me proposait, c'était de faire une liste de questions qui seraient posées à Reinhardt une fois qu'il serait à la barre.

— À la barre ? s'étrangla Brémont. Vous voulez dire pendant qu'il serait torturé !

Christina le regarda sans réagir.

— Vous vous doutiez bien que Reinhardt n'allait pas être jugé comme dans un tribunal ! insista Brémont.

— Disons plutôt que je l'espérais.

54

Max et Brémont avaient quitté Christina Almard vers vingt et une heures sans l'appréhender. Brémont transmettrait ses conclusions au juge d'instruction et il reviendrait à l'homme de loi de décider de la procédure à suivre.

Deux heures plus tard, Brémont déposait Max en bas de chez elle, l'esprit accaparé.

— J'ai tenté de joindre Nguyen sur la route, dit-il, mais je suis tombé sur sa messagerie.

— Et ça vous inquiète ?

— Du tout, mais j'aurais voulu qu'il me lance quelques recherches dès ce soir. Le temps ne joue pas en notre faveur.

— Vous ne pouvez pas vous en occuper vous-même ? s'étonna Max.

— Je me repose sur lui ou sur Rocca depuis tellement longtemps que je ne connais même plus mes codes d'accès aux serveurs.

Max le regarda sans rien dire.

— Allez-y, moquez-vous !

— Je ne me moque pas !

— Il suffit de regarder votre tête !

Max ne chercha même pas à réprimer son rire.

— Le capitaine Antoine Brémont pris en défaut…
Et comme par hasard, aucun témoin !

— En attendant, répondit-il, stoïque, je suis coincé
jusqu'à demain et je n'aime pas ça !

— On peut déjà déblayer un peu le terrain ensemble,
si vous voulez. D'ailleurs, je ne vous cacherai pas
qu'un petit point sur la situation ne me ferait pas
de mal.

Brémont devait attendre cette proposition car Max
n'avait pas fini sa phrase qu'il sortit sa chaîne antivol
de son top case.

Max ouvrit la porte de son appartement sans plus
craindre le regard de Brémont. Elle lui proposa directement un verre de cognac alors qu'elle jetait son sac
sur le comptoir de la cuisine.

— Je pensais que vous auriez fini la bouteille sans
moi, s'amusa Brémont.

— Je vous l'ai dit, c'est votre boisson de prédilection, pas la mienne.

Elle sortit du réfrigérateur une bouteille de vin blanc
entamée la veille, tout en retirant sa veste, et moins de
trente secondes plus tard ils s'installaient face à face
dans le salon.

Brémont fut le premier à sortir ses notes.

— On commence par quoi ? demanda-t-il sans
même la regarder.

— Si on se penchait sur cette histoire d'organisation dont nous a parlé Christina ?

— Ce n'est pas vraiment une bonne nouvelle, je
vous l'accorde.

— Pas une bonne nouvelle ? réagit Max. Vous avez le sens de l'euphémisme ! Je croyais jusqu'ici qu'on était à la recherche d'une femme que nous venions tout juste d'identifier et voilà qu'on se retrouve avec toute une ribambelle de pseudo-justiciers.

— Toute une ribambelle, j'espère que c'est exagéré. Pour le reste, on pouvait s'y attendre.

— Comment ça, on pouvait s'y attendre ? Ne me dites pas que vous aviez déjà ça en tête et que vous avez préféré le garder pour vous !

— Vous n'êtes pas juste, Max. Je vous ai dit que « la folie à deux » pouvait également se décliner en « folie à plusieurs ».

— Mais vous ne m'avez pas dit que nous étions face à ce cas de figure !

— J'ai dit que c'était une possibilité.

Max avala son verre de vin d'une traite et se resservit aussi sec.

— Si je résume la situation, dit-elle d'une voix qu'elle espérait posée, Justine est loin d'être la seule à jouer les juges et les bourreaux, et si ça se trouve, ce n'est même pas elle qui détient la dernière victime que le messager nous demande de sauver.

— Sur ce point, j'aurais tendance à être plus optimiste que vous, l'arrêta Brémont. Nous ne devons pas perdre de vue que le messager est justement le mari de Justine. Je ne pense pas qu'il se soit amusé à suivre à la trace tous les justiciers de cette organisation. Seul le destin de sa femme le préoccupe.

— Son ex-femme, je vous le rappelle. Justine l'a quitté.

— Ça ne veut pas dire qu'il ne l'aime plus ou qu'il ne se fait plus du souci pour elle. Je pense que

333

Noël Rémy a pris conscience de la situation et qu'il a surtout compris que toute cette histoire ne pouvait qu'empirer. Il veut qu'on sorte Justine de cet engrenage avant qu'il ne soit trop tard.

— Trop tard ? Si on se fie au carnet de Rémy, ils ont déjà fait entre huit et douze victimes rien qu'à eux deux. Je ne vois pas vraiment comment la situation pourrait s'aggraver.

— Rémy n'est plus aux côtés de sa femme pour la protéger. Je pense que c'est ce qu'il croyait faire depuis le début de cette croisade. Maintenant qu'elle l'a quitté, Justine se retrouve livrée à elle-même. Pire, elle doit être entourée d'individus encore plus déséquilibrés qu'elle.

Max ouvrit son carnet à la dernière page et relut les notes qu'elle avait prises depuis vingt-quatre heures.

— Donc, si je récapitule, attaqua-t-elle, Justine a entamé cette croisade, pour reprendre vos mots, après avoir eu accès au dossier de Lorette Angeli. Son traumatisme d'enfant est remonté à la surface. Sa culpabilité. Tout s'est alors mélangé. En lisant le dossier, Justine a considéré que Lorette avait été libérée par sa faute. Son témoignage à l'époque n'était pas assez solide pour être retenu. À partir de ce moment-là, Lorette est devenue une obsession. Justine a même demandé à être mutée au parquet d'Avignon pour s'en rapprocher, et c'est là qu'elle a commencé à échafauder son plan ou plutôt sa parodie de justice.

— Jusque-là, je vous suis.

— Noël Rémy, son mari et protecteur, la suit dans son délire. Il accepte de kidnapper, de séquestrer et de torturer Lorette Angeli pour satisfaire le besoin de vengeance de Justine.

— Il ne devait pas être loin de penser que la cause était juste, compléta Brémont. Noël Rémy a découvert le corps de la petite Émilie sur cette plage, et ce n'est pas le genre d'image qu'on oublie facilement, surtout que Rémy en était au début de sa carrière.

— Donc il aide Justine à tuer Lorette Angeli…

— Attention, Max, la coupa-t-il. Ces justiciers ne pensent pas tuer qui que ce soit.

— Pardon ?

— Ils ne font que rendre un verdict. Et dans leur esprit, la conséquence de ce verdict n'est pas de leur ressort. Un peu comme un juge qui prononcerait une sentence de peine de mort ou un bourreau qui déclencherait l'injection létale.

— Pas à moi, Antoine !

— C'est pourtant comme ça qu'ils perçoivent les choses. Ils s'en remettent au destin. À une sorte de justice divine.

— Alors quoi ? On parle de cathos intégristes ?

— Du tout. Le prêtre de Grenoble vous l'a dit. L'ordalie a été bannie par l'Église. Je pense qu'on peut oublier toute notion de religion. On se rapprocherait plutôt d'une forme de déisme. Mais oublions tout ça pour l'instant. Rien ne nous dit que les autres membres de cette organisation agissent dans le même état d'esprit. On risquerait de se perdre à vouloir creuser cette piste.

Max se renfrogna. Elle aurait aimé avoir des éléments plus concrets auxquels se raccrocher pour avancer ses théories.

— Très bien, continua-t-elle néanmoins, Noël Rémy et Justine jugent Lorette Angeli coupable. Mais Justine est incapable de s'arrêter là. Elle ressent un besoin impérieux de poursuivre sa quête de justice, et plus seulement pour elle. Ça devient petit à petit sa raison de vivre, ou en tout cas ça la maintient en équilibre.

— C'est d'ailleurs pour ça qu'elle quitte ses fonctions. Elle se dévoue désormais entièrement à sa cause.

— Noël Rémy continue à la suivre jusqu'au cas Péroski. Là, il est en désaccord avec le verdict rendu par l'ordalie. Les antécédents médicaux de Péroski indiquent qu'il avait déjà eu des troubles psychotiques. Il était donc tout à fait possible que cet homme ait tué sa belle-fille dans un accès de démence. Péroski était un beau-père exemplaire jusqu'au drame et il devait être le premier horrifié par ce qu'il avait fait. Noël Rémy a dû vouloir faire machine arrière mais Justine n'a rien voulu entendre. L'ordalie avait parlé, Péroski devait mourir.

— Je vois que vous prenez le pli, l'interrompit Brémont une lueur de fierté dans les yeux. Je pourrais presque être impressionné.

— N'en faites pas trop non plus ! répondit Max tout en se maudissant de rougir. Où en étais-je ? Ah oui, Péroski ! C'est le point de bascule pour Rémy. Il prend tout à coup conscience de ce qu'est réellement cette croisade. L'idée d'arrêter commence à germer dans son esprit et il tente de convaincre Justine de faire de même. Mais il est trop tard. Justine est persuadée du bien-fondé de son entreprise. S'arrêter là remettrait en question tout ce qui a déjà été fait. Donc, au lieu de suivre son mari, elle le quitte. C'est là que Rémy cherche à tout prix un moyen pour l'extraire de cette spirale infernale.

— Il sait que sa femme ne l'écoutera pas, continua Brémont, puisqu'il a déjà essayé. Alors il se tourne vers vous. Il vous donne toutes les informations en sa possession pour que vous l'arrêtiez.

— Comment a-t-il su que Justine détenait une nouvelle victime ? Si on se fie aux dates de son carnet, cela fait plus de six mois qu'il a quitté l'Ordalie.

— Il a dû mener son enquête. Peut-être qu'il n'a jamais perdu Justine de vue. C'est un gendarme, après tout. Il a dû garder des contacts. Filer sa femme n'a pas dû être bien compliqué.

— Sauf que, maintenant, Rémy a disparu de la circulation et Justine est introuvable.

— Il nous reste la sœur de Valentine, tempéra Brémont. Alexandra Audinet.

— Rien ne nous dit que c'est avec Justine qu'elle était en contact. Alexandra a très bien pu s'adresser à d'autres justiciers pour retrouver Reinhardt et venger sa sœur.

— Primo, si cette Alexandra nous donne le nom d'autres justiciers, je suis preneur ; deuxio, c'est à Grenoble que vous a fait partir Noël Rémy. Il voulait que vous assistiez à l'enterrement de ce pseudo-Christian Mallard et, surtout, il voulait que vous croisiez Valentine dans cette église.

— Vous avez raison. Il ne m'aurait pas mise sur cette piste si c'était pour me faire perdre du temps. Il m'a suffisamment fait comprendre que nous n'en avions pas, justement. Alors on fait quoi ? On envoie une équipe arrêter la sœur de Valentine ?

— Toujours aussi nuancée dans vos approches, à ce que je vois, sourit Brémont. Il est presque minuit, autant dire que nous ne pourrons rien faire pour l'instant. Mais on peut être chez cette Alexandra avant dix heures, demain matin. Je viens de vérifier. Il y a un train qui part à cinq heures cinquante pour Grenoble.

— Cinq heures cinquante ? s'étrangla Max. Mais vous ne dormez jamais ou quoi ?

55

Douze heures plus tôt…

La juge n'avait pas menti. Non seulement Victor ne ressentait plus aucune douleur mais il aurait même pu dire qu'il était heureux à cet instant précis. Cet état d'esprit n'était cependant pas constant. Il lui arrivait d'avoir des accès de colère, parfois de tristesse. Les moments d'euphorie étaient, à bien y regarder, de courte durée.

Si le médecin prenait régulièrement de ses nouvelles, Victor mettait toujours un temps avant de le restituer. La haine qu'il ressentait alors à l'encontre de cet homme était si vivace qu'elle annihilait les effets bénéfiques de la drogue. Pourtant, le médecin continuait à lui rendre visite et lui demandait inlassablement de lui pardonner. Victor attendait toujours qu'il ressorte de la pièce pour se laisser aller à pleurer.

Cet homme le ramenait irrémédiablement à la réalité. Victor avait tué sa mère. La seule personne qui avait jamais compté. Il avait juste voulu la faire taire mais son corps avait pris le dessus sans qu'il puisse le maîtriser. Victor aurait préféré mourir plutôt que de se souvenir. Mais la juge lui avait expliqué que cette attitude était celle des lâches. Qu'il était temps pour lui d'assumer ses actes et qu'ainsi il trouverait la paix. Elle lui promettait la liberté. La liberté de son âme, tenait-elle toujours à préciser. Elle appelait cette étape « le grand final ». Tout ce qu'il avait à faire pour toucher du doigt cette sérénité était d'avouer.

Victor était si fatigué qu'il aurait donné n'importe quoi pour y arriver, mais son esprit refusait d'abattre ce dernier rempart. Il avait tué sa mère, il en avait maintenant conscience, mais il ne réussissait pas à le formuler. Ce n'était pas son mutisme sélectif qui l'en empêchait. Il s'agissait d'autre chose, un phénomène qu'il ne parvenait pas à identifier. Son corps faisait barrage, l'empêchait d'avouer l'abjecte vérité. Le médecin semblait se rendre compte de cette dualité et tentait de l'aider comme il le pouvait. Il lui conseillait de respirer lentement, de se concentrer et de faire le vide autour de lui. Mais le soutien de cet homme était la dernière chose que Victor souhaitait. Il voulait avouer, il était prêt, mais il voulait le faire sans l'aide de personne, encore moins celle de cet homme, le dernier à avoir embrassé sa mère.

« J'ai tué ma maman. »

À plusieurs reprises, Victor avait tenté de formuler ces simples mots. Même seul, il n'y était pas arrivé. La nausée l'avait à chaque fois gagné, ses voies respiratoires s'étaient obstruées ou sa vision s'était tout à coup troublée. C'était de rage que Victor pleurait. Il voulait en finir. Être libre, cette notion lui plaisait. Il n'avait qu'à prononcer ces cinq malheureux petits mots pour y parvenir. Pourquoi son corps tenait-il tant à lui refuser cette libération ?

La dernière fois que la juge était venue le voir, il avait bien vu qu'elle s'impatientait. Son ton était moins tendre, sa gestuelle plus saccadée. Il connaissait ces signes. Il avait appris à les reconnaître et même à les appréhender. Victor ne voulait pas décevoir cette femme. Il craignait qu'elle ne s'énerve, qu'elle ne l'abandonne, elle aussi. Il était si près du but. Il allait y arriver.

La juge avait ordonné au médecin de faire une autre piqûre à Victor. Elle avait dit que cela l'aiderait à parler et aussi que cela leur ferait gagner du temps. Mais le médecin s'y était farouchement opposé. Il avait prétexté qu'une dose de plus pouvait s'avérer mortelle. Victor avait gigoté de toutes ses forces sur sa chaise. De quel droit cet imposteur pouvait-il décider de ce qui était bon ou mauvais pour lui ! Ce n'était pas à lui de faire ce choix. Victor avait été soulagé de voir la juge s'emporter, elle aussi. Ils devaient lever le camp, avait-elle dit. Rester ici plus longtemps les mettait tous en danger. Le médecin n'avait rien voulu entendre. Il avait élevé le ton, presque crié qu'il n'était pas un assassin ! La juge s'était alors mise à rire et Victor avait un instant cru que la crise était passée.

Ce qui avait suivi restait assez confus dans son esprit. La juge avait tapé contre un mur du plat de la main et deux hommes – à moins qu'il ne se fût agi de deux femmes à la carrure remarquable – avaient fait leur apparition dans la chambre. Ils s'étaient rués sur le médecin et l'avaient fait sortir sans le ménager.

La juge avait parcouru la pièce de long en large, les mains sur les hanches, avant de s'asseoir face à Victor. Elle avait fermé les yeux, pris une grande *inspiration, avant de laisser échapper tout l'air contenu dans ses poumons de manière régulière. Elle s'était ensuite adressée à Victor avec une tendresse qu'il ne lui connaissait pas encore.*

— Tu as compris que tout cela est pour ton bien, Victor, n'est-ce pas ?

Victor avait hoché la tête, soulagé qu'elle s'adresse à lui aussi gentiment.

— Je n'éprouve aucun plaisir à te faire souffrir, j'espère que tu en as conscience.

Encore une fois Victor avait approuvé. Bien sûr qu'il le savait. Il l'avait toujours su. Cette femme ressemblait bien trop à sa mère pour lui vouloir du mal.

— Mais tu admettras que tu ne me facilites pas la tâche, Victor. Je ne peux pas passer tout mon temps à tes côtés. J'ai d'autres jugements en cours. Ce ne serait pas juste de les prolonger. Tu as pu voir que la période durant laquelle se déroule l'inquisitoire n'est pas des plus agréables pour les prévenus. C'est un passage obligé, mais ce serait méchant que de le faire durer plus que de raison. Je suis sûre que tu comprends.

Victor ne comprenait pas, non ! Il était même plutôt agacé de découvrir que cette femme se préoccupait d'autres que lui. Il afficha tout de même une mine contrite pour ne pas la contrarier.

— Deux solutions s'offrent à nous, Victor, avait continué la juge avec bienveillance. Soit tu avoues ton crime et je t'offre la possibilité de devenir libre, soit je prononce la sentence, et dans ce cas je ne pourrai plus rien pour toi. Il sera trop tard pour racheter ta faute. Tu ne pourras plus te cacher derrière des faux-semblants. Tu mourras en lâche, Victor, ce

qui reviendra à tuer ta mère une seconde fois, tu en conviendras. Parce que ce n'est pas en lâche que ta maman t'a élevé, n'est-ce pas ?

Victor avait baissé les yeux, trop honteux pour la regarder.

— Je sais que tu n'es pas fier de toi, avait-elle repris en posant délicatement une main sur son genou droit. Mais tu peux te rattraper, Victor ! Tu peux encore faire honneur à ta mère. Fais en sorte qu'elle puisse être fière de toi, où qu'elle soit. Et montre-moi que j'ai eu raison de croire en toi.

Tout en achevant son discours, la juge avait sorti une seringue de sa poche. S'il n'avait pas été entravé, Victor l'aurait embrassée pour la remercier. À partir de maintenant, il savait qu'il ne serait plus jamais malheureux. Finies les crises d'angoisse ou de colère. Cette femme allait lui offrir son dernier shoot de bonheur et, surtout, elle venait de lui prouver qu'il ne s'était pas trompé. Elle l'aimait et elle allait tout faire pour le protéger. Ne lui restait plus qu'à lui faire savoir que ce sentiment était partagé.

Il n'avait qu'une seule chose à faire pour cela.

56

Max et Brémont avaient trouvé porte close en arrivant chez Alexandra Audinet, à Grenoble. Malgré les presque quatre heures de trajet qu'elle avait passées à dormir, Max bâillait encore en inspectant les boîtes aux lettres dans le hall de l'immeuble. Celle d'Alexandra Audinet débordait. Cela faisait plusieurs jours qu'elle n'était pas venue relever son courrier.

Faute de pouvoir l'interroger, ils s'étaient rendus chez sa sœur Valentine. La jeune femme leur avait ouvert la porte sans même demander à voir leur carte au travers du judas.

Valentine s'était excusée d'être transpirante et vêtue d'un jogging, elle revenait de la salle de sport.

— Je suis contente de voir que vous ne restez plus cloîtrée chez vous, attaqua Max en pénétrant dans le salon.

— Mon psy m'a conseillé l'exercice physique et j'avoue que ça fait du bien.

Max lui sourit et attrapa la tasse de café que Valentine lui tendait.

— Votre message m'a surprise, dit la jeune femme en leur proposant de s'asseoir. Je pensais vous avoir tout dit l'autre jour au téléphone.

Max sourit poliment avant de pincer les lèvres. Son regard se fit froid, tout comme sa voix.

— Vous savez, n'est-ce pas ?

Brémont parut tout aussi surpris que Valentine par cet enchaînement.

— Pardon ?

— J'ai assuré à mon collègue, ici présent, que vous n'étiez au courant de rien. J'aurais pu le parier tellement j'en étais persuadée, mais j'avais tort. En réalité vous saviez.

— Mais de quoi parlez-vous ? se défendit Valentine, mal à l'aise.

— De la mort de Reinhardt.

Valentine porta une main à la bouche pour feindre la surprise, mais la jeune femme n'était pas assez bonne comédienne.

— Ne vous fatiguez pas ! continua Max sèchement. Vous n'avez même pas cherché à savoir qui se trouvait derrière votre porte.

— Vous disiez dans votre message que vous seriez là avant onze heures. Ça ne pouvait être que vous. Et puis…

— Depuis quand ? la coupa Max.

Valentine se tut et but une gorgée de café pour se donner une contenance.

— Avant-hier, quand nous nous sommes parlé, vous saviez ?

La jeune femme s'entêtait à garder le silence mais Max n'était pas d'humeur.

— Vous saviez ? répéta-t-elle en haussant la voix.

— Non, je ne savais pas. Vous devez me croire.

Max la scruta longuement sans réussir à déceler le vrai du faux. Brémont profita de cette pause pour reprendre l'entretien à son compte.

— Nous devons absolument parler à votre sœur, madame Audinet. Elle n'est pas chez elle et son téléphone est sur messagerie. Où peut-on la trouver ?

— Je n'en ai aucune idée, répondit Valentine, un peu trop empressée.

— Ce ne serait pas une bonne idée de nous mentir, madame Audinet.

— Mais je ne vous mens pas ! Je ne sais absolument pas où se trouve ma sœur en ce moment.

Brémont la fixa durement sans rien ajouter.

— Elle m'a dit qu'elle devait s'absenter quelques jours, compléta Valentine nerveusement.

— Elle vous a dit ça quand ?

— Ça doit faire environ trois semaines, je pense.

— Mais vous lui avez parlé depuis.

Brémont n'en était plus à poser des questions et son ton n'encourageait pas les tergiversations.

— Une fois, avoua péniblement la jeune femme. Je ne lui ai parlé qu'une seule fois.

— C'était quand ?

Valentine se servit un verre d'eau d'une main tremblante et s'apprêtait à le porter à ses lèvres quand Brémont la bouscula.

— La vie d'un homme est en jeu, madame Audinet, alors je vous prierai de ne pas nous faire perdre plus de temps. Quand avez-vous parlé à votre sœur ?

— Comment ça, la vie d'un homme est en danger ? De quoi parlez-vous ? Alexandra m'a dit que Reinhardt était mort !

Valentine se tourna alors vers Max, en panique.

— Elle m'a appelée avant-hier. Quelques heures après vous. J'ai hésité à vous rappeler mais j'étais complètement chamboulée. Et puis ma sœur m'a fait promettre de garder le secret. Elle disait que personne ne saurait jamais que ce salaud était mort. Mais elle a parlé de lui au passé. Comme si c'était déjà fait. Elle m'a menti ? Il n'est pas mort ?

— Qu'est-ce qu'elle vous a dit d'autre ? insista Brémont sans ménagement.

— Non ! se rebella la jeune femme pour la première fois. Dites-moi d'abord si Reinhardt est mort. J'ai le droit de savoir !

— Tout porte à croire que Reinhardt est mort il y a deux semaines environ, dit-il pour la calmer. Nous ne pouvons pas encore le prouver, mais votre sœur a contacté Christina Almard pour lui dire la même chose qu'à vous et certains éléments laissent à penser que c'est la vérité.

— Quels éléments ?

— Nous pensons que vous avez assisté à son enterrement, intervint Max d'une voix plus posée.

— Qu'est-ce que vous racontez !

— L'enterrement de Christian Mallard, dont nous avons parlé la dernière fois. Nous pensons que c'était en réalité Reinhardt dans le cercueil.

Valentine mit plusieurs secondes à digérer cette information. Brémont attendit que son visage retrouve un peu de couleurs pour poursuivre l'entretien.

— Madame Audinet, qu'est-ce que votre sœur vous a dit d'autre au téléphone ?

— Rien, bredouilla-t-elle. Enfin, je veux dire, rien d'important. Elle m'a dit qu'il était temps que

je reprenne une vie normale et qu'à partir de maintenant je pouvais respirer, que tout irait bien. Elle m'a
dit aussi qu'elle avait quelque chose à finir et qu'elle
m'expliquerait tout dès qu'elle serait rentrée.

— C'était quoi, cette chose à finir ?

— Je n'en ai aucune idée. Elle m'a juste dit que
c'était son tour de rendre service. Je n'ai pas compris ce que ça signifiait mais je n'ai pas insisté. J'étais
encore sous le choc, vous comprenez ?

Brémont n'insista pas mais Max, pour sa part, n'en
avait pas fini.

— Vous ne lui avez même pas demandé comment
elle avait retrouvé Reinhardt ? Ou même comment il
était mort ?

— Bien sûr que si, mais elle m'a dit qu'elle n'avait
pas le temps de m'expliquer. Je crois qu'elle n'était
pas seule.

— Vous avez entendu des voix autour d'elle ?
réagit Brémont. C'était celle d'un homme, d'une
femme ?

— Non, je n'ai rien entendu. Ce n'était qu'une
impression. Je ne la sentais pas libre de parler, c'est
tout. Et elle était un peu plus distante que d'habitude.
Elle m'a appelée par mon prénom, ce qu'elle ne fait
jamais.

— Je vois. Et elle ne vous a laissé aucun moyen
pour la joindre ?

— Non.

Brémont afficha une mine contrariée, mais Max
avait encore une question.

— Elle vous a appelée de son portable ?

Valentine haussa les épaules comme si cela allait de
soi avant de se ressaisir.

— Non, vous avez raison, j'avais complètement oublié ! Elle a appelé d'un numéro que je ne connaissais pas. J'ai même hésité à décrocher, et puis je me suis dit que c'était peut-être vous ou un de vos collègues qui me rappeliez.

— Vous pouvez retrouver ce numéro dans votre historique ?

Valentine saisit son téléphone tout en demandant d'une voix tremblante :

— Qu'est-ce qui va arriver à ma sœur ?

— Tout dépend de son degré d'implication, répondit Brémont d'un ton neutre.

— Ce n'est pas elle qui a tué Reinhardt ! assura-t-elle vivement.

— Vous disiez vous-même que vous ne saviez pas comment c'était arrivé.

— C'est vrai, mais Alexandra n'a pas pu faire une chose pareille ! C'est tout bonnement impossible. Alexandra est ma grande sœur et elle s'est toujours sentie responsable de moi, mais elle ne ferait jamais de mal à personne. Elle en est incapable.

— En attendant, Reinhardt est mort.

— Je ne sais pas quoi vous dire si ce n'est que ma sœur n'est pas une criminelle ! Elle n'a jamais commis le moindre délit. C'est même tout le contraire. Une fois, elle s'est rendu compte que je venais de voler un mascara dans une grande surface. Je devais avoir quinze ans. Elle m'a prise par le bras et on est retournées toutes les deux dans le magasin. Elle m'a obligée à me dénoncer. Jamais je n'ai eu aussi honte de toute ma vie. Vous comprenez ? Alexandra ne ferait jamais rien qui puisse aller à l'encontre de la loi.

— Je ne demande qu'à vous croire, répondit Brémont, mais je préférerais qu'elle nous le dise elle-même.

Valentine tenait fermement son téléphone alors que ses yeux s'embuaient.

— Vous ne pouvez pas m'obliger à vous donner ce numéro.

— Vous savez bien que si, répondit Brémont calmement.

— Je ne peux pas lui faire ça. Pas après tout ce qu'elle a fait pour moi.

— Si vous tenez à elle, intervint Max, vous devez nous donner ce numéro. Plus vite nous lui parlerons, mieux ce sera. Faites-nous confiance. Il n'est peut-être pas encore trop tard.

— Trop tard ? répéta Valentine. Trop tard pour quoi ?

57

Nguyen n'avait eu aucun mal à localiser le numéro de téléphone que Brémont lui avait communiqué. L'appareil qu'avait utilisé Alexandra Audinet pour joindre sa sœur bornait à Marseille, dans les hauteurs de Montredon. Quatre heures après avoir quitté Valentine Audinet, Max et Brémont n'étaient plus qu'à une dizaine de kilomètres en voiture.

Max avait pris le volant, ce qui avait permis à Brémont de s'organiser. Il avait eu l'aval du parquet pour que ce soit la gendarmerie locale qui l'assiste dans la suite des opérations. La section de recherches de Marseille les attendait sur place. La maison dans laquelle se trouvait peut-être Alexandra Audinet avait été identifiée. Elle était inoccupée depuis plusieurs mois, mais l'agence immobilière qui était en charge de sa vente avait admis avoir laissé un jeu de clés à un médecin généraliste de la région pour qu'il puisse se faire une opinion sans pression.

Le capitaine qui avait la responsabilité des opérations leur avait communiqué en temps réel l'évolution de la situation.

La bâtisse se trouvait au bout d'une impasse, relativement isolée. Les gendarmes avaient tout de même établi un périmètre de sécurité assez large, impliquant l'évacuation de trois maisons, ce qui n'avait pas empêché les habitants du quartier de s'amasser derrière la rubalise pour être au plus proche de l'action.

Un drone muni d'une caméra infrarouge avait effectué un premier repérage. Trois silhouettes, réparties sur les deux étages, avaient été détectées. Elles paraissaient agitées.

— Ça veut dire quoi « agitées » ? avait demandé Max en élevant la voix dans l'habitacle pour se faire entendre.

— Difficile à dire, madame, avait répondu le capitaine de la section de recherches.

— Et vous dites que toutes les silhouettes sont en mouvement ? avait insisté Brémont, plus préoccupé par cette information.

Il y avait peu de chances pour que la victime fasse les cent pas dans la maison. Il ne leur restait plus qu'à espérer que la caméra n'ait pas repéré toutes les personnes présentes dans la maison. Certains matériaux constituaient un obstacle infranchissable aux infrarouges.

— Ils le retiennent peut-être dans la cave, avait suggéré Max en négociant le dernier virage.

— Ou alors, notre victime est morte depuis trop longtemps pour que son corps dégage encore de la chaleur, avait rétorqué Brémont.

Max se gara à l'extérieur du périmètre de sécurité. Brémont et elle remontèrent la côte à pied, sous un soleil de plomb. Arrivés à destination, une maison aux murs ocre et aux persiennes lavande, ils furent accueillis par le chef de section. En nage, mais surtout essoufflée, Max n'écoutait que d'une oreille les dernières mises à jour. Elle tentait de maîtriser sa respiration de peur que quelqu'un puisse douter de ses aptitudes avant l'assaut.

— Vous ne venez pas, Max, la refroidit Brémont d'une phrase, semblant une fois de plus lire dans ses pensées.

— Vous plaisantez, j'espère !

— Vous savez aussi bien que moi que je ne peux pas vous laisser entrer tant que la situation ne sera pas sous contrôle. Capitaine, dit-il en se tournant vers le responsable des opérations, trouvez-lui un talkie.

Max était prête à entamer une négociation mais le regard que Brémont lui lança l'en dissuada. Les gendarmes s'apprêtaient à pénétrer en territoire ennemi, sans aucune information sur la dangerosité des criminels à appréhender. Ce n'était ni le lieu et surtout ni l'heure de remettre en question l'autorité de Brémont.

Elle récupéra la radio de transmission sans dire un mot, le visage fermé.

— Je compte sur vous, Max. Vous écoutez, c'est tout.

Max hocha brièvement la tête pour acquiescer et ravala de justesse son orgueil pour lui souhaiter bonne chance au moment où il s'éloignait.

Max était adossée à un des fourgons de la gendarmerie, le talkie vissé à l'oreille. Aux premiers mots audibles, elle se mit à faire les cent pas, les yeux rivés à la maison.

« Entrée, R.A.S. »

« Cuisine, R.A.S. »

Max avait la sensation de suivre en audio une visite guidée.

« Séjour, un suspect maîtrisé. »

Les choses se précisaient.

« Escalier, R.A.S. »

« Chambre nord, R.A.S. »

Max faisait un effort surhumain pour rester à distance.

Les secondes s'éternisaient. Le capitaine de la Section de recherches avait parlé de trois silhouettes.

« Chambre sud, un suspect maîtrisé. »

Allez, plus qu'un !

« Salle de bains, R.A.S. »

« Bureau, R.A.S. »

Mais elle a combien de pièces, cette baraque, putain ?

« Équipe 2, on descend au sous-sol. »

La troisième silhouette n'était pas au sous-sol quand le drone avait survolé la maison. Si elle y était descendue depuis, c'est que la victime devait s'y trouver.

« … Ga… RA… Deux autres… »

« Équipe 2, répétez. »

« Deux… »

Deux quoi ? Vas-y, répète, deux quoi ?

« On arrive, équipe 2. »

Max était au supplice. Tout comme l'infrarouge, les ondes HF n'étaient pas assez puissantes pour traverser les murs en béton.

Elle enclencha le micro de son talkie d'une pression du doigt avant de se raviser. Elle se devait de respecter

354

son engagement vis-à-vis de Brémont. Sous aucun prétexte elle ne devait intervenir.

Elle tenta de s'approcher d'une fenêtre. Un gendarme lui bloqua poliment mais fermement l'accès. Max se hissa sur la pointe des pieds pour regarder par-dessus son épaule ce qui n'eut pour seule conséquence que de faire sourire le planton. Elle l'interrogea du regard. D'un simple sourire contrit, il lui fit comprendre qu'il n'en savait pas plus qu'elle. Max souffla ostensiblement pour la forme avant de reprendre le compte de ses cent pas.

Le suspense prit fin cinq longues minutes plus tard. Brémont fut le premier à sortir de la bâtisse. Il resta devant la porte et incita Max à le rejoindre d'un geste de la main.

Max entra dans le séjour, la respiration bloquée. Brémont n'avait pas prononcé un mot et elle l'avait suivi sans savoir ce qu'elle allait trouver.

Trois suspects étaient assis, chacun sur une chaise, le dos au mur, la tête bien droite et les poignets entravés.

Des balais, des chiffons et des produits nettoyants étaient répartis un peu partout sur le sol. De quoi effacer toute trace de leur passage.

Max n'eut aucun mal à identifier Alexandra Audinet grâce à la photo que sa sœur avait accepté de leur laisser. La jeune femme reniflait de temps à autre, mais ses larmes avaient déjà séché. À sa droite se trouvait une femme nettement plus âgée, au regard glacé. Si Alexandra Audinet avait été choquée par ce débarquement en force, ce n'était clairement pas le cas de cette inconnue. La situation semblait même l'amuser.

À ses côtés se tenait un homme qui était manifestement le seul à craindre ce qui pouvait lui arriver. Ses lèvres et son double menton tremblaient. Il était déjà sur le point de craquer.

Brémont se plaça devant Max, dos aux suspects.

— J'ai entendu vos équipes parler de deux suspects au sous-sol, l'attaqua Max. Ça fait donc quatre au total, je n'en vois que trois.

— Ils n'ont jamais parlé de deux suspects. Ils ont indiqué qu'il y avait deux pièces de plus à inspecter.

Max ne chercha pas à cacher sa déception.

— On n'a donc pas de victime, réfléchit-elle à voix haute.

— Elle n'est plus ici, en tout cas.

— En réalité, rien ne nous dit qu'elle a jamais été là, continua-t-elle sur sa lancée. Et si Noël Rémy nous avait menés en bateau ? S'il n'y avait jamais eu de victime ? S'il avait fait planer cette menace uniquement pour qu'on mette plus rapidement la main sur son ex-femme ?

Brémont sourit tristement.

— J'aimerais vous suivre sur cette piste, mais on a trouvé des pansements usagés dans la poubelle de la salle de bains. Des seringues aussi. La victime était détenue dans une des chambres à l'étage.

Max dodelina de la tête lentement.

— Et la femme de Rémy ?

— Aucune trace d'elle non plus. Nous ne savons même pas si Justine Rocancourt est bien passée par ici.

— Ils disent quoi, eux ? s'enquit Max en désignant les trois individus du menton.

— Rien pour l'instant.

356

— Je serais vous, je commencerais par celui-là ! dit-elle alors, en pointant volontairement du doigt le seul homme interpellé et qui – elle l'apprendrait plus tard – était le médecin à qui l'agence immobilière avait confié les clés.

Max aurait donné cher pour interroger Alexandra ou l'un des prévenus, mais elle n'y était pas autorisée, tout au moins pas tant qu'ils n'auraient pas été entendus par un agent assermenté. Brémont lui faisait déjà une faveur en la laissant évoluer dans toutes les pièces sans surveillance.

Elle se rendit à l'étage, curieuse de découvrir le lieu où leur victime avait été séquestrée. Elle s'arrêta sur le seuil et observa les équipes de la Scientifique qui commençaient à peine leur travail et qui en auraient à coup sûr pour toute la nuit.

Une odeur âcre de transpiration et de plomb se dégageait de l'espace et Max s'aperçut très vite qu'elle ne respirait plus que par la bouche. Cette odeur, elle la connaissait par cœur. C'était celle du sang et de la peur.

La chambre était vide, à l'exception d'une chaise placée en plein milieu. Des restes d'adhésifs traînaient au sol, à chaque pied. La victime devait avoir eu les chevilles et les poignets liés.

La chaise était orientée vers un mur sur lequel une grande feuille blanche avait été punaisée. Max ajusta sa vue et réussit à déchiffrer les lettres inscrites en capitales : « Justice extrême est extrême injustice ».

Elle imagina non sans mal que les bourreaux avaient fait de cette citation leur devise. Après une rapide recherche sur son téléphone, elle découvrit que ces mots appartenaient au poète Térence, mort bien avant Jésus-Christ. Il n'avait certainement pas imaginé que sa pensée traverserait les siècles pour servir d'alibi à des meurtriers.

N'ayant plus rien à faire à l'étage, elle rejoignit Brémont au rez-de-chaussée. Dès qu'il l'aperçut, il s'approcha, les mâchoires serrées.

— Alors ? s'enquit-elle d'une voix pressante.

— Justine était bien ici. Elle est partie il y a quatre ou cinq heures.

— Et la victime ?

— La victime s'appelle Victor Melki. Justine est partie avec lui.

58

Quatre heures plus tôt...

Victor peinait à marcher. La juge le devançait de quelques pas et se retournait régulièrement pour s'assurer qu'il était toujours là.

Il n'avait plus peur, ce temps était loin derrière lui. Et il n'avait aucunement l'intention de se sauver. Pour quoi faire ? Où irait-il maintenant qu'il avait compris que plus personne ne l'attendait ? Cette femme était devenue son seul point d'ancrage, il était encore assez lucide pour intégrer ce fait.

Il observait cette femme qui lui tournait le dos en toute confiance. Elle avançait d'un pas assuré mais Victor pouvait voir ses épaules se voûter au fil de leur ascension. Peut-être qu'elle aussi était fatiguée, se dit-il. Peut-être que, comme lui, elle était perdue et ne savait plus où aller.

Victor posait un pied devant l'autre sans se soucier de sa destination, ni de la douleur qu'il aurait logiquement dû ressentir. Il suivait cette femme tout en cherchant à mettre un peu d'ordre dans ses souvenirs. Pas ceux qu'il avait partagés avec sa mère, il n'était *pas encore prêt à les affronter, mais ceux qu'il avait connus avec cette femme qui se trouvait à deux mètres de lui et qui venait de nouveau de le regarder.*

Lorsqu'il l'avait vue la toute première fois, dans ce bar, elle lui avait plu, terriblement, il ne pouvait pas le nier. Elle ressemblait tellement à sa mère. Il avait été surpris qu'elle vienne à sa rencontre et, encore plus, qu'elle lui parle avec autant de douceur. Elle lui avait souri avec tendresse toute la soirée sans jamais lui demander pourquoi il refusait de parler.

Plus tard, dans cette chambre d'hôtel, quand il avait commencé à se déshabiller, elle l'avait arrêté et lui avait dit que leur relation ne serait jamais de cette nature. Il n'avait pas bien compris ce qu'elle avait cherché à lui dire, mais il ne s'était pas senti pour autant rejeté. Elle avait peut-être besoin de mieux le connaître, avait-il pensé sans jamais l'exprimer.

C'est seulement en se réveillant dans cette cave, les pieds et les mains attachés, qu'il avait commencé à douter. Cette femme, qui avait été si douce le temps d'une soirée, lui avait demandé de l'appeler « madame la juge ». Son attitude était devenue plus détachée, ses mots plus durs et son discours totalement incohérent.

Elle s'était mise à lui parler de sa mère ; très vite, elle lui avait demander d'avouer. Avouer quoi ? À ce moment précis, il n'en avait aucune idée.

Étaient venues ensuite les épreuves de l'ordalie et leur lot de douleurs.

Victor s'était alors mis à la détester. Cette femme l'avait leurré et à ses yeux elle était devenue un monstre.

360

Mais elle s'était adoucie, au fil des jours, et l'avait même mieux traité. La chambre dans laquelle elle l'avait transféré était un signe de bonne volonté, il en était persuadé.

Les dernières vingt-quatre heures lui avaient prouvé qu'il ne s'était finalement pas trompé. Cette femme n'était pas le diable, c'était même tout le contraire.

Les mots qu'elle avait prononcés, les tortures qu'elle lui avait infligées, son enlèvement, sa séquestration, toute cette violence n'avait qu'un seul but, celui de l'aider.

Cette femme l'avait sauvé. Ce n'était pas le diable, non, c'était un ange. Son ange. Elle l'avait sorti de ses ténèbres, il savourait enfin la lumière.

Elle lui avait promis le grand final et il était prêt.

59

Deux semaines plus tard...

— Ils les ont retrouvés.

Max comprenait enfin la raison de cette invitation à dîner de la part de Brémont. Ils avaient peu échangé depuis deux semaines. Max aurait aimé suivre le déroulement de l'enquête, mais il était des étapes qui ne nécessitaient pas l'intervention d'un consultant.

L'unité du DSC avait travaillé d'arrache-pied pour démanteler l'organisation de l'Ordalie. Une opération d'envergure avait été menée sur tout le territoire, permettant une synchronisation des arrestations. Des pseudo-justiciers avaient été appréhendés un peu partout en France. Des hommes et des femmes de tout âge et de tout milieu social. Sur la vingtaine d'individus inter-pellés, huit avaient des liens plus ou moins étroits avec la police ou la justice. Tout comme Justine Rocancourt, ils avaient été déçus par les institutions qu'ils vou-laient servir et avaient préféré agir par eux-mêmes.

Le médecin marseillais avait été le premier à parler lors des interrogatoires. Il avait admis être responsable de l'enlèvement de Victor Melki. C'est lui qui avait contacté l'Ordalie pour obtenir justice. Le médecin n'avait pas supporté une sentence aussi légère pour l'assassin de sa compagne. Trois ans d'hôpital psychiatrique, c'était tout simplement inadmissible. Victor avait tué sa mère en lui arrachant la jugulaire avec les dents. Seul un animal pouvait faire cela ! Certes, Victor avait des circonstances atténuantes. Sa mère l'avait maltraité toute sa vie, mais le médecin, dévasté par la peine, s'était senti trahi par un système qu'il avait toujours respecté. Le jour du verdict, une femme l'avait approché à la sortie du tribunal. Elle lui avait glissé à l'oreille que s'il ne se faisait pas à l'idée de laisser un fou dangereux en liberté, des gens très sérieux pouvaient l'aider. Le médecin n'avait pas prêté attention à ces propos sur l'instant, mais ils s'étaient insinués en lui. Trois ans plus tard, alors que Victor avait été déclaré apte à réintégrer la société, avec comme seule condition le fait d'être suivi, la colère du médecin n'était pas retombée. Il avait ressorti la carte de visite qu'il avait précieusement gardée.

Le médecin généraliste avait mis plusieurs jours avant de comprendre son erreur. La mort de Florence Melki ne pourrait jamais être vengée, et la douleur qu'il ressentait ne serait certainement pas atténuée en s'en prenant à son fils.

Victor n'avait pas menti durant l'instruction. Il n'avait absolument pas conscience de ce qu'il avait fait. À bien y regarder, Victor était même la première victime de son crime.

Pris de remords, le médecin avait finalement tenté de convaincre Justine Rocancourt de relâcher Victor, mais le processus était lancé, seule l'Ordalie pouvait décider de son sort. Le médecin avait voulu partir à plusieurs reprises, mais les membres de l'association l'en avaient dissuadé. Ils avaient de quoi le faire chanter, de quoi prouver son implication dans l'enlèvement de Victor. Alors il s'était occupé de Victor comme il avait pu. Il avait ausculté ses plaies et argué qu'elles étaient en voie de guérison. Ce n'était qu'un leurre, évidemment, mais il n'avait rien trouvé de mieux pour gagner du temps. Si Victor passait les tests avec succès, Justine pourrait envisager de le libérer. Ce ne fut pas le cas et le jour du grand final arriva.

Ce « grand final » leur fut expliqué par la septuagénaire arrêtée avec le médecin et Alexandra Audinet, à Marseille. Elle avait mis plus de temps à parler mais, comme les autres, elle avait fini par se livrer. Cette femme s'appelait Gisèle Brecht et faisait partie des premiers membres de l'association. Comme beaucoup, elle avait été recrutée par Justine Rocancourt et son mari, Noël Rémy. Sa sœur jumelle avait été égorgée par un SDF alors qu'elle se baissait pour lui donner l'obole. Le sans-abri avait trente-cinq ans et souffrait d'un trouble du stress post-traumatique. Il aurait dû être sous médicaments et l'aurait certainement été s'il avait été suivi. Sous l'emprise de l'alcool, il avait cru que cette femme de soixante-huit ans cherchait à l'agresser pour lui voler les trois pièces qu'il avait amassées dans la journée. La faute à son téléphone, avait-il dit, penaud. Elle le tenait fermement dans sa main et le SDF s'était persuadé qu'elle pointait une arme sur lui. L'homme n'était resté que quatre ans interné dans un institut spécialisé.

La fiche de ce SDF ne se trouvait pas dans le carnet de Noël Rémy. L'affaire avait été traitée par d'autres juges que Justine et son mari avaient enrôlés. Gisèle Brecht avait alors expliqué aux enquêteurs le fonctionnement de l'organisation. Selon le type de prévenu et sa géolocalisation, l'inquisition était attribuée à telle ou telle unité de l'Ordalie. Ils désignaient l'un ou l'autre d'entre eux pour faire office de juge, en fonction du profil de l'accusé.

Quand Brémont avait demandé en quoi le profil des prévenus pouvait avoir une influence sur le déroulement de l'ordalie, il vit toute une mécanique se dessiner.

Gisèle Brecht était psychologue de métier. Elle s'était proposée pour étudier le profil de chaque accusé avant le début du procès. Elle était censée identifier les forces et les faiblesses de chacun, ses peines et surtout ses attentes. En fonction du profil qu'elle établissait, un juge était sélectionné. Homme ou femme, jeune ou vieux. Tout était étudié. La phase d'interrogatoire devait permettre un rapprochement entre ce juge et l'accusé. Gisèle suggérait les approches, les discours à tenir, les coups de bâton à distribuer ou les caresses à donner. Tout était fait pour que le prévenu développe rapidement un sentiment de dépendance et d'attachement pour son juge. Lorsque cette phase était atteinte, l'ordalie passait au grand final. Il suffisait de peu pour pousser quelqu'un au suicide. La douleur, le PCP, la culpabilité, ce cocktail détonant était généralement suffisant pour convaincre une âme fragile d'en finir. Les récalcitrants, comme Édouard Baptista, subissaient un traitement plus radical. Gisèle Brecht s'était refusée à parler de meurtre et avait préféré opter pour le terme de « suicide assisté ».

Le pyromane faisait en effet partie de cette catégorie. Il n'avait jamais été prêt à avouer son crime et encore moins à se suicider. Les juges l'y avaient donc aidé. Drogué au PCP, il n'avait pas réagi quand Justine Rocancourt l'avait aspergé d'essence. Il n'avait pas vu non plus Noël Rémy se rapprocher de lui dans ce parc pour enfants, pas plus qu'il n'avait senti le Zippo frôler sa cuisse. Quand il avait réalisé qu'il était en flammes, il était trop tard.

Reinhardt, lui, aurait certainement été aidé dans son suicide si le sort n'en avait décidé autrement. L'homme n'avait exprimé ni regrets ni remords quant aux viols qu'il avait commis. Alexandra Audinet, la sœur de Valentine, l'avait même entendu se moquer de ses victimes. Elle avait eu plusieurs fois envie de le tuer de ses propres mains, mais Justine Rocancourt l'avait convaincue de laisser parler l'ordalie. Toute une panoplie d'épreuves particulièrement rudes avait été décidée et Justine avait promis à Alexandra que Reinhardt souffrirait. Malheureusement, avait tenu à préciser Alexandra, Reinhardt était mort d'une crise cardiaque alors qu'il n'avait passé que deux heures dans un congélateur.

Cette jeune femme, qui avait respecté l'ordre et la justice toute sa vie, n'avait pas cherché à cacher sa déception de voir le violeur de Valentine mourir aussi facilement. Elle aurait aimé que l'ordalie le brise aussi sûrement qu'il avait brisé sa petite sœur.

À force de témoignages, Brémont avait dénombré un total de dix-huit victimes. Autant de verdicts d'irresponsabilité qui n'avaient pas été acceptés et qui avaient poussé des personnes, jusqu'ici honnêtes et respectueuses de la loi, à séquestrer et torturer des individus pour la plupart fragiles psychologiquement.

En dehors du médecin de Marseille, aucun des pseudo-justiciers n'avait montré le moindre regret. Ils estimaient tous être un mal nécessaire à la société. Les seuls à pouvoir apporter une réelle réparation aux victimes.

« Justice extrême est extrême injustice », avaient-ils tous déclaré à un moment ou à un autre de leur déposition. Plus qu'une devise, cette phrase était devenue leur doxa.

Les deux grands absents de ces deux semaines d'enquête étaient Justine Rocancourt et Noël Rémy. Brémont savait qu'il serait compliqué de mettre la main sur le gendarme retraité. L'homme connaissait toutes les techniques de recherche et saurait se faire oublier.

Concernant Justine Rocancourt, le capitaine du DSC ne savait en revanche pas quoi en penser. Personne n'avait revu l'ancienne greffière après son départ avec Victor. Elle avait dit vouloir être seule pour procéder au grand final, ce qui n'avait rien d'exceptionnel. Justine Rocancourt aimait superviser toutes les phases de l'ordalie. Elle n'avait accepté de céder une partie de son pouvoir que lorsque l'association avait pris de l'ampleur, et c'était toujours à regret qu'elle laissait d'autres justiciers appliquer les sanctions.

Gisèle Brecht avait précisé durant son interrogatoire que Justine n'était plus la même depuis qu'elle avait quitté Noël Rémy. Elle s'emportait plus facilement, changeait d'avis en cours de procès, tranchait aussi moins rapidement. Il arrivait que l'inquisition durât plus que de raison, frôlant parfois le sadisme.

De plus, toujours selon Gisèle, la personnalité de Victor avait indubitablement désorienté l'ancienne greffière. Le jeune homme avait su se montrer attachant, ce qui n'était jamais arrivé auparavant. Gisèle avait avoué s'être trompée en établissant le profil du jeune homme. Du fait que Victor n'avait jamais prononcé un mot, elle s'était basée sur son attitude et son langage corporel pour l'évaluer. Mais Victor était bien plus complexe qu'il n'y paraissait. Enfant maltraité, il avait appris à ruser pour se faire aimer. C'est en tout cas l'excuse que se donnait Gisèle Brecht pour l'avoir si mal diagnostiqué. Elle avait d'abord dépeint Victor comme un manipulateur d'une extrême intelligence qui avait attendu le moment parfait pour s'en prendre à sa mère. Il avait volontairement choisi un mode opératoire barbare pour l'assassiner afin de pouvoir plaider la folie plus tard. Gisèle s'était persuadée que Victor était un psychopathe en puissance qui attendait d'avoir les mains détachées pour s'en prendre au premier venu qui serait à sa portée.

Justine Rocancourt avait donc débuté l'inquisitoire avec la certitude qu'elle se trouvait face à un monstre calculateur. Les jours passant, son ton s'était adouci. Les dernières heures, Gisèle avait cru lire de la compassion dans les yeux de Justine.

Toujours est-il qu'elle n'était pas revenue après avoir quitté la maison avec Victor. Alexandra Audinet, Gisèle Brecht et le médecin étaient restés sur place pour faire disparaître les preuves incriminantes et ils commençaient à se poser des questions quand les gendarmes avaient débarqué.

Justine avait dit avant de partir qu'elle serait de retour à temps pour finir le grand ménage. Les enquêteurs en avaient conclu qu'elle n'avait pas dû s'éloigner trop loin de la résidence. Le périmètre des recherches restait cependant vaste. Des battues furent organisées autour de Montredon, le littoral fut dragué de la Pointe-Rouge à Saména, toutes les criques furent inspectées. Il fallut attendre quinze jours et un sportif en manque de sensations fortes pour avoir un début d'explication.

60

Ils les avaient donc retrouvés. Après deux semaines de battues, la section de recherches de Marseille pouvait enfin lever le pied. Les corps de Justine Rocancourt et de Victor Melki avaient été découverts par un joggeur adepte de parkour. Sans cette intervention, les deux cadavres auraient pu se décomposer encore de longues semaines tant le massif de Marseilleveyre offrait d'anfractuosités.

— On sait ce qui s'est passé ? demanda Max en ouvrant le menu qu'un serveur venait de déposer.

— Non, répondit Brémont sobrement. Et on ne le saura certainement jamais.

Max fronça les sourcils dans l'attente d'un complément d'information.

— Les autopsies ne nous ont rien appris de plus que ce qu'on savait déjà. Le légiste a pu déceler des traces de sévices sur Victor Melki malgré la putréfaction du corps, mais l'analyse toxicologique n'a rien donné. Deux semaines dans un ravin, on pouvait s'y attendre.

— Et Justine ?

— À part de multiples fractures causées par la chute, le médecin n'a rien constaté.

— Donc quoi ?

— Donc on ne pourra jamais que supputer.

— Et vous supputez quoi là, par exemple ?

— Nous savons que Victor Melki a quitté la maison alors qu'il venait de recevoir une forte dose de PCP. Justine avait décidé d'être celle qui lui ferait passer le grand final.

— Qui le tuerait, donc ! ne put s'empêcher de rectifier Max.

— Qui l'aiderait à se suicider, renchérit Brémont cyniquement. Elle l'a emmené en haut du col des Chèvres et l'a certainement incité à sauter.

— Jusqu'ici, je vous suis, mais elle n'était pas censée sauter avec lui !

— C'est là que nous ne pouvons qu'imaginer ce qui s'est passé. Selon Gisèle Brecht, la psy de l'organisation, Justine avait changé depuis qu'elle avait quitté son mari. Elle nous a dit aussi que Victor avait réussi à la déstabiliser. À partir de là, tout est possible.

— Quoi ? Vous pensez qu'elle a décidé de sauter elle aussi ?

— Pourquoi pas ! En quittant Rémy, Justine s'est mise en danger. Le gendarme la connaissait depuis qu'elle était enfant et devait certainement la canaliser. Livrée à elle-même, Justine s'est fragilisée. Son délire paranoïaque a dû prendre des proportions qu'elle n'était plus en mesure de maîtriser. Ou alors, Victor a peut-être déclenché chez elle une prise de conscience, comme Péroski avait été un révélateur pour Noël Rémy. Il se peut tout à fait qu'elle ait soudainement pris la mesure de son entreprise et qu'elle ait préféré en finir.

Max but une gorgée de vin d'un air boudeur.

— Ou alors, dit-elle en reposant son verre, Victor ne s'est pas laissé faire. Il l'a attrapée par le col juste avant de sauter.

— C'est l'autre éventualité.

— Et vous penchez pour laquelle ?

— Quelle importance ?

— Comment ça, quelle importance ?! Vous n'avez pas envie de savoir ?

— Mon envie n'y changera rien. En revanche, je sais que Justine Rocancourt est morte et que son association est démantelée. Ce n'est déjà pas si mal.

Max se renfrogna. Elle avait oublié ce sentiment de frustration que la fin d'une enquête pouvait entraîner. Les zones de flou qui persisteraient, les complices qui ne seraient jamais retrouvés…

— Et Noël Rémy ? demanda-t-elle à propos, connaissant d'avance la réponse.

— Il commettra sûrement une erreur… Un jour…

Brémont raccompagna Max jusqu'en bas de chez elle. Il faisait encore chaud malgré l'heure tardive, et Max aurait aimé déambuler dans les rues de Paris animées par les premiers jours de l'été. Brémont, pour sa part, était déjà prêt à repartir.

— Vous ne voulez pas monter boire un dernier verre ?

— Ce ne serait pas une bonne idée.

Max ne s'attendait pas à cette réponse. Elle aurait même pu se vexer si elle n'avait pas vu le sourire en coin de Brémont. Elle lui sourit en retour. Il avait raison.

Elle composa son code alors qu'il renfilait son casque de moto et se retourna une dernière fois.

— Vous pensez qu'on se tutoiera un jour ?

Brémont lui sourit, cette fois sans retenue, et enclencha son moteur. Elle crut voir ses lèvres bouger mais n'entendit pas sa réponse.

61

Deux semaines plus tôt...

Il y était. Enfin.

Victor respirait à l'air libre. Il s'enivrait des par-
fums de la Provence qu'il aspirait à grandes goulées.
Des larmes de joie coulaient sur ses joues sans qu'il
cherche à les retenir. Depuis quand n'avait-il pas
vu la mer ? Des jours ? Des semaines ? Victor avait
depuis longtemps perdu la notion du temps, mais cela
n'avait plus d'importance à présent.

Il avait passé le test et il avait réussi. Il était libre,
comme la juge le lui avait promis. Elle s'appelait
Justine, avait-elle fini par lui dire au bout du chemin.
Un beau prénom. Il lui allait si bien.

Face à la Méditerranée, sa mer, celle qui l'avait vu
naître et grandir, Victor exultait. Les bras à l'horizon-
tale, il se laissait bercer par le vent.

Ce coin, il l'aimait. Il le chérissait, même. Sa mère
l'y emmenait souvent quand il était enfant. Ils y pas-
saient des après-midi entiers. Ici, le calme régnait.
L'exaltation de la ville se faisait oublier. Ce lieu était
le leur.

Le col des Chèvres. Ce nom l'avait toujours amusé. Sa mère l'incitait à rester prudent, à ne pas trop s'approcher du bord, mais comment craindre un endroit avec un nom pareil ? Il était tout de même plus habile qu'une chèvre !

Victor se tenait en équilibre sur un rocher et évitait de regarder le dénivelé. Il n'avait pas peur mais le vide pouvait parfois l'attirer. Et puis, il préférait se concentrer sur l'île de Riou. Petit, il rêvait de s'y installer. De s'y construire une cabane pour y vivre comme Robinson Crusoé.

La dernière piqûre avait définitivement fait disparaître ses douleurs. Jamais Victor ne s'était senti aussi bien dans son corps. Justine lui avait dit que la drogue n'y était pour rien. Son âme était désormais purifiée et c'est seulement à cela qu'il devait cette sensation de légèreté.

Victor était prêt à la croire. Jusqu'à présent, elle ne lui avait jamais menti. Elle lui avait promis de s'occuper de lui et c'était bien ce qu'elle avait fait. Il avait mis du temps à s'en rendre compte, c'est vrai, mais c'était la douleur qui lui avait embrouillé l'esprit. Maintenant qu'il ne ressentait plus rien, tout s'éclairait.

Justine se trouvait désormais derrière lui. Victor savait qu'elle l'observait. Il la devinait souriante. Elle était fière de lui, elle venait de le lui dire. Cette pensée décuplait son bonheur. Il était libre, mais surtout il n'était plus seul. Dorénavant, Justine était là pour veiller sur lui.

Sur le chemin, elle lui avait demandé à deux reprises s'il avait confiance en elle. Victor avait souri de toutes ses dents. Comment aurait-il pu en être autrement ? Cette femme avait pris le temps d'écouter ses silences, elle l'avait aidé à se souvenir, et pour finir, elle lui avait permis de se libérer.

Il l'entendit s'approcher mais préféra ne pas se retourner. Il ne voulait surtout pas rompre la magie de l'instant. Il sentit une main chercher la sienne. Il ferma les yeux et bloqua sa respiration. Son épiderme était brûlé au troisième degré et il redoutait qu'on puisse seulement l'effleurer. Mais cette femme était un ange et tout ce qu'il ressentit fut la douceur d'une caresse. Alors Victor sourit et ouvrit grand les yeux face à la mer.

— Tu me fais toujours confiance, Victor ?

Victor tourna son visage vers elle et lui signifia que oui.

— J'ai besoin de te l'entendre dire.

Victor fronça les sourcils.

— S'il te plaît. Je sais que tu en es capable. Fais-le pour moi.

Les mâchoires de Victor amorcèrent un mouvement, mais son cœur s'emballa.

— Détends-toi, Victor. Il n'y a que toi et moi ici. Personne ne viendra te juger. Pas pour ça.

Victor baissa les yeux. Il avait peur. Peur que le son disgracieux de sa voix ne se répercute sur la roche et ne fasse écho pour l'éternité.

— Je suis si fière de toi, Victor. Tu es la preuve que notre cause est juste. Je vois bien que tu es transformé depuis que tu as avoué. Tu dois le ressentir, toi aussi. Tu n'as plus à avoir honte de toi, tu comprends ? Tu as réussi. Non seulement je suis fière de toi mais je suis persuadée que ta mère l'est tout autant. Tu as réussi *le test et il ne te reste plus qu'une étape à passer pour accéder au grand final.*

Victor lui sourit béatement. Il attendait ce moment avec impatience maintenant qu'il savait ce que cela signifiait. La liberté à jamais. Aux côtés de cette femme. Mais pas tout de suite, lui avait-elle dit. Dans quelque temps. Elle avait un travail à terminer.

— Concentre-toi, Victor. Nous y sommes presque. Je veux t'entendre me dire que tu me fais confiance.

Victor inspira de toutes ses forces avant de relâcher un oui qu'il espérait audible et bien formé. Justine lui sourit avec tendresse. Il l'avait dit. Il avait réussi. Elle se tourna vers lui et le regarda avec intensité.

— Alors si tu me fais confiance, saute !

Victor lui faisait confiance.
Mais pas au point de la laisser partir.

Remerciements

Comme toujours, je remercie en premier lieu ma famille, mon clan, qui a toujours cru en moi, à tous les âges, et quel que soit le domaine dans lequel je décidais de m'aventurer. Vous êtes ma force.

Je voudrais également remercier les équipes d'Hugo Thriller. J'hésite toujours à vous citer nommément de peur d'oublier quelqu'un, une personne qui œuvrerait dans l'ombre et dont je n'aurais même pas idée. Alors je compte sur vous pour passer ce message. Votre soutien, votre professionnalisme mais aussi vos sourires me sont précieux et me font avancer.

Je tiens à présenter mes excuses aux professionnels des services police-justice pour les libertés qu'il m'arrive de prendre quant aux titres et aux procédures pour la fluidité de la narration. Je ne doute pas que vous saurez faire preuve d'indulgence.

Néanmoins, je souhaite remercier chaleureusement Diane Rémy pour ses conseils avisés en droit pénal et Pierre Bourguignon, alias Max Barteam, un gendarme retraité qui nous régale avec ses écrits.

Et bien sûr, un immense merci aux lecteurs, aux blogueurs et aux libraires, sans qui cette aventure n'aurait pas la même saveur. Vos retours me font vivre tant d'émotions.

Merci à celles et ceux qui n'ont jamais cessé de penser à Max alors que je l'avais laissée de côté. Vous avez bien fait d'insister.

Et parce que c'est désormais devenu une tradition, je ne peux finir cet exercice sans remercier mon mari, qui ne comprendrait toujours pas de ne pas être cité. D'autant qu'une fois encore il le mérite amplement !

*Cet ouvrage a été composé et mis en page
par PCA, 44400 Rezé*

Achevé d'imprimer en mai 2023 par
La Nouvelle Imprimerie Laballery
58500 Clamecy (Nièvre)
N° d'impression : 305062

S33052/03

Pocket, 92 avenue de France, 75013 PARIS

Imprimé en France